KB031400

달콤쌉싸름한 초콜릿, 이야기

달콤 쌉싸름한 초콜릿, 이야기

옥태권 소설집

산지니

차례

글 써 주는 여자

모니터에 디스플레이 되는 글자들이 가쁜 숨을 내쉰다.
감정도 없는 멍텅구리 상자 속의 규격화된 글자가
이런 분위기를 연출하리라고는 상상조차 못 했었다.

글 써 주는 여자

"……그대가 내 속으로 들어온다. 들어온다. 내 몸은 불덩이처럼 뜨거워진다. 더 이상 참을 수가 없다. 좀 더……."

나도 더 이상은 못 참겠어. 얼굴이 화끈거린다. 색안경 속에 감추어진, 보이지 않는 그의 눈이 마치 양파껍질처럼 날 벗기는 것 같다. 그가 불러 주는 대로 키보드를 두드릴 때만 해도 소설 같지도 않은 걸 소설이라고 하는 정도였다. 그런데 그가 교정을 이유로 입력된 내용을 읽어 달라고 했을 때에야—필기도구로 기록만 했어도 글의 분위기는 진작에 알아챌 수 있었을 터이다—여자가, 그것도 남자 앞에서 읽기에는 낯 뜨거운 장면들이 너무 많다는 걸 알았다. 비록 상대가 앞을 보지 못한다고는 해도.

모니터에 디스플레이 되는 글자들이 비릿하게 다가올 때마다

페이지 다운을 시켰는데, 그때마다 용케 그걸 알아챘다. 오늘따라 그의 요구는 성가실 정도로 집요해서 '좀 더 리얼하게' 라는 주문을 계속 해댔다. 내 감정의 섞임과 그의 호흡은 비례한다. 마치 저속한 애정영화를 더빙하는 성우 같다. 속상한다. 아르바이트도 좋지만 이건 너무 심해. 사정없이 모니터의 전원스위치를 누른다.

"저기, ……더 이상은 못 하겠어요."

황홀한 꿈 속을 헤매듯 몽롱한 표정을 짓던 그의 얼굴이 한순간에 원 상태로 되돌아간다.

"못 하다니, 왜요? 갑자기 왜 그래요?"

"지금 그걸 몰라서 물으세요?"

"……."

그는 짐짓 놀라는 표정을 지어 보이며, 두 팔을 벌려 보인다.

"……이 내용은 더 이상 못 읽겠단 얘기예요."

"읽을 가치가 없다는 얘깁니까?"

그의 목소리에 고물처럼 묻어 있는 신경질. 돈이면 다인가 뭐. 모질게 한마디 하고 싶었는데, 그새 마음이 약해진다.

"그게 아니라, 지금의 내용은 순수문학과는 너무 거리가 멀어요."

"순수문학이란 게 도대체 뭡니까. 재미도 없는 순수문학이 무슨 존재가치가 있습니까?"

괜한 말을 꺼냈다 싶다. 차라리 내용이 너무 음란하다고 단도직입적으로 말할 걸. 대학시절 '비평론' 리포트를 하면서 제일 골치를 썩인 게 '순수문학과 상업주의 문학' 그리고 '포스트모던 시대와 상업성'이었다. 원서 해독 능력 부족으로, 원서보다 어려운 번역서를 들고 씨름을 해야 했던 그 황당하고 생경한 이론은 정말 들추고 싶지 않다. 그리고 섣불리 시작했다간 언제 끝날지 모를 논쟁 속으로 빠져들지 모른다. 아예, 아픈 곳을 찔러 버려.

"세민씬, 신춘문예를 만화방에나 뒹구는 3류 소설쯤으로 생각하시는 모양이죠."

그는 잠시 말을 잊는다. 얼굴 근육이 미세한 경련을 일으킨다. 내가 좀 심했나. 그러나 한 번쯤은 이야기를 해 주어야 한다. 볼 수 없는 세상의 냉혹함에 대해.

"……얼마 전에 혜미씨가 그랬었죠. 처음부터 완전한 것은 있을 수 없다고. 다만 인간이 인간다운 점은 완전에 가까워지려고 노력하는 것이라고 말입니다."

그의 목소리가 평상시의 암울한 바리톤으로 낮게 깔린다.

"그랬죠. 그러나 이건 경우가 다르잖아요. 제 말뜻은……."

그가 고개를 세차게 흔든다.

"알아요. 무슨 말을 하려는지……값싼 위로는 필요 없어요. 피곤해요. 오늘은 그만 합시다."

더듬더듬 침실을 찾던 그가 상심함 몇 배 크기의 문소리를 내게 돌려준다. 모르긴 해도, 그의 색안경보다 더 짙은 우울이 그의 내부로 가라앉고 있을 터였다.

"딴다 다다다 라라라……."

횡단보도의 파란 불과 함께 맹인용 음악신호가 흘러나오자 나도 모르게 몸이 움츠려진다. 보이지 않는 그의 시선이 내 몸 구석구석에 징그러운 벌레로 남아 스멀거리는 것 같다. 어쩌면 내 겨드랑이나 목덜미 어느 구석엔가는 그의 음란한 목소리가 비늘처럼 남아서 번들거리고 있을는지도 모른다. 대학동창들과 시내에서 만나기로 했지만, 불결하고 찜찜해서 견딜 수가 없다. 모든 걸 제쳐 두고 샤워부터 해야겠다.

"머리 냄새가 참 좋군요."

대학—그것도 속칭 '굶는 과'라는 국문과—을 졸업하고, 지방지의 신문 광고란을 독파하는 것으로 소일하던 때였다. 그러다가 "아르바이트 구함. 시간은 오전 10시부터 오후 2시까지. 일주일에 4일 근무. 중식 제공. 월 100만 원 이상 보장. 한글 워드프로세스 작업이 가능한 국문학 전공 여성 우대."란 광고를 보게 됐다. 시간도 좋았지만, '국문과 출신 우대'라는 글귀가 마음을 끌었다.

예감 때문이었을까. 전화와 면접에 시달려 죽을 노릇이라던 그의 어머니 황 여사의 얼굴이 환해졌다. 면접을 끝내고 그를 처음 만났을 때, '머리 냄새' 얘기를 꺼냈다. 다소 의외였지만 기분이 나쁘진 않았다. 대학교 1학년 때 해수욕장에서 하루 종일 선글라스를 끼고 난 후, 시력을 잃었다고 했다. 지독하게 재수 없는 경우도 있구나 싶었다. 아무렴 어때. 얼굴 윤곽이 뚜렷

한 그는, 거무튀튀한 안경만 아니었다면 매력적인 남자였다. 원래 기계공학이 전공이었지만, 실명한 이후 그동안 관심을 가져오던 소설을 생각하게 되었다고 했다. 내가 할 아르바이트란, 그가 소설 내용을 얘기하면 컴퓨터에 입력하고, 나중에 그것을 다시 읽어 주는 일이었다.

당장의 일자리로는 여러모로 괜찮은 조건이었다. 보수도 좋은 편이었고, 중식 제공만 해도 그랬다. 부유한 집안의 가정부는 요리솜씨도 다른 건지, 메뉴가 매일 바뀌는 점심은 유명 음식점의 요리와 구별하기 곤란할 정도였다. '일'—사실, 일이라기엔 좀 뭣했다—이라 해 봤자, 간혹 마음이 내키면 자기 기분에 도취되어 읊어 대는 얘기들을 컴퓨터에 옮기는 거였지만, 하루 한 시간도 채 되지 않았다. 하긴 소설이란 게 마음만 먹는다고 술술 나오는 건 아니지 않은가. 글을 써서 먹고 산다는 전업작가면 또 모르지만, 하물며 소설가 지망생임에랴. 대부분의 시간은 소설소재 수집을 구실로 그가 요구하는 온갖 잡다한 얘기들을 쏟아 붓거나, 그것도 싫증이 나면 음악을 듣는 것으로 보내곤 했다. 어떻게 보면 아르바이트의 주 업무가 글을 써 주는 것이라기보다는, 내가 알고 있는 소설이론을 여성심리 쪽에서 이야기해 주거나, 볼 수 없는 그를 위해 여자인 내 눈으로 본 것들을 전해 주는 말동무에 더 가까운 셈이었다. 어떨 땐 잠을 설쳤다면서 바쁜 일이 있으면 가도 좋다고 하는 날도 가끔 있었다. 하여간, 당분간의 아르바이트론 다시없는 일거리인 셈이다.

"어젠 정말 미안하게 됐어요."

혹시 자는 게 아닌가 싶어 발뒤꿈치를 들고 사뿐사뿐 걸었는데도 그는 대번에 감지해 낸다.

"소리도 안 냈는데 제가 온 걸 어떻게 아셨죠?"

"잃은 것만큼 얻는 것도 있지 않습니까. 핫핫"

"잃은 건 뭐고 얻은 건 뭐예요?"

"아니, 국문과 출신께서 왜 이러시나. 변형생성이론으로 보면 언어에는 표층구조와 심층구조가 있다면서요. 잃은 건 시력이고 얻은 건 시력을 뺀 나머지 감각이죠 뭐."

그래서일까. 가끔씩 볼 수 없다는 사실이 믿어지지 않을 정도로 그의 감각은 특별한 데가 있었다. 그렇지만, 흐트러진 옷매무새나 미니스커트까지 감지해 내긴 어려울 걸.

"어젯밤에 잠을 좀 설쳤거든요. 잠을 좀 보충해야겠는데……."

"혹시, 어제 제 이야기 땜에 마음 상하신 건 아니구요?"

"염려마세요. 그건 아니니깐. 바쁜 일 있으면 가셔도 되고……참, 집에 계시려거든 오늘은 식사 먼저 하세요. 어머니께선 백화점 들렀다가 오후 두 시경에나 오신답니다. 그럼."

조금 더듬긴 했지만 익숙한 걸음으로 침실 쪽을 향한다. '딸깍' 하고 침실 문을 잠그는 소리가 난다. 번번이 문을 잠그는 그의 습관에 피식 웃음이 났다. 여자라면 또 몰라. 그건 그렇고, 오늘따라 어째 집안이 너무 조용한 것 같다. 가정부 아주머니는 어디 시장이라도 간 걸까. 빈집을 나서기도 뭣했지만, 그의 어머니가 오후 두 시경에 온다고 했으니 그때까진 있어야 할 것 같다.

클래식을 틀어 놓고 잡지를 뒤적이는데 응접실 안이 조금씩 더워진다. 스팀을 켠 걸까. 아무리 부유한 집이라지만 11월 중순인데. 하긴 돈 많은 사람들이야 기름값 몇 푼이 대수겠어. 온도는 계속해서 올라간다. 온도조절기라도 있는지 사방을 둘러보았으나 그 비슷한 것도 보이지 않는다. 응접실 또한 통유리로 되어 있어 아예 창문을 열 수조차 없다. 어쩜, 에어컨과 공기정화기까지 갖춘 이 집에서 창문이란 필요 없는 물건인지도.

따분했다. 인간이란 참으로 간사한 존재인지, 과중한 업무나 무절제한 쉼, 어느 것도 만족을 주지는 못한다. 그리그의 조곡이 나른하게 응접실을 서성대고 있다. 훈훈하다 못해 뜨거워진 실내온도에 음악도 덩달아 늘어져 버린 걸까. 창 밖으로 보이는 11월의 정원, 황금색으로 변한 잔디 위에 빠알갛게 물든 단풍이 애기 같은 손을 벌리고 있다. 낙엽과 나른함은 정말 어울리지 않는다. 정작 어울리지 않는 건 지금의 나인지도 모른다.

생각 때문인지, 실제로 내부온도가 점점 올라가는 것 같다. 다시 주변을 휑 하니 돌아본다. 내 시선의 끝은 그가 사라진 침실 쪽에서 멎는다. 아무런 기척도 없다. 없다. 아무도 없다. 잡다한 생각들은 잠시 덮기로 한다. 소파에 벌렁 눕는다. 편안하다. 아무 생각 없이 천장을 본다. 샹들리에가 겹쳐 보인다. 주위의 모든 나른함이 눈꺼풀에 실린다. 내가 여자라는 사실, 눈 먼 젊은 사내가 근처에 있다는 의식에 간신히 지탱하고 있던 마지막 긴장의 끈이 스르르 풀린다.

답답하다. 숨이 막힌다. 눈을 뜨는 순간, 그가 내 몸에 엎어져 있다.

"지금 뭐 하는 거예요."

그가 바닥에 굴러 떨어진다.

"죄, 죄송합니다. 전 혜미씨가 가신 줄 알고 소파에 앉으려다가 그만……."

그가 안절부절못한다. 불결해. 정말 불결해. 황급히 집을 뛰쳐나온다. 버스를 기다리며 옷을 추스르다 보니, 셔츠 단추가 두 개나 풀어져 있다. 문득, 의사놀이를 핑계로 내 가슴을 열어보고 싶어하던 초등학교 1학년 때 짝이었던 사내아이의 얼굴이 떠올랐다. 그리고 남자의 속성에 대해서 생각한다. 기회만 있으면 언제든지 드러낼 수 있는 욕망의 주머니를 갖고 있다는 남자라는 동물에 대해 생각한다. 그도 남자의 욕망을 고스란히 갖고 있을까? 담담함을 가장해서 낮은 목소리로 얘기하던 그의 소설 내용이 떠오른다. 뜨거워지는 내 안을 주체할 수 없다. 괜히 죄 없는 손톱만 물어뜯는다.

"자기, 오늘은 되게 뜨거운데. 포르노비디오라도 본 사람처럼."

귀에 바짝 댄 사내의 입김이 뜨겁다. 그랬던가, 내가. 마음속 깊이 숨겨 둔 내밀한 부분을 엿보인 사람마냥 몸 전신이 붉어져

온다. 힘껏 사내를 떠밀어 버린다. 하긴 사내를 사귄 지 3년이 지나도록 오늘처럼 키스가 뜨겁게 느껴진 적은 없었다. 풀어진 셔츠 단추 때문인가 아니면 그의 소설 내용 때문인가?

생각을 알 리 없는 사내는, 내 뜨거움에 용기를 얻어 어물쩍하게 시간을 끌려고 갖은 묘안을 짜낸다. 사내가 더욱 낯설어 보인다. 있지도 않은 번역거리를 핑계로 사내를 돌려보낸다. 가로등에 비친 사내의 등 뒤로 값싸게 달라붙는 연민. 사내의 모습이 보이지 않자 다시 꿈틀거리는 천박한 말초신경들. 역겹다.

고층아파트 옥상에 걸려 넘어진 하늘이 저만큼 웅크리고 앉아 있다. 기온도 쌀쌀해서 꼭 눈이 올 것 같은 날씨다. 정말 눈이라도 왔으면 좋겠다. 가장 단순화된 두 가지 색깔과 구도로 나누어져, 자꾸만 따분해져 가는 일상에 변화를 주는 그 무엇이 절실한 요즘이다. 아르바이트 장소인 그의 집으로 향하는 발걸음이 몹시 무겁다. 발걸음을 옮길 때마다 새로운 무게가 발등에 얹히고, 신발굽에 추를 단다. 매일 출근하는 직장이라면 이런 날은 월차 휴가라도 냈으면 좋을, 방바닥에 배를 깔고 군것질이나 하며 만화책이나 봤으면 좋을, 그런 날이다, 오늘은.

일주일에 네 번씩은 드나드는 대문이지만, 언제나 그의 집 대문은 육중하다. 아니 고집스럽기까지 하다. 내 발소리를 확인한 그가 가볍게 손을 든다. 응접실엔 구수한 커피향이 넘실대고 있다.

"커피 한 잔 하시겠어요."

그가 애써 담담함을 가장한다.

"네, 냄새가 참 좋네요."

나도 감정의 티끌 하나 묻어 있지 않은 목소리로 답한다. 그가 아줌마를 큰 소리로 부른다. 다른 때보다 목소리가 경쾌하다.

"그렇죠. 냄새뿐 아니라 색깔도 아주 독특해요."

"네? 색깔이라뇨?"

"핫핫, 농담 한 번 했습니다. 커피색이 뭐 별게 있겠습니까. 커피색이 커피색이지."

그가 응접실이 울릴 정도로 너털웃음을 지어 보인다. 지나치게 큰 웃음은 오히려 웃음의 진실성조차 의심케 한다는 걸 이 남자는 알고나 있을까.

"오늘 날씨 좋죠?"

"그건 왜요?"

"기분에 왠지 날씨가 좋은 것 같아서요."

"틀렸어요. 꼭 눈 올 것 같이 찌푸린 날씬데요. 마귀할멈이 찡그린 것 같아요."

순간, 그의 얼굴에 엷은 미소가 지나간다.

"그래요? 내 감각도 빗나갈 때가 있군요. 커피 다 드셨으면 작업 시작합시다."

그의 말마따나 오늘은 몸 상태가 좋아 보인다. 다른 땐 한참 뜸을 들이다가, 한 시간에 겨우 원고지 너댓 장 정도를 읊어 대는 게 고작이었는데, 오늘은 무슨 주문이라도 외는 것 같다. 그

렸지만, 며칠 전 '3류 소설' 건으로 평정을 되찾았던 소설의 내용이 다시 끈적거리기 시작했다.

처음 아르바이트를 시작했을 때만 해도 서툰 솜씨 탓에 모니터를 보지 않고 키보드만 두들겼는데, '그 일' 이후엔 습관적으로 모니터를 흘끔흘끔 쳐다보는 버릇이 생겼다. 모니터에 디스플레이 되는 글자들이 가쁜 숨을 내쉰다. 감정도 없는 멍텅구리 상자 속의 규격화된 글자가 이런 분위기를 연출하리라고는 상상조차 못 했었다. 키보드를 두드리면서도 줄곧 나중의 일이 걱정된다.

"좀, 쉬었다 하죠."

속도가 떨어진다 싶더니, 그가 담배에 불을 붙인다. 몹시 능숙한 손놀림이다. 연거푸 두 대를 피우고 난 그의 얼굴이 봄비를 맞은 새싹 같다. 담배란, 그렇게 위력적인가. 배워 볼까 하는 생각이 들 정도로 맛있어 보인다.

"자, 슬슬 시작해 볼까요."

그의 목소리에 묻어 있는 기대가 무얼 뜻하는지 모르는 바 아니다. 해야 할 것인가. 말아야 할 것인가. 얼마 전 백화점에서 산 투피스의 할부금 명세와 대학을 입학했을 때의 거창했던 포부가 엇갈려서 나타난다. 분명 이런 것은 아니었는데…….

"아직 준비가 덜 되었습니까?"

그의 말에 실려 있는 무게가 느껴진다. 정면을 똑바로 쳐다보는 모습이 꼭 성한 사람을 마주하고 있는 것 같다. 시선을 피하기라도 하듯 나도 모르게 고개를 돌려 창 밖으로 시선을 준다.

하늘은 더 우울……, 아니 저건 뭐야. "눈이다!" 세상에, 한겨울에도 잘 내리지 않는 눈이 11월 중순에 내리다니…….

고함소리에 놀란 그의 시선도 덩달아 창 밖으로 향한다. 물끄러미 바라보는 그 모습에서 희극과 비극을 동시에 찾는다.

"함박눈입니까? 싸락눈입니까?"

"글쎄요, 딱히 무어라고 부르기는 곤란하고……그냥 눈이에요."

"그냥 눈이라……."

말꼬리를 늘어뜨리는 게 무슨 대단한 추억에나 잠긴 모습이다. 한참 동안 턱을 괴고 있던 그가 서서히 말문을 열었다. "눈 오는 날이면……."으로 시작된 그의 사랑 얘기는 잔잔한 아픔의 물결로 출렁거리며 젖어들어 왔다. 그가 다시 담배를 빼어 물었다. 담배연기에 쌓인 그의 모습이 아름답다 못해 퇴폐적이다.

"담배 한 대 하시겠어요."

내 마음속을 들여다 본 것처럼 그가 담배를 권했다.

"아니, 괜찮아요."

생각지도 않은 말이 자동응답기처럼 흘러 나왔다.

"뭐, 어때서요. 모르긴 해도 아마 혜미씨는 내가 담배 피는 모습을 열심히 쳐다봤을 겁니다."

"그걸 어떻게 아시죠?"

"그거야 쉽죠. 슬픈 이야기의 주인공이 죽음보다 깊은 호흡으로 담배연기를 들이키고 있다. 이야기의 주인공은 지금 하얀 눈을 볼 수 없는 처지다. 이야기가 이쯤 되면 옆에 있는 사람은 당연히 동정이 섞인 눈길을 보내게 되겠지요. 한 번 피워 봐요. 생각보다는 훨씬 괜찮은 물건입니다."

그가 건네 준, 영어로 도배되어 있는 담배 곽에서 조심스럽게 담배를 꺼내 물었다. 머리가 핑 돌면서, 맵싸한 연기가 목구멍을 자극한다. 두어 번 빨고 꺼 버릴 생각이었는데, 정신이 몽롱해지면서 차츰 기분이 좋아진다.

"아직도 눈이 옵니까?"

"네, 조금씩이긴 하지만……."

"혜미씨는 눈 올 때면 생각나는 시(詩) 없습니까?"

"글쎄요, 당장은 생각이 잘 나지 않는군요. 세민씬 생각나는 거라도 있으세요?"

"혹시 김광균 씨의 설야(雪夜)를 아십니까?"

"알긴 하지만 외우지는 못해요."

"으흠"

헛기침을 하고는 목청을 가다듬어

"어느 머언 곳의 그리운 소식이기에 / 이 한밤 소리 없이 흩날리느뇨……내 홀로 밤 깊어 뜰에 나리면 / 머언 곳에 여인의 옷 벗는 소리……내 슬픔 그 위에 고이 서리라."

까지, 시 전문을 잔잔하게 읊었다. 대단한 낭송이었지만 뭐라고 입을 열기가 뭣했다. 어색함이라고 표현할 수밖에 없는 침묵이 이어졌다. 침묵을 깬 건 그였다.

"이런 부탁을 해도 될지 모르겠습니다만……."

몹시 꺼내기 힘든 듯, 그의 목소리가 가늘게 떨렸다.

"오, 오해는 마십시오. 저어……옷을 벗어 주실 수 있으신지요?"

"네에, 뭐라구요. 지금 무슨 말을 하고 있는 거예요."

"……기분을 언짢게 해 드렸다면 정말 미안합니다. 그럴 의도는 아니었습니다. 다만……아시다시피 저는 아무것도 볼 수 없는 칠흑의 밤 같은 세상에 살고 있습니다. 눈이 온다고 했을 때부터 그 시가 계속 머릿속에서 맴을 돌고 있습니다. 막연하게 나도 시인이 느낀 감성을 접할 기회가 있었으면 하고 생각하다 나도 모르게 그만……. 제 무례함을 용서하십시오."

감정이 격한 상태로 소설을 이야기하던 그가 아니었다. 오히려 그에게서 어떤 예술가적 자질을 발견한 기분이었다. 독한, 그러나 향기로운 담배 탓인지는 몰라도 안 된다는 생각보다, 그의 제안이 의미 있는 무엇으로 느껴졌다. 까짓, 못할 것도 없지 뭐. 감추어 두었던 문학소녀적 치기가 날 부채질한다.

"좋아요."

그가 순간적으로 당황해 하며 얼굴이 굳어진다. 아무리 맹인이지만 그래도 정면은 곤란하다는 생각에 돌아서서, 내 몸에 붙은 옷가지들을 떼어 낸다. 가능한 한 천천히, 사아사악 눈 오는 소리가 나게. 마지막 옷을 남기고 그를 바라본다. 마른 침을 삼키는지 '아담의 사과' 로 일컬어지는 부분이 꿈틀거린다. 그 꿈틀거림에 정신이 번쩍 난다. 황급히 옷을 챙겨 입고 도망치듯 그의 집을 빠져나온다. 눈은 어느새 그치고 우울한 잿빛 하늘이 내 어깨까지 내려앉아 있다. 이해할 수 없는 자신에 화가 나서 눈물이 나올 지경이다. 미쳤어, 정말.

그날 이후의 아르바이트에 대해선 특별한 얘깃거리가 없다. 서로가 어색해져 이전의 작업과정이 원만하게 진행되지도 않았을 뿐더러, 며칠 후엔 아르바이트를 그만두어야 했기 때문이다. 잠을 설치는지 무슨 고민에 빠진 건지 그의 몸이 몰라보도록 야위어졌다는 것과, 마지막 날 작성한 각서 정도랄까.

"아르바이트생을 여섯 명째 써 보지만 혜미 양이 제일 나았어요. 마음 같아선 계속 와 주었으면 싶지만 재가 요즘 통 소설을 구상할 수 없다고 하니……."

아르바이트를 그만두던 날, 그의 어머니 황 여사가 백만 원권 수표 한 장을 건넸다. 그동안의 수고에 대한 보너스인 셈이었다. 그리고는 각서 한 장을 내밀었다. '이 집에서 있었던 모든 일에 대해서는 민·형사상의 문제를 절대 제기하지 아니한다.'는 내용이었다. 가까운 사법서사에 공증까지 하는 등의 행위는 아무리 생각해도 별스러웠다. 가진 사람들의 지나친 몸 사림이라고나 할까. 특별히 문제될 것도 없다 싶어 각서에 지장을 찍어 주는 것으로 석 달간의 아르바이트는 끝이 났다.

해가 다 가도록 내 신상에는 아무런 변화도 일어나지 않았다. 설거지와 집안 청소를 끝내고 신문 광고란이나 뒤적이는 정도였다. 눈이 번쩍 뜨이는 일자리에 대한 꿈은 버린 지 이미 오래

다.

12월 31일, 한 해를 보내는 마지막 날의 내 일과도 별 수 없이 신문이나 뒤적이고 있는 것밖에 다른 묘책이 있을 수 없었다. 아직 열 시간은 족히 남았는데도 신문에는 벌써 희망찬 새해가 부산한 모습으로 다가와 있었다. 가정교사 모집에서부터 부동산 매매에 이르기까지 광고란을 모조리 읽은 다음, 평소보다 두툼한 본문을 펼치는 순간, 심장이 '딱' 소리를 내며 멈춰 버릴 것만 같았다. 그럴 리가 없어. 다시 눈을 크게 뜨고 살펴보았지만, 틀림없는 그였다.

신춘문예 소설 당선소감과 함께 나온 그의 사진은 색안경을 쓰지도 않았고, 기계공학을 전공했노라는 그의 약력은 명문 사립대학 국문과 출신으로 둔갑해 있었다. 더 놀랄 사실은 그의 소설 제목이 '글 써 주는 여자' 라는 거였다. 어지러웠다. 혹시 하는 마음에 소설의 내용을 읽어 가는데, 갑자기 신문의 활자들이 커다란 눈을 뜨고 나를 향해 돌진한다. 사방의 모든 사물들이 제각기 눈을 부라리고 나를 노려본다. 노려본다. 음흉하게 번뜩이는 저 많은 눈, 눈, 그리고 눈들……무 무 무서워. 세상이 무서워…….

남자의 눈물

'눈물이란 감정의 정도를 나타내는 가장 중요한 척도로서,
인간의 모든 희로애락의 정점을 나타내는 중요한 표식이나 현상' 따위로
쓰여 있었더라면 난감할 뻔했다.

남자의 눈물

눈물에 관해서 생각해 본 적이 있는지 모르겠다. 별 시답잖은 소릴 다 한다고 면박을 주는 사람도 있겠지만, '눈물' 때문에 혼줄깨나 나고 보면 별 생각을 다 하게 된다. 뭐 그렇다고, 역사를 바꾸거나 세계사의 물줄기를 바꿀 정도의 거창한 눈물을 이야기하려는 것은 아니다. 하긴, 나 자신이 바로 조그만 세계요 하나의 우주이니만큼, 내 개인사적인 측면으로 보면 눈물만큼 더 절박한 문제 또한 없다. 오죽 답답했으면 사전까지 찾아볼 생각을 했을까.

눈물 : 눈알 바깥 면의 위에 있는 눈물샘에서 나오는 분비물. 늘 조금씩 나와 이물질을 씻어 내며, 어떤 자극이나 감동을 받으면 더 많이 분비됨.

푸하하하. 분비물이라구, 분비물이란 말이지. 과학적 정의는 그래서 마음에 든단 말이야. 예를 들어 '눈물이란 감정의 정도를 나타내는 가장 중요한 척도로서, 인간의 모든 희로애락의 정점을 나타내는 중요한 표식이나 현상' 따위로 쓰여 있었더라면 난감할 뻔했다. 사전을 찾는 데 사용된 극히 적은 칼로리조차도 아까워서 분통 터질 뻔했다. 아무렴, 그렇지. 당연히 그렇게 되어 있어야 하고말고. 까짓 일을 가지고 혼자 일희일비 한다는 게 우스울지 모르겠다. 아시다시피, 모르시다시피 나라는 인간이 원래 그렇게 쫀쫀한 것은 절대 아니었다. 굳이 사전적인 해석이 아니래도 몸에서 나오는 땀이나 별반 다를 게 없다는 게 평소의 내 지론이었다. 비단 나 혼자뿐이랴. 정상적인 대한민국 사내라면 이런 생각을 갖는 것은 지극히 당연하다고 확신해 왔었다. 최소한 결혼을 하기 전까지는.

그런데 결혼을 한 후 겪게 된 난감함—어디 한두 가지일까마는—이라니. 최초의 난감함은 바로 눈물에서 비롯되었다. 연애 때야 상대방의 심기를 건드리지 않기 위해서 갖은 수단을 동원하다 보니 눈물을 흘릴 만한 일이 없었던 탓일까. 어쨌든 결혼을 하자마자, 더 정확하게 말하자면 주례의 성혼선언문 낭독이 끝나기가 무섭게 상황이 조금씩 달라지기 시작했다.

신부 입장시 삼촌이 손을 잡아 줌으로써 야기된 아버지의 부재가, 얼마나 큰 슬픔의 파도를 만들었는지를 짐작하지 못한 건 아니었다. 그런데 그게 시작을 알리는 전초전 격이었을 줄이야. 보기에 따라서는 결혼을 한 이후, 보다 감정에 충실했다고 생각할 수도 있다. 그러나 그것도 정도 나름이지, 이건 숫제 눈물 저수지요, 엄청난 저수량을 가진 댐이었다. 퇴근 시간이 조금 늦었다고 눈물을 찔끔거릴 때부터 알았어야 했다. 그래도 그때까지는 애교로 봐줄 만했다.

남편이 퇴근하기만을 학수고대하며 몇 번이고 된장찌개를 다시 끓이며, 혹시 자동차 사고라도 난 게 아닌가 하고 기다리다 밤 열두 시가 넘어 덩치보다 더 큰 술냄새를 풍기고 나타난 남편의 모습이 야속하기도 했을 것이며, 멀쩡하게 살아 돌아온 모습이 반갑기도 했을 터이니, 그때의 복잡 미묘한 심정을 내 모를 바 아니다. 그렇다고 징징 짜는 모습이 아름다웠다는 얘기는 더 더욱 아니다. 그것은 약과였다.

택시로 불과 20여 분이면 얼굴을 볼 수 있는 친정어머니에 대한 그리움을 시작으로, 출근해서 자주 전화를 하지 않는다, 특별한 날을 깜빡했다, 가사 분담률이 점점 줄어든다, 와이셔츠에 립스틱 자국이—아직까지도 누명을 벗지 못했는데 사실은 인주 자국이었다.—묻어 있다, 육아에 관심이 없다 등등 모든 것이 울어야 할 사유였고, 그 울어야 할 사유 앞에서 꼼짝없이 죄인 취급을 당하거나 갖은 아부를 바쳐야 했다. 그래도 효과가 없을 경우에는 고함을 지르는 수밖에 없었지만. 하여간 결혼 생활 5년을 곰곰 생각해 보면, 울음과의 전쟁이라고 해도 과언이 아닐 만큼 울음에 넌더리가 날 지경이었다. 까짓 걸 가지고 그러느냐고 콧방귀를 뀌는 사람이 있다면 한마디 해 주고 싶다. 당신도 한 번 당해 보라고.

"사내란 모름지기 눈물을 애껴야 한다. 사내대장부가 이 세상에 보일 눈물은 세 번이면 족한 기라. 그 첫째가 태어날 때요, 둘째는 부모가 죽었을 때요, 마지막으로 나라를 잃었을 때라고 성현들께서는 말씀하셨능기라. 그런 고로 사내라카는 거는 아무데서나 값싼 눈물을 보여서는 안 되능기다." 선친께서는 늘 말씀하셨다. 일찍이 엄격한 유교식 교육을 받으셨던 당신께서는, 남자가 세상을 살아갈 때 어떠한 모습을 견지해야 하는가를 항상 강조하셨다. 까닭에 내가 눈물을 흘렸던 기억은 거의 갖고 있지 않다.

국민학교 3학년 때던가, 1학기에 반장 하면서 애들을 좀 심하게 다룬 탓으로 2학기 반장 선거에서 상당한 표차로 떨어졌었다. 선생님이 계시지 않을 때마다 떠든 자신들의 잘못은 생각지 않고, 그것을 표에다 연결시킨 아이들의 괘씸한 행위와 다수의 우둔한 녀석들에 의해 단죄를 받았다는 사실이 못내 억울했다. 게다가 명찰 밑에 달려 있던 반장 표식이 없어진 서운함이라니. 하교길 내내 울음을 삼키고 집에 도착했을 때였다. 모친께서 "오늘 반장 선거 있었제?"라고 묻지만 않았어도 눈물을 보이지는 않았을 것이다. 그 말 한마디에 그냥 "앙" 하고 울음을 터뜨렸는데, "사내대장부가 그깐 일에 울믄 어데 쓰겠노?" 벼락 같은 선친의 말씀에 거짓말처럼 눈물샘이 말라 버렸던 것이다. 아무튼 그 사건은 어디까지나 울음을 참았던 것으로 치부해야 되지 않느냐는 게 내 생각이다.

고등학교 때도 비슷한 경험이 있긴 하다. 그때만 해도 무슨 유행처럼 FM방송을 들으면서 공부를 하곤 했었다. 간간이 싸락눈이 뿌리는 다소 우울한 날이었던 것으로 기억된다. "이브 몽땅을 발굴해서 그를 스타로 만들어 놓고, 끝내는 배신을 당한 에디뜨 삐아프! 떠나간 사랑을 그리며 그녀가 부른 애절한 사랑의 노래, 사랑의 찬가를 들으시겠습니다." 멘트와 함께 샹송이 흘러나왔는데, 갑자기 속에서 뜨거운 것이 울컥 올라오더니 이내 코가 시큰해지는 것이었다. '아니 사내대장부가 이래서야' 라는 자각이 없었다면, 나는 영락없이 샹송을 듣고 눈물을 흘린 못난 사내가 될 뻔했다. 선친의 교육, 그 위대함을 절실하게 깨닫는 순간이었다. 그렇게 살아온 나날들이었는데 운명이란 참으로 짓궂은 것인지, 하필이면 천하의 눈물쟁이 마누라와 평생을 함께 하게 만들다니.

하긴, 집을 벗어난들 별반 다를 것도 없다. 아침까지 완료되어야 할 상반기 영업 계획이 점심때가 되었는데도 감감무소식이어서 김 양을 불러 채근을 했더니, 글쎄 눈물부터 앞세우는 게 아닌가. "아니 일을 잘 못 했으면 야단을 맞는 건 지극히 당연하지 울기는 왜 울어." 하고 언성을 높이자, 얼굴을 가리고는 뛰어나가더니 한참 후에야 눈이 벌개져서 돌아오는 거였다. 도대체 여자들이란 어떻게 생겨먹은 족속들인지, 하여간 그런 꼴을 보고 나니 기분이 있는 대로 다 구겨졌다. 기분도 그렇고 해서 회사 근처 맥주 집에서 간단하게 맥주 한 잔으로 입가심하고 그냥 집으로 돌아왔다. 평소답지 않은 이른 퇴근에 놀랐는지,

마누라가 얼굴을 빤히 쳐다본다.

"내 얼굴에 뭐라도 묻었어? 사람을 빤히 쳐다보게. 밥이나 줘."

아내의 얼굴이 금세 어두워진다. 소나기를 머금은 한여름의 구름 같다.

"당신, 정말 오늘이 무슨 날인지 몰라요?"

'무슨 날' 이라니. 오늘도 기억해야 할 '무슨 날' 이었나? 연애 시절엔 만날 빌미가 없어서 '무슨 날' 만을 손꼽아 기다렸는데, 제기랄……. 도대체 기억에도 없는 '무슨 날' 들은 이다지도 많으며 또 예고도 없이 다가온단 말인가. 며칠 전 점심 값을 서로 미루는 통에 호기를 부렸다가 지금은 한참 보릿고갠데. 일단 잡아떼고 보는 거야.

"오늘이 무슨 날이긴, 화요일이지. 처갓집 제삿날이라도 되냐?"

"뭐라구요?……그러면 그렇지……흑……."

두 손으로 얼굴을 가리더니, 회사의 김 양과 똑같은 자세로 뛰어 간다. 저러다가 또 눈이 벌개져서 나오겠지. 그건 그렇다 치고, 오늘이 무슨 날이야. 2007년 1월 16일이라는 특정한 날이 갖는 의미가 화요일 말고 뭐 또 있어. 가만, 1월 16일……16일이라…….

아뿔싸. 그러고 보니 오늘이 결혼기념일이구나. 도대체 어떤 놈들이 이따위 것들을 만들어 여자들 간뎅이를 부풀게 만드는 거야. 양코배기 놈들이 밀어닥치면서 별 거지 같은 습관들을 묻혀 왔어. 자식들이야, 원래 칼과 창으로 밥을 먹는 미개인들이니까 그런 것이라도 만들어 양반입네 하고 으스대고 싶었던 게지. 그건 그렇고 이 난제를 어떻게 풀지. 다음번에는 절대 잊지 않으마 운운했다가는 몇 날 며칠은 족히 바가지를 긁혀야 할 판이고, 주머니 사정이라도 넉넉하면 내일쯤 불러내서 칼질이나 시키고 옷이나 한 벌 사 주면 될 터인데. 사내가 오죽 못났으면 이런 하찮은 일에 전전긍긍하고 있단 말인가. 에라 모르겠다. 섣부르게 건드렸다간 큰코다친다. 공격이 최선의 방어거늘, 미친 척하고 철판 까는 거야. 될 대로 되라지. 침대에 벌렁 누워 버렸다.

하필이면 1월 16일에 결혼을 해 가지고 내가 이 고생인지 모르겠다. 그러고 보면 나도 참 멍청하지. 날짜 까먹기로 소문난 작자가 외우기도 힘든 날을 택해서 결혼을 해. 2월 2일에서 3월 3일……12월 12일까지 하고많은 날을 두고 말이야. 하여간 까마귀 고기 잘 먹는 남편들 바가지 긁히는 날인지, 결혼기념일인지 뭔지 기억 한 번—사실은 세 번째다—못 했다가 며칠째 사람 취급도 못 받고 있다. 멀뚱하게 사람을 쳐다보고는 습관적으로 옷을 받아 걸고, 기계적으로 밥상을 차리고 또 설거지를 할 뿐 쓰다 달다 말도 없다. 뿐만이 아니다. 세 돌이 갓 지난 딸년조차도 제 에미 눈치를 보는 건지 슬금슬금 피하기까지 한다. 그래, 잘들 해 봐라. 어차피 자식 산업은 사양 산업이라는데, 자식 덕 볼 일도 없을 테고. 괜히 남 주기 싫을 정도로 이뻐했다간, 일전에 박 이사 딸 치울 때처럼 다 큰 남자가 눈물을 보이는 볼썽사

나운 꼴을 연출할지도 모르니까.

눈치가 보여서 며칠 일찍 들어오고 보니 저녁 시간이 참 머쓱하다. 마누라는 이때가 기회다 싶었는지 아예 텔레비전 앞에 눈을 박아 놓고 있다. 얼마 전까지만 해도 여성XX, 주부XX니 따위의 여성지라도 뒤적이며 참는 눈치더니, 이제는 숫제 '동해물과 백두산이……지지직' 까지였다. 학력고하를 떠나 우리나라 주부들이 갖고 있는 속성 중의 하나거니 싶어 그것까지는 참아 줄 만했다. 그런데, 어제 저녁에는 텔레비전 앞에서 또 훌쩍거리는 것이 아닌가. 또 '무슨 날' 인가 하고 겁부터 났다. 알고 보니 일일 연속극을 보고 예의 그 흔해빠진 눈물을 찔끔찔끔 짜는 것이었다.

"멍청하기는, 뻔한 스토리에 상투적인 수작들을 보고 질질 짜기는, 천박하게……."

"뭐욧, 천박하다구요. 슬픈 장면을 보고 눈물 흘리는 게 뭐가 나빠요. 그러는 당신은 뭐 대단한 교양인이라도 되는 줄 아세요."

아쭈, 이젠 인신공격까지 해. 아서라. 자고로 여자와 소인은 다루기 힘들다고 했느니, 참자. 사내인 내가 참아야지. 그렇다고 그냥 있기에는 분하고, 교양이 뭔지 본때를 보여 주어야 하는데. 마누라가 빤히 볼 수 있는 교양 있는 그 무언가가 없을까. 그 무언가가…… 옳지! 그거면 되겠구나. 일찍 들어와서 이것저것 온갖 신문 나부랭이를 뒤집어 보다가 '기억에 남는 비디오' 편에 실린 기사 한 편이 생각났다.

"덴마크의 국민적 작가 마틴 엔더슨 넥쇠의 원작 소설을 빌 어거스트 감독이 영화화한 〈정복자 펠레〉는, 착취하는 지주 계급과 저항하는 노동자들의 대립과 갈등, 그 사이에서 피어나는 애정과 우정을 깔끔하게 보여 주면서 억압받는 한 인간이 어떻게 인간의 존엄성을 지키며 성장해 나가는가를 보여 주는 감동적인 영화이다. 지금까지 숱한 영화를 보아 왔지만 내 생애에 이처럼 큰 파도를 몰고 온 감동적인 영화는 없었다……."

명색이 영화평을 해서 밥을 먹고사는 사람의 얘기니만큼 틀리지는 않겠지. 문 닫을 시간이 임박한 까닭에 가까스로 비디오테잎을 빌리는 데 성공했다. 그리고는 가능한 한 근엄한 동작으로 단호하게 텔레비전 채널을 4번으로 옮겼다.

"지금, 뭐 하는 거예요."

"보면 몰라. 교양 있는 남편이 명작 비디오 감상하시려고 그런다 왜."

의외였던지, 마누라 눈이 동그래진다.

"어디, 제목이나 한 번 봐요."

"제목을 본다고 아냐?"

"사람 무시하기는……."

빼앗다시피 비디오테잎을 가져가서 이리저리 살펴보더니 아내의 입가에 냉소적인 미소가 떠오른다. 혹시 신문을 보기라도 한 걸까. 그럴 리가? 지하철에서 사 온 신문인데. 그렇다면 벌써…….

"애개개. 난 또 대단한 명작인 줄 알았지."

"아니, 벌써 봤어?"

"보나마나 뻔한 얘기 아네요? 펠레가 세계 축구계를 정복하기까지의 과정을 그린 뭐 그렇고 그런 얘기 아네요."

휴우, 안도의 한숨을 내쉬었다.

"그러니까 무식하다는 거 아냐. 이 영화는 펠레라는 덴마크 노동자의 아들이 주인공으로 등장하는 영화로, 아카데미 외국영화상과 칸느영화제 대상을 차지한 영화란 말이야. 모르면 잠자코 보기나 해."

모처럼 의기양양하게 호기 있는 소리를 지르고는 비디오를 켰다. 아내 또한 더 이상 무식쟁이 취급을 당해서는 안 되겠다는 의지가 역력히 보였다. 그런데 영화가 전개되면서 내가 상상하던 것과 방향이 다른 걸 깨달아야 했다. 〈벤허〉나 〈바람과 함께 사라지다〉 등만 대작으로 알아 왔던 내게, 영화는 전혀 엉뚱한 방향으로 흘러가는 것이었다. 물론 영화 평에서 내용이 어떠리라고 짐작은 했지만, 이토록 시종일관 어둠침침한 영화인 줄은 정말 뜻밖이었다. 하다못해 〈늑대와 춤을〉에서 나오는 아름다운 장면이라도 한 군데쯤 있는 줄 알았다. 게다가 지겹기는 또 얼마나 지겨운지. 무게를 더해 가는 눈꺼풀을 억지로 밀어올리기가 보통 고역이 아니었다. '교양 있는 남편' 의 모습이 이토록 어려운 것인지. 괜히 호기만 부리지 않았어도 지금쯤 편안한 잠에 빠져 있었을 텐데. 후회막급이었다.

이쯤에서 그냥 실토를 해 버릴까 하고 아내 쪽을 흘끔 봤더니, 조금 전까지 깁스한 것처럼 빳빳하던 머리가 한쪽으로 꺾어져 있는 게 아닌가. 참으로 요상한 것은 그 모습을 본 즉시 거짓말처럼 잠이 뿌리째 달아나 버렸다는 것이다. 내친 김에 다 보고 감상평까지 멋지게 들려주어야지 하는 얄궂은 마음이 생겨났다. 그런데 그게 잘못이었다. 나도 모르게 영화에 점점 빠져들면서 어느새 코언저리가 시큰거리기 시작하는 것이었다. 그러다가 아들의 생일날 밤에 몰래 소젖을 짜는 늙은 홀아비 라세의 모습을 보고 급기야는 눈물을 쏟아 내지 않을 수 없었다. 그 모습은 영화 속의 주인공 펠레의 아버지 라세가 아니라, 바로 내 어머니의 모습이었기 때문이었다.

지금에야 흔하디흔한 게 운동화지만, 당시만 해도 명절 때가 아니면 꿈도 꾸지 못하던 시절이었다. 하물며 지리산 부근의 벽촌임에랴. 마침 겨울 방학이라 작물이 심어 있지 않았던 동구 밖의 논에서 아침부터 저녁까지 편을 갈라 공을 차는 낙으로 살았다. 새끼줄을 아무리 감은들 검은 고무신은 이내 벗겨지기 일쑤였는데, 유독 종식이라는 친구만 운동화를 신었던 것이다. 원양어선을 타는 종식이 아버지가 귀국 하면서 사다 준 운동화가 그렇게 탐나 보일 수가 없었다. 설이 되려면 한 달 남짓 남아 핑계거리가 없는 터에 마침, 생일이 다가오는 걸 빌미로 운동화를 사 달라고 떼를 썼다. 생일날 운동화를 받지 못했음은 당연했다. 그래서 미역국을 한 순갈도 뜨지 않고, 이불 속으로 들어갔다가 아버지로부터 지겟작대기로 호된 찜질을 당했다. 작대기로 맞은 부기가 가라앉은 며칠 후, 소죽을 끓이는 내게 어머니가 살며시 운동화를 꺼내 놓으시는 게 아닌가. 그 운동화를 부친이 보지 않는 볏짚 속에 숨겼다가 공 찰 때만 몰래 꺼내 신었음은 물론이다.

그 후 운동화 건은 까맣게 잊고 있었는데 개학날에 짝인 미자가, "너그 엄마도 장사하나?" 하고 묻는 게 아닌가. 자기 엄마 따라 시장에 갔다가 봤다는 거였다. 나중에야 알았지만 운동화 한 켤레를 위해 어머니는 십 리도 더 떨어진 산청 장에서 사흘이나 시금치 장수를 하셨던 것이다. 맨살을 찢어 놓을 듯이 매서운 지리산 골바람을 맞으면서.

영화의 뒷장면은 잘 기억나지 않는다. 눈물쟁이 마누라 옆에 살다가 전염이 되었는지 한 번 무너지기 시작한 눈물 둑이 걷잡을 수 없이 무너진 탓이었다. 행여 볼썽사나운 꼴을 아내에게 들키지 않을까 싶어 가슴 졸인 걸 생각하면, 족히 십 년은 수명이 단축되었지 싶다.

어쨌거나 소기의 목적은 달성되었으므로, '특별한 날' 이 주는 압박감을 다소나마 덜 수 있었다. 더 정확히 말하면 영화를 보다가 졸아 버린 소치로 인해 마누라의 태도가 조금은 누그러진 것 같았다. 어제까지만 해도 유리로 덧씌운 식탁 위에 놓이는 사기그릇과 젓가락의 불협화음이 요란했는데 오늘 아침은 들리지 않는 것으로 봐서 그렇다는 얘기다. 내심 찔리는 데가 없지는 않았으나, 멋있게 적중된 내 작전에 쾌재를 불렀다.

"영화는 다 봤어요?"

"당연하지. 어쨌든 여자들은 그래서 안 돼. 그런 명작은 인내심을 갖고 끝까지 봤어야 하는데, 하여간 정말 감동적이더라구."

"툭하면 말끝마다 여자를 걸고넘어지는데, 대체 얼마나 대단한 영화길래 그래요?"

"출근 시간에 한가하게 영화 평이나 하고 있을 시간은 없고, 이따 퇴근해서 이야기하지."

"근데, 당신 눈이 왜 빨개요?"

"빨갛다고?"

어마 뜨거라. 혹시 눈치를 챈 건 아닐까. 거울 속에 비친 토끼 눈 색깔의 눈동자가 아무래도 믿기지 않는다.

"아, 난 또 뭐라고. 두 개짜리 테이프를 다 보느라고 잠을 설친 탓이겠지."

내 말투가 부자연스러웠든지, 아니면 눈치를 채기라도 한 건지 알 수 없는 미소를 짓더니,

"설마?……B형의 강점은 잠을 자지 않아도 눈에는 전혀 표시가 안 난다고 자랑하던 게 당신이었죠. 아마?"

하고 역습을 가하는 게 아닌가. 제길, 쓸데없는 얘기를 괜히 해 가지고 이 곤욕이람. 그런 사소한 것까지 기억해 내는 마누라쟁이 또한 정말 피곤한 스타일이야.

사무실의 일과란 늘 그렇듯이 극히 일상적이어서 어느덧 퇴근 시간이 가까워 오고 있었다. 결코 많은 액수는 아닌데도 가끔은 월급 명세서에 찍힌 액수가 부담스러울 정도로 내가 하는 일이 얼마만큼의 화폐로 전환될 수 있을까 솔직히 의심스러웠다. 그건 그렇고, 며칠 동안 마시지 못했던 술이나 양껏 마셔 볼까 하는 심산으로 회원을 모집 중이었다. 과장님 전화예요. 이쁜 여자 목소린데요. 이쁜 여자라?

"오늘 좀 빨리 들어오실 수 없어요?"

그러면 그렇지. 난 또 희미한 옛사랑의 그림잔가 싶었네. 급박한 중에서도 은근한 말투가 아무래도 무슨 일이 또 있나 보다.

"왜, 무슨 일인데. 오늘 우리과 회식하기로 했어."

"또 회식이에요. 빠지면 안 돼요?"

"글쎄, 무슨 일이냐니깐?"

"엄마가……흐흐흑……."

또야. 무슨 울음이 그렇게도 흔한지. 내가 노이로제 걸리지 않은 게 이상할 정도다.

"장모님이 어떻게 되셨는데? 제발 짜지 말고 똑똑히 얘기해 봐."

"엄마가, 엄마가 아프대요."

"많이 편찮으시대? 다녀오면 될 걸 가지고 징징 짜고 그래. 엎어지면 코 닿을 거린데."

"어제 찬바람을 쐬었더니, 수경이 머리에 열이 좀 있어요. 그래서…….”

다른 때 같으면 소리라도 꽥 질렀겠지만, 일전의 죄과도 있고 해서 눈물을 머금고 동료들이 술집, 아니 지상에 남은 유일한 천국으로 몰려가는 모습을 바라보아야 했다.

혹시 열이 더 심하면 감기약 먹이고, 우유는 전자렌지에 30초만 데우세요. 참, 아직 변 안 봤으니까 이상한 낌새 보이거든 변기에 앉히고요. 현관에 들어서기가 무섭게 딸년을 패스하듯 안겨 주고는 쏜살같이 가 버렸다. 눈앞에서 금세 엄마가 사라지자 이내 딸년은 울음보를 터뜨렸다. 제 에미를 닮았으니 오죽하랴만은, 이건 도통 말이 통해야지. 두 시간 남짓 딸년의 울음보를 막기 위해 기울인 내 노력을 세상의 어느 문장가, 웅변가가 필설로 다할 수 있으리. 가사노동 운운하던 얘기가 비로소 실감되는 순간이기도 했다. 가까스로 울음을 그치게 만들어 아홉 시 뉴스를 보고 있는데 채 뉴스가 끝나기도 전에 또 징징거린다. 배가 고픈가 싶어 우유병을 물려도 그치질 않고, 뒤가 마려운가 싶어 궁둥이를 까서 변기에 앉혀도 소용이 없다. 장난감이란 장난감은 죄다 동원하고, 기억나는 모든 동요란 동요는 다 부르고, 34인치의 허리를 가진 나비가 있는 재롱, 없는 재롱을 다 피워도 허사였다.

슬그머니 부아가 나기 시작했다. 일부러 맛 좀 봐라 하고 달아난 건 아닌가 하는 생각까지 들었다. 생각이 여기에 미치자 나도 모르게 고함을 꽥 질러 버렸다. 순간, 울음을 뚝 그치더니 이내 귀청이 떨어져라 울어 대는 게 아닌가. 화가 나서 볼기를 몇 차례 때려 주었더니 목청이 찢어져라 울어제끼다가 급기야는 얼굴이 파래지면서 구토를 해대는 것이었다. 머리에 손을 대보니 불덩이처럼 뜨거웠다. 게다가 온몸을 부들부들 떠는 걸 보니 겁이 덜컥 났다. 잘못하다 애 죽이겠다는 방정맞은 생각까지 들자 정신을 차릴 수가 없었다. 처갓집으로 전화를 걸어 00병원으로 간다고만 얘기하고 부리나케 달려나와 택시를 잡았다. 이제는 울 기력도 없는 건지 쉰 목소리만 그르릉거렸다. 이따금씩 손을 부르르 떠는 모습을 보노라니 소름이 오싹 끼쳤다. 게다가 밤 열 신데도 웬 놈의 차는 그렇게 많으며, 신호란 신호는 또 그렇게 많은지 날개가 없음이 한이었다.

가는 날이 장날이라더니, 병원 응급실에는 교통사고 환자가 밀어닥쳐 지옥을 방불케 했다. 지나가는 간호사와 의사들에게 통사정을 했으나 "지금 생명이 위독한 사람들이 눈에 보이지도 않습니까" 타박만 맞았다. 창백해진 얼굴로 내 가슴에 안겨서 가끔씩 부르르 떠는 아이를 보니 가슴 한켠이 서늘해져 왔다. 어린것이 얼마나 아팠으면 구토까지……. 뇌막염 예방 주사도 맞혀야겠더라구요. 옆집 애가 돌쯤 되었나 몰라. 하도 울어서 병원에 갔더니 글쎄 뇌막염이더래요. 하여간 요즘엔 병이란 병도 워낙 많아서……. 그러고 보면 현대 의학이 어쩔 수 없는 게 너무 많아요. 병원 복도 대기실에서 말을 주고받던 아주머니들의 말을 듣는 순간 온몸에 소름이 쫘악 돋았다.

딸아이의 안색을 살펴보니 금세 호흡이라도 멈출 것 같았다. 물이 바짝 마른 냄비처럼 속이 타기 시작했다. 하얀 가운을 입은 의사만 보면 매달렸으나 '조금만 기다리라' 는 말만 할 뿐이었다. 초침소리에 비례해서 아이의 호흡도 거칠어 갔다. 고함이라도 지르지 않고는 견딜 수 없을 것만 같다. 참으로 난감한 시간의 울타리 속에서 문득 '불성실한 내 삶에 대한 단죄' 라는 생각이 들었다. 내가 얼마나 무책임한 가장이었으며, 못난 애비였는가를 새삼 깨달았다. 어린것이 무슨 죄가 있다고……. 나도 모르게 눈물이 고이기 시작했다.

"대체 어떻게 된 거예요? 불과 몇 시간 전만 해도 멀쩡하던 앤데. 애 이리 주세요."

아내였다. 기억하기론 그때처럼 아내가 반가웠던 적은 없었다. 될 수 있는 한 상세하게 자초지종을 얘기했다. 볼기를 아프게 때린 게 아니라 그냥 살짝 손만 댔다고 덧붙이면서.

"우리 수경이, 많이 아팠어. 어디가 아야 하는데……."

애를 건네받은 아내는 이마에 손을 대더니, 눈과 입 속 그리고 기저귀까지 벗겨서 확인하는 것이었다. 놀라서 사색이 되었던 아내의 얼굴이 평상시의 모습으로 되돌아왔다. 자기가 알면 뭘 얼마나 안다고, 마치 검진을 끝낸 의사 같은 표정을 짓다니……. 병원 복도를 가득 메우는 아내의 울음소리를 어떻게 감당해야 할 것인지가 새로운 고민이었는데, 의외의 반응이었다. 아내에게 저런 면이 있었던가.

"그러고 보니, 당신 울었어요?"

우스워 죽겠다는 표정이었다.

"뭐가 우스워. 지금 그게 문제야. 애가 다 죽어 가는 판에……."

"무슨 그런 끔찍한 소리를, 난 또 정말로 큰일이나 난 줄 알았네."

"당신이 뭘 안다고 그래."

"또, 또. 수경아 아빠 정말 말 나쁘게 한다 그치. 수경이가 당신을 닮아서 기가 얼마나 센지 몰라요. 자기 분을 못 이겨서 토한 걸 가지고 호들갑은……그렇지 수경아, 아빠 참 우습다 그치. 별거 아니에요."

"별거 아니라니. 당신이 무슨 의사야."

머쓱해져서 한마디 하기는 했어도, 아내의 얘기를 듣고 나니 조금은 안심이 되었다. 잠시 후 의사의 진찰 결과도 아내의 내용과 큰 차이는 없었다. 별거 아니라는. 다만 너무 많이 울어서 편도가 조금 부었고, 가벼운 감기 기운이 있다는 정도였다. 돌아오는 택시 안에서 내가 우는데도 아내가 울지 않았다는 사실이 내내 믿기지 않았다. 아내 또한 내가 운 게 신기한지, 눈이 마주칠 때마다 피식하고 웃음을 흘렸다. 애써 아내의 눈길을 피하며, 울음에 대한 새로운 정의가 필요할 것 같다는 생각을 해 본다. 울음은 인간의 자연발생적인 생리현상으로, 억제와 금지의 대상이 아니라는 것. 그것은 마치 동전의 양면과 같이 웃음과 맞붙어 존재하는 것으로, 발산하고 나면 가슴이 시원하고 후련해진다는 공통점을 지닌다는 새로운 주석이 필요할 것도 같다.

달콤쌉싸름한 초콜릿, 이야기

약간의 소금만 넣어도 맛이 변하는 음식처럼, 물만 더 부어도
짠맛을 빼는 음식의 간처럼, 기억은 왜 그렇게 되지 못하는 것일까.
기억 저편 너머로 초콜릿 몇 개가 나뒹굴어진
수십 년 전의 시골집 마당이 또렷하게 되살아났다.

달콤쌉싸름한 초콜릿, 이야기

국물 맛을 본다. 멸치, 디포리, 가다랭이 그리고 다시마가 우러난 국물은 언제나 맛깔스럽다. 게다가 쑴벙쑴벙 썰어 넣은 무가 토해 놓은 시원함이라니……. 이때가 종국씨에게는 가장 행복한 시간이다. 그것도 잠시, 종국씨의 맛은 후추 병 앞에서 멈칫한다.

저기요, 당신이 만든 국물이……우리는 괜찮은데, 요새 학생들한테는…….

"회사 때려치우면 어디 학교 앞에 분식집이나 열까" 하고 농담처럼 한 얘기가 진담으로 바뀐 지 꼭 한 달 만이었다. 그것도 다른 사람이 아닌 아내의 입에서, 당신 손맛 하나만큼은 알아줘야 한다던 아내에게서 말이다.

언제부터인지 정확하지는 않지만 회사 야유회나 가족 나들이 때면 어김없이 찌개나 국 종류는 종국씨 차지가 되었다. 처음에는 다소 주저하던 종국씨도 '요리'라는 것이 자신의 적성에 맞는다는 생각이 들기 시작했다. 자신이 만든 음식을 다른 사람이 맛있게 먹어 주는 것이야말로, 회사에서 보험실적을 올려 두둑한 상여금을 받을 때와는 또 다른 맛임을 느끼곤 했었다. '요리'라는 거창한 이름을 붙이기에는 뭣하지만, 최소한 국물 맛을 내는 것만큼은 자신이 있었던 종국씨였다. 그런데 요새 애들 입맛에 맞지 않는다니. 며칠 지난 파처럼, 종국씨의 자존심도 색깔과 생기를 잃어버렸다. 아니 모멸감이었다. 다른 사람이면 몰라도 아내에게서 그런 말을 듣다니.

처음 분식집 이야기를 꺼냈을 때, "하필이면 그걸 해요. 챙피하게"라고 뾰로통하던 딸과 달리 그의 아내는 "잘 생각하셨어요. 어쩌면 당신이 가장 잘 할 수 있는 일이 그건지도 모르겠네요."라며 당신이 요리를 하고 배달은 자기가 맡겠다던 아내였다. 뭐니뭐니해도 먹는 장사가 최고라며, 특히 요새 같은 IMF 시대에는 더 더욱 그렇다고 어설픈 경제지식까지 들먹이면서 적극성을 보이던 아내가 아니었던가. 면발 사이를 감도는 국물 맛에 얼굴 가득 행복한 표정을 짓는 소녀들, 그들의 즐거운 모습을 바라보는 것만으로도 충분할 거라고 짐짓 행복의 척도까지 그려 두었던 종국씨였다.

다른 건 몰라도 국물 맛 때문이라면 그것만큼은 인정할 수 없다. 그러고 보니 어린 시절, 어머니의 국맛이 그랬다. 생각이 어머니의 맛에 이르자 종국은 그 생각의 창문을 닫아 버렸다. 못 볼 장면을 보기라도 한 것처럼, 황급하게.

한참 후 정신을 차린 종국씨가 내린 결론이란, 맛은 어디까지나 세계 공통언어이며, 맛에 관한 한 남녀노소가 있을 수 없다는 것이었다.

그런 종국씨의 자존심에 더 깊은 칼집을 낸 건 그의 아내가 아니라 하나밖에 없는 딸이었다. 앞치마를 두른 제 아버지의 꼴이 창피스러웠던지 가게 근처에는 좀체 얼씬도 않던 딸아이가 마침 들렀길래, 꽤 신경을 써서 우동 한 그릇과 떡볶이를 만들어 주었다. 딸아이의 창피스러운 맘을 우동 국물이 시원하게 씻어 주리라고, 맵싸한 떡볶이처럼 화끈하게 가시게 해 줄 것이라고 믿어 의심치 않았다.

떡볶이만 해도 어디 보통 떡볶이인가. 감칠맛 나는 우동 국물에 고추장과 고춧가루, 물엿을 풀고 은근한 맛을 위해 감초 우려낸 물까지 첨가한 떡볶이는, 특유의 매운맛 뒤에 단맛이 은근하게 퍼지는 일품 떡볶이라고 스스로 자부하고 있던 터였다. 딸아이도 아비의 손맛을 알고 나면, 존경까지는 몰라도 최소한 눈길 정도는 달라지겠지. '맛' 이라는 공통언어가 그간 서먹했던 부녀사이를 통하게 해 주는 그 무엇이 될지도 모른다는 생각마저 했었다.

종국씨는 초조하게 딸의 반응을 기다렸다. 무를 썰면서, 파를 다지면서도 종국씨의 관심은 칼끝이 아니라 딸에게로 향해 있었다. 딸아이가 우동과 떡볶이를 거의 다 먹었을 십여 분의 시간이 지나자 종국씨는 조심스럽게 딸아이의 테이블로 눈길을 옮겼다. 그의 딸이 입을 열기도 전에, 절반 가까이 남긴 우동 국물과 굳어 버린 떡볶이 접시가 대신 말을 하고 있었다. 남아 있는 모든 음식에 본능적인 식욕을 느끼던 종국씨가, 남은 음식의 양만큼 실망감으로 다가온다는 걸 깨달은 것도 최근에 생긴 습관이었다. 남겨진 음식 뒤에 숨은 말들을 너무나 잘 알고 있으면서도, 제 아버지를 배려한 최소한의 표현, 이를테면 "아빠 맛있는데 너무 배가 불러서요" 따위의 말들이 나오기를 간절히 바랐건만, "아빠, 국물은 너무 닝닝하구요, 떡볶이는 맵기만 한 게 무슨 맛인지도 모르겠어요. 물, 물 좀 주세요." 핏방울 하나 튀기지 않은 남처럼 혹은 다른 손님처럼 그렇게 내뱉은 것이다.

똑같은 말이라도 누가 하느냐에 따라 무게와 아픔이 엄청 달라진다는 사실을 절실하게 깨달아야만 했다. 요리를 시작한 뒤 처음으로 후회란 걸 했다. 국물 맛이 끝내준다던 주위의 평가나, 손맛이 좋다던 지금까지의 칭찬들은 단지 공짜로 먹은 요리에 대한 공치사에 지나지 않았던가.

딸아이가 다녀간 다음날이 마침 인근 여중 · 고의 개교기념일이라서 — 어쩌면 음식을 만들고 싶은 의욕을 잃어서였는지 모르지만 — 종국씨도 가게 문을 닫았다. 그리고는 아무도 모르게 시내로 갔다. 도대체 다른 사람들이 만든 국물은 어떤 맛이길래 딸아이의 반응마저 그렇단 말인가. 궁금증 이전에 자존심의 문제였다.

학생 손님들이 많은 우동집 몇 군데를 들러 우동과 떡볶이를 시켰다. 소금맛이 겉도는 국물 맛에다 톡 쏘는 듯한 뒷맛은 또 무엇이며, 설탕으로 범벅이 된 듯한 달짝지근한 떡볶이의 맛은 속이 니글거릴 정도였다. 그런데도 그것을 먹는 학생들의 표정은 종국씨의 생각과는 달랐다. 불가사의, 그래 이건 분명 불가사의라고밖에는 표현할 수 없을 노릇이었다.

몇 젓가락만 들고 음식을 남기는 이상한 사내에 대한 본능적 경계심 때문인지, 우동이나 떡볶이 체인점에서는 무슨 대단한 기업비밀인 양 소위 노하우란 걸 한사코 알려 주지 않았다. 맘씨 좋아 보이는 아주머니나 할머니가 주방을 보고 있는 집 몇 군데를 통해 간신히 알아낸 것은, 우동 국물에는 약간의 후춧가루와 튀김을 적절하게 넣어야 한다는 것, 그리고 떡볶이에는 설탕과 케찹을 첨가한다는 거였다. 후추와 케찹, 종국씨로서는 참으로 납득하기 어려운 재료들이었다. 그러나 학생들이 많은 집에서 이구동성으로 하는 소리고 보면 믿지 않을래야 믿지 않을 수 없었다.

프로는 프로다워야 해. 세상에 젤 힘든 게 뭔 줄 알아. 남 호주머니에서 돈 빼는 일이야. 남 호주머니에서 돈을 빼먹기 위해서는 제 간과 쓸개까지 다 빼 줄 각오가 있어야 해. 아침마다 지겹도록 들었던 보험사무소 소장의 잔소리가 새삼스럽게 떠올랐다. 간과 쓸개를 뺀다. 간과 쓸개? 돈을 벌기 위해 온갖 짓을 마다하지 않던 시절에 비하면, 우동 국물에 후춧가루를 넣고 떡볶이에 케찹을 넣는 건 그야말로 아무 일도 아닐 것이다. 그럼에도 종국씨의 마음 한구석은 찜찜하기만 했다. 그것은 마치 오랜 기간 동안 정들었던 멸치와 고추장에 대한 배신, 아니 우리 고

유의 그 무엇을 배신하는 것만 같았다.

우연의 일치인지는 몰라도 후춧가루와 케찹을 넣은 후부터 손님이 조금씩 늘기 시작하더니 얼마 전부터는 열서너 평 남짓한 공간이 손님으로 꽉 차곤 했다. 배달을 거절할 정도로 손님이 늘어나고 종국씨 부인의 입이 함지박처럼 벌어졌지만, 종국씨의 기분은 여전히 찜찜했다. 배신이란 단어만이 오징어 다리처럼 씹히는 탓이었다.

그러나 종국씨 가게의 호황은 그리 오래 가지 못했다. 학교 골목으로 들어오는 사거리에 외국계 햄버거 집이 문을 연 때문이었다. 당장 학생들이 절반으로 줄어들었다. 이 상태로라면, 간신히 인건비만 건질 정도였다.

IMF 사태가 처음 닥칠 때만 해도 살기야 좀 어렵겠지만 별 대수려니 싶었다. 그런데 금융권 구조조정 얘기가 나오더니 부실 보험사 정리로 발전하다가 이윽고 종국씨가 근무하던 'ㅎ' 보험사까지 여파가 밀려왔다. 지불준비금인가 뭔가가 부족하여 외국계 보험회사와 합병을 하고, 절반 가까운 사람들이 일자리에서 밀려났다. 그다지 좋은 실적을 올린 것도 아니었고, 나이도 많은 데다 윗사람들에게 신임도 받지 못한 종국씨의 경우는 말할 것도 없었다. 자칫하면 명퇴금도 받지 못하겠다 싶어 제 손으로 사표를 쓰고 말았다. 그 후에 시작한 것이 분식집이었는데, 이것마저 외국계 먹거리 가게 때문에 타격을 입다니…….

'후추라 카는 거는 미리 넣을 때 하고 맛이 다르다카이. 음식을 낼 때 바로 넣어야 제맛이 살제.' 대단한 노하우인 양 호들갑을 떨던 남포동 뚱보 아줌마의 말을 떠올리며 종국씨는 후추 병을 채운다. 조금 있으면 아이들이 올 것이다. 종국씨는 잠시 유리창 밖으로 눈길을 준다. 인근 여중 · 고로 들어가는 좁은 골목길의 양쪽으로는 학생들을 주 고객으로 하는 각종 가게가 늘어서 있다. 분식집만 해도 세 개나 되며 — 하긴 분식집 세 개를 합쳐 봐야 햄버거집 하나도 못 당할 매상이지만 — 튀김집, 빵집, 책 대여점, 꽃집, 팬시점, 문구점 등등이 보이지 않는 경쟁을 하고 있는 셈이었다. 종국씨 또한 자기도 모르게 맞은편과 정문 가까이의 분식집부터 눈길이 간다. 다른 집도 아직 개시를 하지 않은 것 같다.

오후 4시 30분, 지금쯤이면 여중생들과 보충수업이 없는 1학년들이 나올 시간인데……. 무슨 행사라도 있는 건가?

잠시 후 수백 개의 쟁반이 깨지는 듯한 소음이 난다. 학생들이 쏟아져 나오는 모양이다. 우동 면을 데치고 떡볶이와 오뎅을 국 속에 잠깐 넣었다가 끄집어낸다. 우동 국물이 약간 배어들기 때문에 맛이 좋아지는 것은 물론이려니와, 떡과 오뎅은 너무 오래 불 위에 있으면 이내 흐물흐물해져서 맛은 둘째치고 먹고 싶은 맘이 싹 가시게 된다.

다섯 시까지 여섯 명, 어제와 또 다르다. 무슨 바람이 불기라도 한 걸까. 새로 개업한 집도 없는데……. 괜히 초조해진 종국씨의 눈길이 다시 창 밖으로 향한다. 다른 집도 한산하기는 마찬가지지만 문구점과 팬시점에 아이들이 잔뜩 몰려 있다. 그러고 보니 갖가지 선물상자가 눈에 들어온다. 오늘이 무슨 날이지? 스승의 날이 되려면 아직 두 달이나 남았는데…….

"어이 학생들, 오늘이 무슨 날이라도 되나?"

종국씨는 우동을 먹고 있는 학생들에게, 말을 던진다.

"오늘요? 오늘은 금요일이죠. 근데 왜요?"

"팬시점에 웬 학생들이 그렇게 몰려 있노?"

"네에, 팬시점요?……아저씨 무슨 말 하시는지 알겠다. 아저씨는 학교 앞에서 장사하시면서 내일이 무슨 날인지도 모르세요?"

당돌한 녀석이다. 어른이 묻는데도 대답은커녕 반문을 한다. 성질 같아서는 저놈들 머리에 군밤이라도 한 대 먹였으면 싶다.

"그러게 말이다."

종국씨 입에서 무슨 소리가 나올지 몰라 불안해진 그의 아내가 끼어들었다.

"내일이 발렌타인데이라고 테레비에서 얘기들 안 합디까?"

"무슨 데이?"

"발-렌-타-인 데이요. 내일은요, 사랑하는 사람한테 초콜릿 주는 날이라 안 카데요. 여자가 사랑하는 사람을 밝힌다는 게 낯부끄럽기는 해도, 얼마나 멋져요."

멋? 종국씨는 또 후추 병으로 눈길이 간다. 멋이라니, 후춧가루 같은 거야. 발렌타인이 뭐 하던 놈인지는 모르겠다만, 어쨌든 양놈 이름인 걸 보면 필시 물 건너 온 풍습이리라. 햄버거로 아이들의 입맛을 바꿔놓더니, 문화마저 양놈들 것으로 바뀌어 가는구나. 그건 그렇다치고 하필이면 초콜릿을 주지. 한때 양놈

사회에서는 초콜릿이 정력제로 받아들여졌던 적이 있었다는 얘기를 들은 것도 같지만, 사랑하는 사람에게 정력 보강제를 준다는 뜻인가? 그것도 모르고 그런다면 여간 망측한 일이 아닌 것이다. 그게 아니라면 양놈들 초콜릿 회사에서 장사하려고 만든 수작이든지. 이런 저런 생각을 하던 끝에 종국씨는 아내에게 불쑥 질문을 던진다.

"왜 하필이면 초콜릿인데?"

"그야 낸들 아나요. 그냥, 그렇게 정해진 거니까 그런 거겠죠."

"그럼 우리하고는 아무 상관도 없는 것을 줏대도 없이 그냥 따라 한단 말이야?"

종국씨의 말소리가 조금 커졌다.

"상관이 없다니요. 나야 상관없지만, 당신만 해도 상관있잖아요."

종국씨는 움찔한다. 놀란 만큼 목소리가 비례해서 커진다.

"내가 초콜릿하고 무슨 상관이 있는데?"

"아이 깜짝이야. 당신 어머니만 해도 초콜릿을 얼마나 찾습디까?"

당신 어머니, 초콜릿?

냄새만으로도 음식 맛을 짐작할 수 있듯, 말에도 특유의 냄새가 있다고 종국씨는 생각했다. 아내의 말에서 비위 역겨운 냄새가 났다. 버터와 마가린이 섞인, 맡기만 해도 위장에서 거부반응이 오는 그런 냄새. 참으로 이상한 것은 따로 떨어져 있을 땐 아무렇지도 않은 당신이란 말과 어머니 그리고 초콜릿이란 말이 꼬치처럼 한꺼번에 꿰어지자 종국씨의 속이 냄비처럼 달아오르기 시작했다.

아내로 하여금 그런 말을 스스럼없이 나오게 만든 데는 어머니의 치매가 결정적이었을 것이다. 그리고 아까 학생들에게 초콜릿 얘기를 들었을 때, 자신이 왜 그렇게 화가 났는지 알 것도 같았다. 지우고 싶지만, 초콜릿이란 말에는 색깔처럼 탁한 어머니에 대한 아픈 기억이 묻어 있었다. 약간의 소금만 넣어도 맛이 변하는 음식처럼, 물만 더 부어도 짠맛을 빼는 음식의 간처럼, 기억은 왜 그렇게 되지 못하는 것일까. 기억 저편 너머로 초콜릿 몇 개가 나뒹굴어진 수십 년 전의 시골집 마당이 또렷하게 되살아났다.

"이년이 양놈들한테 화냥질하던 습성을 아직도 못 버려서 또 쪼코레또를 사 처먹어. 그기 값이 한두 푼이가. 애들 잡기장 몇 권 값을 저년이……. 내 오늘은 이년을 아주 요절을 내고 말 끼다."

서슬이 시퍼런 아버지가 지겟작대기를 들고 어머니에게 욕을 퍼붓고 있었고, 동네 어른들이 아버지를 말리고 있었다. 어머니의 눈은 완전히 풀려 있었으며, 왼쪽 뺨에는 머리에서부터 흘러내린 붉은 피로 범벅이 되어 있었다. 종국은 누렇게 익은 들판의 보리를 본 것마냥, 잠시 세상이 노래졌다. 그러고 보니 그날이 6 · 25 기념일이었던가 그랬다.

"상기하자 6 · 25" "때려잡자 김일성" "쳐부수자 공산당" 전교 회장이 고함을 지를 때마다, 운동장에 모인 전교생이 따라 외쳤다. 무슨 말인지도 모른 채 종국씨도 주먹을 불끈 쥐었다. 한참 고함을 지르다 보니, 공산당이 무엇인지는 몰라도 가슴이 콩닥거려지며 괜히 뜨거워지는 것 같았다.

뒤이어 반공웅변대회가 열렸는데, 북한 괴뢰군이 얼마나 나쁜가를 — 기억하기론 양 가죽을 둘러쓴 이리라고 했던 것 같다 — 이야기하는 선배도 있었고, 나중에 훌륭한 국군이 되어서 공산당을 쳐부수겠다는 용감한 선배도 있었다. 또 어떤 여학생 선배는 6 · 25 때 미국이 도와주지 않았다면 우리는 공산당의 노예가 되었을 거라며 항상 미국에 대해서 감사하는 마음을 가져야 한다고도 했다. 그리고 덧붙이기를 미국 사람들보고 '코쟁이' 라거나 '양놈' 이런 욕들도 쓰지 않도록 해야 한다면서, 은혜를 모르는 것은 짐승들이나 하는 일이라고 했다.

수업을 하지 않는 것은 좋았으나, 6월 땡볕에 몇 시간씩 운동장에 앉아 있는 것도 여간 고역이 아니었다. 웅변하는 선배들의 이야기를 들으면서 나도 얼른 자라서 공산당을 쳐부수는 용감한 국군이 되어야겠다고 두 주먹을 불끈 쥐기도 했고, 앞으로 성당의 눈 파란 신부를 만나더라도 헬로, 헬로 하거나 양코배기 하고 달아나지 않아야겠다고 마음을 먹기도 했다.

그런데 아버지는 지금 '양놈' 을 욕하고 있는 것이다. 종국은 당황스러웠다. 아버지가 욕을 하는 걸 보면, 미국 놈들이 나쁜 것 같기도 하고, 선배 누나가 웅변할 때 하는 걸 들어 보면 그렇게 고마운 나라는 이 지구상에 없는 것 같았는데 말이다.

하여간 은호 아버지를 비롯한 마을 어른 몇이서 아버지를 양쪽에 끼고 술집으로 갔다. 아버지가 사라진 후에도 어머니는 한참을 목놓아 울었던 것 같다. 너그 아부지 때문에 나는 몬 산다. 코쟁이한테 쪼코레또 하나 얻어 묵었다꼬 저그 예펀네를 화냥년 만드는 밴댕이 같은 소갈머리 가진 화상하고는 몬 산다. 내는 몬 산다. 동네 아주머니들이 지겟작대기에 맞은 머리에 된장을 발라 줄 때도, 어머니는 그런 말들을 하면서 서럽게 울었다.

"여보, 정신을 어따 팔고 있어요. 국물 넘쳐요."

종국씨의 기억 속에 어머니의 울음이 들렸던 것 같은데, 정작 운 것은 국물을 끓이던 솥이었다. 비었던 자리가 조금씩 채워지기 시작하면서 종국씨의 손길도 바빠지기 시작했다. 우동과 스페셜 떡볶이—라면, 만두, 우동 면이 함께 들어간 떡볶이—를 연신 만들어 내면서도, 종국씨는 여학생들의 자리마다 올려진 선물포장에 자꾸 신경을 빼앗겼다.

아범아, 나 쪼코레또 좀 사도. 쪼코레또 으응? 어릴 때 그 사건 이후로 한 번도 초콜릿이란 말조차 꺼내지 않던 그의 어머니가 '쪼코레또' 라는 단어를 꺼내기 시작한 건 정확히 6개월 전이다. 신문지상이나 방송을 통해 소문으로만 접하던 '치매' 증상을 보이기 시작한 것이다. 가끔 정신이 돌아올 때를 제외하고는 본능만으로 살아가는 그의 모친을 보며, 어머니 이전에 한 인간에 대한 연민과 함께 화가 치밀었다. 가게 근처만 가면 돈도 내지 않고 초콜릿을 집어 먹는다는 얘기를 들을 때마다, 종국씨는 원인 모를 수치감까지 들곤 했었다. 듣는 것만으로도 화가 나는데, 그런 어머니를 모시고 있는 동생 부부야 오죽 하겠는가 하고 생각하면 한숨밖에 나오지 않았다.

그런데 왜 어머니는 하고많은 것들 중에 하필이면 '초콜릿'만 생각나는 걸까? 종국씨를 보기 전만 해도 정신이 나갔다 들어왔다가는 했어도 특별히 다른 증상은 없었다고 동생은 말했다. 그런데 종국씨를 보자 '쪼코레또' 란 말을 꺼내기 시작하더라는 거였다. "지금 정신이 있는 거예요. 초콜릿은 무슨 초콜릿!" 고함을 꽥 지르고 말았다. 그리고는 동생 부부에게도 내 허락 없이는 절대 초콜릿 주지 말라고 주의까지 주었다.

"아주버님, 지금 어머님은 제 정신도 아니신데……. 그렇게 먹고 싶어하시는데 초콜릿 좀 사 드리면 어때요." 서슬 시퍼런 아주버니의 눈치를 보던 제수씨가, 조심스럽게 말을 건넸다. "안 됩니다. 초콜릿 때문에 일 생기면 제수씨가 책임지세요. 난 모릅니다."라고 쏘아붙이고 말았다. 막상 말은 그렇게 했지만, 자신이 왜 그렇게 민감하게 반응했는지 스스로도 납득이 가질 않았다. 제수씨보고 책임지라니, 지금도 책임을 지고 있는 사람은 제수씬데, 고생한다고 말은 못할망정 매몰차게 말을 쏘아붙이다니…….

"오늘은 손님이 좀 일찍 끊어진 것 같네요."

가게 문을 닫자는 듯, 아내가 넌지시 의향을 물어 온다. 하교

때, 그리고 야간 자율학습 중인 학생들의 저녁시간에 좀 붐비고 나면 손님은 별로 없다. 아닌 게 아니라 오늘 같은 날은 빨리 가게 문을 닫고 싶다. 주방 그릇들을 씻어 정리하고, 식탁 밑을 쓸고 있는데 검은 그랜저 한 대가 가게 앞을 가로막는다. 요 며칠 전에도 그랜저를 탄 부부가 와서는 별식 삼아 먹는지 거드름을 피우더니, 우동 두 그릇 값으로 만 원짜리 한 장을 내고는 거스름돈도 받지 않고 손을 흔들며 사라졌었다. 음식 값보다 더 많이 남았지만 기분이 썩 좋지 않았었다. 오늘도 그런 손님이면 장사 그만한다고 돌려보내야지 하고 마음을 먹는다.

"여기가 신종국 씨 가게……어, 짜슥이 요 숨어 있었구나. 아따 집 찾기 함 만만찮다."

형민이었다. 어릴 때부터 둘도 없는 불알친구로 부산에선 꽤 알려진 의사였다. 종국은 형민의 병원이 꽤 크다는 것과 그에게서 특진을 받으려면 몇 시간을 기다려야 할 정도로 유명한 의사라는 얘기는 듣고 있었지만, 병원으로 찾아가지는 않았었다. 보험회사에 근무할 때만 해도 보험 유치에 도움이 될까 봐 동기회에 꼬박꼬박 얼굴을 내밀었지만, 분식집을 하고 난 뒤론 한 번도 얼굴을 내밀지 않았다. 우동 면발이나 만지고 있다는 걸 얘기한다는 게 자존심도 상했고, 좀체 짬도 나지 않았다.

"그래, 사장님 됐다고 인자 우리하고 안 논다 이기가?"

형민이 잠시 동안의 어색함을 없애 보려는 듯 자리에 앉으면서 사투리로 농을 건넨다. 언젠가 형민이 술에 취해 종국씨에게 이런저런 얘기를 한 적이 있었다. 솔직히 말해 내가 거제도 촌

놈이란 사실을 밝히기 싫더라꼬. 그래서 엔간하면 거제도 사투리도 안 쓰고, 그래 안 살았나. 그런데 나이를 묵다 본께네 고향 생각도 나고, 또 친구들이 억수로 보고 싶데. 너그들만 만나면 초등학교 시절로 바로 돌아간다 아이가. 고향 사투리를 써도 하나도 숭 안 되고, 지맛대로 욕하고 웃고 떠들고, 이게 사람 살아가는 맛 아인가 그런 생각이 들더란 이말이다. 안 글나 친구야. 라며 혀 꼬부라진 소리를 했던 것 같다.

야, 내 아직 저녁도 몬 묵었다. 솜씨 좋은 니 국물 맛 함 보자. 싫다 임마. 오늘 장사 종쳤다. 야, 소문 듣고 온 손님한테 그랄 수 있나. 손님이 왕 아이가. 안 그래요, 제수씨. 에라이 썩을 놈. 종국씨는 말은 그렇게 하면서도 우동 한 그릇을 말았다. 우동 그릇을 받자마자 국물부터 들이키던 형민이 인상을 찌푸렸다. 야, 어째, 니는 장사하고 실력이 더 줄었노. 전에 우리 동기들 산행 갔을 때 끓이던 국물 맛은 이기 아인데……. 그제야 종국씨는 아차 싶었다. 학생들에게 팔다 남은 국물을 그대로 낸 때문이리라.

종국씨는 우동 그릇을 잔반통에 붓고 다시 국물을 우려내기 시작했다. 문디 자슥, 성질 되게 몬됐제. 말 한마디 했다고 묵는 음식을 뺏아 가서 내버리는 놈이 어데 있노? 종국씨는 대답 대신 씽긋 웃고는 새로 우려낸 국물에 우동을 말아서 친구에게 건네준다. 그래, 이 맛이다. 나는 니 솜씨가 줄었는가 싶었다. 근데 아까 국물 맛은 왜 그랬노? 요새 학생들은 그런 국물 맛을 좋아한다카네. 그으래? 야, 확실히 세대차이 난다. 하긴, 우리 새끼들만 봐도 김치나 된장찌개 같은 건 입도 안 댄다. 맨날 햄버거니 피자니 치킨이니 그런 것들만 찾고……. 우리 병원 간호사들도 틈만 나면 피자 배달시켜 먹고 하는 판인데……. 참, 소식은 들었는데 모친은 어째 차도가 좀 있나? 그냥 그렇지 뭐. 병원에는 한 번 가 봤나? 동생이 모시고 갔는데 병원에서 치맨지 알츠하이먼지 뭐 그런 병이라던데……. 그게 그거야. 같은 말이야. 우리나라에서는 '노망' 이라고 했지. 왜, 권투선수 알리가 앓고 있는 병 있잖아. 그 병이야. 머리를 다친 적이 있거나 뇌출혈, 뇌손상 등을 입은 경우 나타나기도 하는데……. 혹 머리를 크게 다치신 적은 없고? 글쎄…….

말은 그렇게 하면서도, 아버지의 지겟작대기에 맞아 붉은 핏자국이 선명하던 그 장면이 지워지지 않았다. 뇌세포가 죽는 병이거든. 기억력도 기억력이지만, 판단력이나 성격, 감정 등 하여튼 뇌 기능이 전반적으로 손상이 돼. 치료가 가능한 질환에 의한 것인지를 먼저 알아봐야 하는데, 언제 한 번 모시고 와. 신경심리검사도 해야 하고, CT나 MRI도 한 번 찍어 보게. 발병 원인을 정확히만 파악하면 완치되는 경우도 가끔은 있거든. 대신, 오늘 우동 값은 몬 준다. 우동 가지고 되겠나. 너그 동네니까 가까운 데 가서 쐬주나 한 잔 사라. 오늘 모처럼 빈대 붙어 보자. 종국씨는 그런 형민의 배려가 고마웠다. 결혼식 때 고향 친구 누구에게도 연락하지 않았던 예전의 형민이 아니었다. 그도 별 수 없이 나이를 먹어 가는 것이다.

아내를 먼저 보내고 종국씨는 형민과 함께 술집을 찾았다. 실내 포장마차 '이브의 유혹' 을 뿌리치자 '카페 클레오파트라' 가 앞을 막아섰다. 늘 보아 오던 간판임에도 생경하기만 한 이름들 앞에 종국씨는 왠지 몸이 오그라드는 느낌이었다. 발길을 돌리자 길 건너 모퉁이에 은은한 주홍빛이 새어 나오는 천막이 보였다. 종국씨는 무엇엔가 끌린 듯 천막 속으로 빨려들어갔다. 포장마차 안에 들어가서야 종국은 형민의 존재를 눈으로 잠시 더듬었다. 무언가를 말할 듯하다가 잠자코 술잔부터 채웠다. 잔을 채우기가 무섭게 이내 잔은 비워졌다.

천천히 먹어 임마, 술 안 묵는다고 잡아가는 귀신이라도 있나? 그래, 임마. 양코배기 귀신들이 날 몬 잡아 묵어서 안달이 났다. 뚱딴지같이 그거는 무슨 소리고?……. 마, 아무것도 아이다. 암껏도 아니긴, 니 아까부터 무슨 말 할려다 말았제. 무슨 말 할라 했더노? 말은 무슨 말? 어허, 귀신은 속여도 나는 몬 속인다. 빨리 얘기해 봐라?……. 어머니가 아프다는 얘기를 듣고 고향에 갔더니……. 그랬더니? 날 보자마자 초콜릿을 사 달라는 거야. 초콜릿을? 으응. 그때는 정신이 살짝 돌아온 것도 같았는데……. 초콜릿이라? 치매하고 초콜릿은 직접적으로 상관은 없긴 하지만……. 반드시 그렇다고는 볼 수 없어. 무의식이 수면 위로 부상할 때, 쉽게 말하면 오래 전에 기억 속에 있던 것들이 갑자기 생각날 때가 있거든. 혹시, 초콜릿과 관련된 과거의 기억이나 뭐 그런 건 없고?…….

가만, 가만……너 이 말 한다고 오해하지 마라. 너도 인제 나이를 먹을 만큼 먹은 어른이고……또……. 무슨 얘긴데 그래 뜸을 들이노. 어떻게 얘기해야 할지 모르겠네. 뭔데, 빨리 얘기해 봐라. 어릴 때 우리보고 똥갈보 자식이라고 놀렸잖아.

종구기 엄마, 야~앙 갈보, 종구기 엄마, 또~옹 갈보, 종구기 엄마아~.

동네 아이들이 우르르 몰려다니며, 노래를 부르고 있었다. 노래가 아니었다. 그것이 차마 입에 담지 못할 욕이란 걸 안 것은 훨씬 후의 일이었지만, 모멸감을 띤 아이들의 표정에서 종국은 자신을 약올리는 것임을 알 수 있었다. 비단 아이들의 표정이 아니라도 엄마의 당황스러운 반응이며, 아이들을 나무라는 척 하는 동네 아줌마들의 감춰진 웃음을 통해서도 충분히 알 수 있는 성질의 것이었다. 기억하기론 문제의 초콜릿 사건이 터지고 난 뒤에 붙여진 것 같았다.

그때 이후 종국은 어머니와 서먹서먹해졌고, 누구든지 양갈보나 똥갈보 소리만 하면 눈에 보이는 것이 없었다. 급기야는 창규의 머리통에 구멍을 내고 말았는데, 그때 이후로 아이들이 드러내 놓고 놀리지는 않았다.

그러고 보니 형민이와 단짝이 된 것도 그 별명 때문이었다. 아비 얼굴도 모르는 '피란민' 자식인 형민이는, 피란 도중에 남편을 잃고 시장에서 선술집을 하는 홀어머니 밑에서 성장했다. 이북 사투리가 주는 이질감 탓도 있었겠지만, 그의 어머니 직업상 '똥갈보 자식' 이란 별명이 으레 붙어 다녔다. 공부도 잘하고 운동도 곧잘 했던 형민과 달리, 어느 것 하나도 남보다 나은 게 없던 종국이 형민과 단짝이 된 것은 그 지랄 같은 별명이 주는 동지감이었을까. "종국아, 우리 열심히 공부해서 출세하자. 그래서 우리를 놀리던 놈들한테 멋있게 복수하자." 형민은 가끔 주먹을 쥐어 보였고, 종국은 어쨌든 이 지긋지긋한 동네를 벗어나서 다시는 돌아오지 말자는 것으로 답을 대신하곤 했었다. 형민의 어머니도 가끔 종국을 불러서 먹다 남은 안주를 어머니께 갖다드리라 하는 경우도 있었고, '너들 둘이 사이좋게 지내라'는 말을 하기도 했었던 것 같다.

형민과 어떻게 헤어졌는지 종국은 잘 기억하지 못한다. 다만, 술을 엄청 마셨다는 것과 '이젠 모든 것을 털어 버리자' 던 형민의 말만 어렴풋이 기억났다. 집근처에 다다른 종국씨는 편의점에 들러 담배를 샀다. 담배를 사고 나오니까 편의점 간판이 또 목덜미를 잡아끈다. 얼마 전까지만 해도 '영심이네 슈퍼' 였던 것이, 영어가 범벅이 된 24시 편의점으로 바뀌어 자신을 내려다보고 있다. 제기랄, 양코배기들! 좁은 골목길을 오르며, 종국씨는 우왁스럽게 담배갑의 비닐을 벗긴다. 디스플러스! 젠장할, 담배 이름까지 영어로구나. 피우고 싶은 맘이 싹 가신다.

허물어진 정신보다 더 망가진 육신을 이끌고, 18평의 공간으로 들어섰을 때 그의 아내는 이미 잠들어 있었다. 아빠, 이제 오세요. 인사를 하면서도 딸은 아버지의 눈치를 살핀다. 은박이 섞인 포장지로 무언가를 포장하고 있었던 것 같았다. 그렇다면 우리 딸년도…….

"니 지금 뭐 하고 있었노?"

"아무것도 안 했어요."

아무것도 아니라면서, 몸 뒤쪽에 있는 포장지와 상자를 발로 민다.

"아무것도 아니기는, 니 뒤에 있는 거는 뭐꼬? 빨리 가져와 봐라."

아무것도 아닌데, 라는 말만 되풀이하며 종국씨의 딸은 마지못해 포장지와 상자를 제 아버지 앞으로 가져온다. 얼핏 보기에도 꽤 많은 양의 초콜릿이 정사각형 상자에 가득하다. 말이 나오기 전에 종국씨가 딸의 머리를 쥐어박았다.

"아빠는 아무것도 모르면서……."

"뭣이 어째, 모르긴 뭘 몰라. 발렌타인데인가 지랄데인가 그것 때문이지. 하라는 공부는 안 하고 대가리 피도 안 마른 것들이, 뭐 사랑하는 사람한테 초콜릿을 줘? 내 새끼나 남의 새끼나 하여간 양놈들이 다 버려 놨다니까?"

하루 동안에 쌓였던 가슴 속 모든 응어리들이 파편처럼 딸아이에게로 향한다.

"……사랑하는 사람에게 초콜릿 주는 게 뭐가 나빠요?"

이미 머리를 한 대 쥐어박힌 딸이, 원망하듯 종국씨에게 항변한다. 궁지에 몰린 쥐가 고양이에게 달려든다더니, 기어코 딸아이의 뺨에 손을 대고 말았다.

"뭣이 어째? 뭐가 나쁘냐고? 그래, 대가리 피도 안 마른 것들이 양놈들 본을 따서 사랑 타령을 하고 있는데, 어느 정신 빠진

부모가 그 꼴을 지켜보고 있느냔 말이다. 그라고, 지 애비한테 독사 대가리같이 고개를 쳐들고 달라들게 만든 놈이 대체 어떤 놈이야?"

"……."

"빨리 얘기 못 하나?"

"아빠는 아무것도 모르면서……."

"아니 그래도 이것이……."

다시 종국씨의 손이 올라갈 기미를 보이자,

"그 초콜릿요, 사실은 할머니 거란 말예요." 그제야 실토를 한다.

"할머니?"

종국씨는 술이 확 깼다.

"……진작 할머니 것이라고 얘기를 하지."

종국씨의 목소리가 한층 수그러들었다. 쥐구멍이라도 찾고 싶은 심정이었다.

"아빠가 작은 엄마더러 할머니께 초콜릿 드리지 말랬잖아요. 아빠는 할머니가 불쌍하지도 않으세요?"

"그 그건 말이다……."

어머니에 대해서, 그리고 초콜릿에 대해서 딸에게 어떻게 이야기를 할 수 있단 말인가? 종국씨는 가만히 베란다로 가서 담배를 꺼내 물었다. 별들이 초롱초롱 깨어 있었다. 윤곽선만 남은 삭막한 도시가 왠지 친근하게 느껴지는 순간이었다. 불 꺼진 도시 변두리에서 만나는 서민 아파트의 각진 선을 볼 때마다,

원인 모를 거부감이 일곤 했었다. 담배 맛도 썩 괜찮았다. 연거푸 두 대를 피웠지만, 아까와는 달리 담배 이름 따위는 신경이 쓰이지 않았다.

아빠, 이 다리는 언제 만든 거예요. 한 달이 채 안 되었지 아마. 아빠가 그걸 어떻게 아세요? 왜, 내가 알면 안 되는 일이라도 있나? 아뇨, 그건 아니구요. 아빤, 거제도하고 관련된 건 듣지도 보지도 않으시잖아요. 내가 그랬나? 네, 아빠처럼 고향을 싫어하는 사람도 아마 드물걸요. 글쎄다. 동생의 전화를 받지 않았어도 어차피 이번 주말쯤은 내려가리라 생각했었다. 통영군과 거제도 사이에 새로 건설된 다리를 건너며 종국씨는 만감이 교차했다. 윤경아, 저기 건너편에 보이는 다리 있지. 저게 옛날에 건설된 거제대교다. 다리가 새로 놓일 것이라고는 아무도 생각하지 못했을 거다. 아마, 거제도를 고향으로 가진 사람은……. 그래서요? 뭐가 그래서야. 그냥 그렇다 그거지. 새 다리를 건너면서 무언가 퍼뜩 떠오르는 것이 있었지만, 여러 가지의 재료가 어우러져서 맛을 내는 음식처럼 복잡 미묘한 심경을 어떻게 말로 설명할 수 있단 말인가?

아범아, 쪼코레또.

고향 집을 들어서기가 무섭게, 종국의 모친이 그를 향해 내지른 소리였다. 종국씨는 가만히 손을 잡았다. 평생을 험한 농사일로 지문조차 남아 있지 않은 그 손을 잡으며, 지난 밤 딸아이가 준비한 초콜릿을 내놓았다. 그 광경을 보고 있던 피붙이들이 하나같이 뜨악한 표정이었지만, 정작 종국씨 본인은 아무렇지도 않은 듯 초콜릿을 까서 모친의 입에다 넣어 드렸다.

아범도 묵어봐라. 정말 맛내다. 내가 소싯적에 쪼코레또가 얼매나 묵고 싶었던지……양놈이 가슴 한 번 만지게 해 주믄 쪼코레토 준다캐서……그래도 나는 절대로 씹은 안 했다…… 맛내다. 아범아. 묵어봐라. 어서.

종국은 그의 모친이 주는 초콜릿을 받아 천천히 입에 넣었다. 달콤한, 그리고 씁쓸한 뒷맛이 감돌았다.

길 찾기

누구나 가는 빠른 길, 익숙한 길보다
시간이 걸리더라도 가지 않은 길을 가고 싶었다.
속도감은 느끼지 못하겠지만, 싱그러움으로 채색되어 가는
산과 들을 찬찬히 뜯어보며 느긋하게 가고 싶었다.
속도 때문에 스쳐 보낸 것들을 챙겨 보면서.

길 찾기

당신 이 길 맞아요, 라는 아내의 말은 긍정 아니면 부정을 요하는 단답식 질문이었다. 그런데도 길 자체가 맞고 틀리는 게 아니라 길은 그대로인데 사람들이 제대로 찾지 못할 따름이라는, 말만 입 속에서 맴돌았다. 짧은 순간이지만, 경기도 어딘가의 국도에서 생각이 잠시 차선을 이탈해 버렸던 것이다.

지금 제 말 듣고 있어요. 응. 뭐, 뭐 말인데. 지금 목적지에 제대로 가고 있는 거예요? 그……글쎄, 맞는 것 같기도 하고 아닌 것 같기도 하고……. 잠깐 차 좀 세워 봐요. 안산엔 죽산이란 곳이 없단 말예요. SK라는 영문이 낯설어 보이는 주유소에 차를 세웠다. 아내가 지도를 펴 들고 부지런히 짚어 나갔다. 최근에 구입한, 꽤 상세한 지도였음에도 가야 할 곳은 보이질 않았다. 이상하네, 분명 안산이라고 했는데……. 전화라도 걸어서 위치를 물어봐요. 괜히 생고생시키지 말구요. 아내의 말에 조금씩 짜증이 묻어나기 시작했다.

아들 녀석의 방학을 맞아 용인에 있는 놀이동산에서 1박2일을 보내고 내려오는 참이었다. 물론, 놀이동산만을 목적으로 부산에서 꼬박 하루가 걸리는 길을, 내가 선택했을 리 없다. 혼자서 스케치 여행이나 떠났으면 딱 좋았겠지만, 내 처분만 기다리는 네 개의 눈동자를 차마 외면할 수 없었던 것이다. 왕왕 의도하지 않은 길을 가야 할 때가 있는데, 대부분은 기억에서 지우고 싶은 길이었다. 그래도 이번은 그나마 나은 편이었다. 아들 녀석이 좋아하는 꼴과 그것을 지켜보는 아내의 흐뭇한 얼굴을 볼 수 있었기 때문이었다.

모처럼의 나들이에 신이 난 모자의 눈치를 보면서, 오는 길에 놀이공원 근처에 있는 누나집이나 한 번 들르자고 넌지시 의향을 비쳤더니 생각 밖으로 순순히 동의를 했다. 방학이 제법 남은 데다, 아내 또한 자신에게 각별한 정을 표시했던 시누이가 그다지 부담스러운 존재는 아니었을 것이다. 막상 아내가 선뜻 동의를 하자 조금은 걱정이 되었다.

그러니까 누나에 대한 아내의 기억은, 어디까지나 3년 전 부산 살았을 때 잠깐 보았던 편린에 지나지 않을 것이다. 화사한 웃음과 함께 밤새도록 문학을 이야기하던 소녀 같은, 생활의 먼지나 티끌은 어느 한구석에도 찾을 수 없던 그 모습만을 기억하고 있을 것임에 틀림없다. 자형이 사업에 실패 - 누나의 표현에 의하면 '남의 돈 공짜로 먹으려는 도둑 심뽀 때문' 이라고 했다 - 하는 바람에 누나가 다시 순위고사를 거쳐 발령지인 경기도로 갔다는 정도는 알고 있겠지만, 그 이후의 생활에 대해서는 전혀 모르고 있을 것이다. 나 또한 직접 눈으로 확인한 것이 아니라, 몇 번의 통화를 통해서 누나의 생활을 대략 짐작만 하고 있을 따름이었다.

뭐 해요, 전화 안 걸어요?

한빈이니? 나야. 삼촌이다. 부산 삼촌. 응 그래. 잘 있었어. 엄마 좀 바꿔 줘. 안 계셔? 아빠는?……그래에? 엄마는 언제쯤 돌아오시니? 응, 그럼 늦어도 아홉 시까지는 돌아오시겠구나. 지금 너네 집에 가는 길이거든. 근데, 위치가 정확하게 어디야? 응, 뭐라구? 안산이 아니고 안성이란 말야? 그래. 알았어. 지금 여기가 00이니까 저녁때쯤 도착할 거야. 혹시 엄마 오시거든 잘 말씀드려. 그럼 나중에 봐.

아무래도 이상하댔잖아요. 봐요. 여기 죽산이란 곳이 있잖아요. 안산과 안성, 음운의 유사성으로 치부하기에는 자신의 무신경이 스스로도 못마땅했다. 몸만큼, 아니 떨어져 있는 거리만큼 마음도 함께 멀어진 걸까. 어쩌면 이건 우연이 아닐 수도 있다. 보이지 않는 그 무엇이 내 발길을 잡고 있는 것은 아닐까? 자꾸만 찜찜한 기분이 들었다. 한편으론, 그 이상의 걱정과 호기심이 일었다. 단순히 '걱정' 과 '호기심' 이란 추상어로 정의하기엔 꽤나 복잡한, 그래서 아내에게조차도 그 내밀함을 보여 주기엔 만만찮은 성질의 것이었다. 여기까지 와서 그냥 가기도 뭣하잖아, 말을 덧붙이기는 했지만 그런 속내를 들킬까 봐 잠자코 운전대를 잡았다.

얘, 보이니? 달빛이 파도처럼 넘실거리는 모습 말이야. 대나무 숲에서 스스렁거리는 바람이 향기롭게 들리던 여름밤, 누나는 그렇게 말했었다. 누나, 참 누난 결혼 안 해요? 결혼? 해도 후회하고 안 해도 후회한다는데, 결혼하고 후회한다는 건 너무 그렇지 않아? 그래도 누구나 가는 길이 가장 쉬운 길이잖아요. 그래에. 누구나 가는 길이기 때문에 가고 싶지 않다면……. 가지 않은 길에 대한 호기심, 처음 커피를 마시기 전의 그 묘한 기분 같은 것 말야. 그냥 수녀나 될까 봐. 네에? 수녀라구요? 오래 전부터 그런 생각을 했더랬어. 설마? 처음 초등학교 발령을 받았을 때, 때묻지 않은 순수한 동심의 세계들을 만나면서 늘 부끄러웠어. 매일 아침마다 별처럼 깨어나는 그 눈빛들을 마주 보기가 두려웠어. 나라는 인간은 내 영혼 하나 건사하기에도 벅차다는 생각이 들 때마다, 그런 생각들이 들더구나.

그날 이후, 내 일과 중의 하나는 여성지를 뒤적이는 거였다. 사랑의 아름다움과 결혼 생활의 달콤함이 느껴지는 기사는 모조리 각색해서 누나에게 들려줬다. 라디오 인기 프로였던 '바구니에 가득 찬 행복'을 단행본으로 묶은 걸 구해서 틈날 때마다 주변의 얘기인 양 시치미를 떼고 들려주기도 했다. 그때마다, 넌 대학 1학년밖에 안 된 녀석이 어디서 그런 얘기들만 주워들었니. 그치만 넘 재밌다, 하고 깔깔거렸었다.

그런 내 노력이 주효한 탓인지 어땠는지, 대학 3학년이던 어느 날 커피를 사겠다고 남포동에서 보자고 했다. 나 결혼하기로 했다. 정말요? 잘 생각하셨어요. 정말, 그렇게 생각해? 그럼요. 누난 아마도 이 세상 누구보다도 아름다운 삶을 살 거예요. 아름다운 삶? 니가 얘기해 준 그런 삶을 모든 사람들이 살아가는 것은 아니겠지. 결혼 생활에 대한 환상 같은 건 없어. 너 말대로 누구나 가는 평범한 길을 가기로 했어. 결혼하실 분은 어떤 분인데요? 어떻게 만나셨는데요? 사귄 지는 얼마나 되셨는데요? 얘, 그만 해. 숨넘어가겠다. 너 꼭 누날 취조라도 하는 것 같다. 그랬나요? 그래. 가장 묻고 싶은 것 하나만 물어. 가장 묻고 싶은 것이라……. 좋아요. 그럼 자형 되실 분을 사랑하세요? 글쎄. 참 대답하기 곤란한 질문이다 얘. 그럼 사랑하지도 않는 사람과 결혼을 한단 말예요?

……너두 알다시피 사실 난 결혼은 별 생각 없었어. 이모가 권하길래 마지못해 약속 장소로 나갔었어. 첫눈에 너무 무뎌 보여서 내 결심을 바꾸지 않아도 되겠군 하고 생각했지. 그래서 커피만 마시고 끝냈어. 근데 그게 아냐. 다음날, 이 사람이 우리 학교 교무실로 불쑥 찾아온 거야. 음료수를 사 와서 쫘악 돌리면서 뭐래는 줄 아니. 글쎄 나하고 결혼할 사람이라는 거야. 그뿐인 줄 아니. 우리 교실에까지 와서 우리 반 애들에게까지 빵을 나눠 주면서 담임선생님과 결혼할 사람이라고 하지를 않나, 퇴근 때만 되면 교문 앞에서 기다리지. 조금이라도 늦을라치면 교무실로 찾아오고…….

찰거머리 작전에 넘어간 거로군요? 결과적으론 그런 셈이지.

처음엔 징그럽기도 하고 질리기도 하더라. 근데 두 달 동안을 매일같이 그러니까 사람이 다시 보이는 거야. 집념 하나는 사 줄 만하다는 느낌도 들고, 서른다섯 살 노처녀를 누가 구제해 주겠냐는 생각도 들고……. 내가 뭐 얼마나 대단한 존잰가 하는 마음도 없지 않았어. 참, 그리고 결혼하면 성당도 열심히 다니기로 했다. 너 이거 아니? 여자란 자기가 사랑하는 사람과 결혼하는 게 아니라, 자기를 사랑해 주는 사람과 결혼한다는 말. 그렇긴 하지만 그 사랑이 공유하는 공간 정도는 일치해야 하는 것 아녜요? 일전에 너, 이런 말 한 적 있지. 사랑은 서로의 결점을 발견하는 것이 아니라 장점을 키워 주는 것이며, 모자라는 부분을 채워 주는 것이라고.

그 후 결혼식장에서 자형을 봤을 때, 자형의 웃음에 비례해서 누나의 웃음이 너무 작아 보였다. 웃음을 측정하는 기구라도 있으면 그 수치가 엄청나게 차이가 났을 것이었다. 작은 웃음이라도 그 크기가 같았으면 더욱 좋았겠다는 생각이 들었었다.

애들만 있는 집에 불쑥 들어간다는 것도 좀 그렇잖아요. 뭐, 어때서. 누나 집인데. 친누나도 아니고 사촌누나잖아요? 친누나 집이나 다름없어, 자신 있게 말한 이면에는 "아빤 지금 집에 안 계세요. 열흘에 한 번쯤 올 때도 있구요. 어떤 땐 한 달에 한 번밖에 못 볼 때도 있어요."라던 한빈이의 말 때문이었다. 몇 년 만에 불쑥 나타나서, 그것도 원만하지 못한 부부 사이에 얼굴을 들이민다는 것은 아무래도 거북스러울 것이었다.

누나 부부 사이가 최악의 상태로 접어들었음을 안 건 몇 달 전이었다. 어쩌면 그보다 훨씬 이전인 결혼 초, 성당에 다니기로 철석같이 약속해 놓고 결혼과 동시에 없었던 일로 치부한다고 기막혀 할 때에 예감했어야 했다.

민규니? 어떻게 지내. 그냥 그렇지 뭐. 근데, 누나 목소리가 왜 그래요? 달라 보이니? 훗훗, 다른 사람은 속여도 넌 못 속이겠다. 무슨 일이 있죠? 음, 좋은 일과 나쁜 일이 있는데 어떤 것부터 들을래. 기왕이면 좋은 것부터 얘기하세요. 나 사랑할 대상을 발견했다. 사랑요? 놀랬어? 놀랬다기보다, 당황스러워서요. 상대는요? 막상 물으니까 대답하기 곤란하네. 쑥스럽기도 하고……. 더 이상 얘기하기는 곤란한가 보죠. 아니, 그렇다기보담, 전화상으론 곤란해. 좋아요. 그럼 나쁜 일은 뭐죠? 자형과 관계가 최악이야. 어느 정도로요. 우리가 과연 부부일까 하는 생각이 들 정도면 답이 되겠니. 어느 것이 먼저예요? 그건 달걀과 알의 논쟁 같은 것 아니겠니. 그렇지만 질식할 정도의 답답함이 먼저라고 봐야겠지. 그 답답함에 산소를 불어넣어 주는 대상을 발견했다고 볼 수 있겠지. 너네 자형이라는 사람 생각은 다르겠지만 말야.

이제 거의 다 온 것 아네요. 이정표를 보니 목적지가 불과 몇 킬로미터밖에 남지 않았다. 한빈이가 일러준 대로라면 10여 분이면 도착한다. 그러나 곧장 가지 않고, 식당부터 찾았다. 누나도 없는 집에, 설령 누나가 있다 하더라도 식사 때 불쑥 들이닥치는 건 예의가 아니라는, 그래서 저녁을 해결하고 가자는 아내의 제안 때문이었다. 가끔은 남자들이 생각하지 못하는 사소한 부분들을 놓치지 않는다는 점에서, 아내라는 존재는 필요한지도 모르겠다. 남자가 필요할 때, 누나는 어떤 식으로 해결하는 걸까. 사랑하고 있다는 그 상대가 남편이 해야 할 모든 역할을 다 할 수는 분명 없을 테고……. 누나 집과는 10여 분 거리에 있는 읍 소재지에서 가볍게 저녁을 해결하고, 한빈이에게 줄 장난감과 케이크를 샀다.

초행길에 해까지 넘어가 조금 헤매기는 했지만, 벌판에 괴물처럼 솟아 있는 10층짜리 아파트를 찾는 것이 그다지 어렵지는 않았다. 도시에서는 익숙한 그림처럼 느껴지던 아파트가 왜 그렇게 생경해 뵈는지 모를 일이었다. 모래 위에 지은 집처럼, 벌판 위에 뿌리를 내리지 못하는 불안한 삶의 공간처럼 비치는 걸까.

누나는 아직 오지 않았다. 오랜만에 만난 삼촌이 눈에 선지 잠시 주저하던 한빈이가, 아들 녀석과 이내 친구처럼 어울렸다. 그러고 보니 누나는 아이가 상당히 늦은 셈이었다. 도무지 아이가 들어서질 않는다는 것이었다. 딱히 아이가 있어야겠다는 생각은 없었지만, 해마다 흑염소탕을 올려보낼 정도로 극성스러운 시부모의 성화에 못 이겨 마지막 방법을 동원한 것이 인공수정이었다.

꽤 오랜 시간을 운전한 탓인지 피곤해서 잠시 소파에 앉았다가 그제야 주변을 둘러보니, 집안 꼴이 말이 아니었다. 동화처럼 맑고 투명하게 살아가는 누나의 집이라고는 상상조차 할 수 없을 정도였다. 어지러운 집 안은 황폐화되어 가는 누나의 속내를 드러내고 있는 것 같아 안쓰럽기도 하고, 보이기 싫은 치부를 아내에게 보이는 것 같아 속도 상하고, 하여간 여러 가지로 당황스러웠다.

당황스럽기는 아내도 마찬가지인 모양이었다. 그러나 선뜻 손을 대기가 어려운지 내 쪽을 흘끔 쳐다봤다. 대충 치우지. 아이들 있는 집이 다 그렇지 뭐. 괜히 무안하기도 하고, 그래서 변명처럼 해 본 소리였다. 온 집 안을 거울같이 닦아야 직성이 풀리는 아내로서는 이해하기 힘들 것이다. 당신이 몰라서 그렇지, 직장 가진 주부가 아침 설거지 할 시간이 좀체 있는 줄 알아. 라며 또 궁색한 변명을 했다. 하기야, 잘 모르기는 나도 마찬가지였다. 얼마 전 여선생님들이 이야기할 때 얼핏 들어 그런가 보다 했을 따름이었다.

그걸 감안한다고 해도 집 안은 너무 어지러웠다. 여기저기 널려진 장난감과 옷가지들이며, 빈 곳마다 쌓인 책들과 TV 교양프로를 녹화한 비디오테이프들……. 어지러운 속에서도 누나가 지향하는 세계들을 엿볼 수 있었지만, 나도 모르게 불평이 나왔다. 아무리 그렇지만, 집을 이 꼴로 만들어 놓고 이 시간까지 도대체 뭘 하는 걸까? 철없는 누이를 타박하는 나이 든 오라비처럼 자꾸만 그런 생각이 드는 것이었다.

한빈아, 엄마 간 곳 몰라? 지금은 노래방에 있을 거예요. 노래방? 네, 선생님들하고 만나서 저녁 먹고 나중에 노래방 간다고 했거든요. 핸드폰으로 연락이 안 되던데, 폰 안 가져 가셨니. 네, 그런 것 같아요. 그렇다면 누나가 오기를 기다릴 수밖에. 아내가 진공청소기를 꺼내는 걸 보면서 밖으로 나왔다.

담배를 꺼내 물고 아파트 현관 앞에서 기다리려니까, 엘리베이터를 타기 위해 기다리고 있던 사람들이 힐끔힐끔 쳐다보았다. 괜히 신경이 쓰여서 버스 정류장까지 나와서 하릴없이 담배만 피웠다. 몇 대의 버스가 지나갔지만 누나는 오지 않았다.

도심지에서 떨어진 곳이어선지 모기떼가 극성이었다. 기다리는 시간 속으로 종종걸음쳐 집을 향하는 남편들과, 어디 외출이라도 하고 온 듯 아기 걸음과 보조를 맞춰 아파트로 들어오는 부부의 모습을 보면서 괜히 서글퍼졌다. 모기는 단지 내 살 속에 침을 박지만, 일상 속에 평범한 행복을 누리는 부부들 혹은 남편들의 모습은 내 심장에 침을 박았다. 어쩌면 그런 생각은 지나친 생각일지 모른다. 아내 말대로 친누나도 아닌 사촌누나에 불과한데 말이다. 설령 친누나라 할지라도 이미 성인인 그들의 삶에 내가 관여할 공간은 없는 것이다. 더구나 동생 놈이……. 지켜보는 사람들은 단지 안타깝거나 보기에 좋거나 할 뿐인 것이다.

그럼에도 주제넘은 걱정을 하고 있는 건 뭘까. 어쩌면, 친척 중에서 유일하게 정신적으로 공감하는 사이이기 때문인지도 모르겠다. 내가 미대에 진학하려고 했을 때 패가망신의 길로 접어드는 것마냥 극심하게 반대를 하고, 온 친척들이 번갈아

가면서 나를 설득하려 들었을 때 누나만이 외로운 싸움에 동참해 주었다. 그리고 황소고집이라는 아버지를 어떻게 설득을 했는지, 얘, 내가 도와줄 수 있는 것은 여기까지야. 순수미술은 아무래도 안 되겠으니까 사범대학 미술교육과에 진학하는 것만으로 만족하라는 거였다. 사실은 나도 그림 그리는 걸 엄청 좋아하거든, 그런 말과 함께.

지금 와서야 순수미술을 한다는 것과 미술을 가르친다는 것은 천양지차라는 걸 알았지만, 법대 이외에는 다른 아무것도 생각지 않던 아버지를 상대로 그 정도의 양보를 얻어 냈다는 것만으로도 누나는 구세주 같은 존재였다. 누나 또한 누구에게도 얘기할 수 없었던 비밀들을 종종 내게 털어 놓곤 했었다. 친오빠가 두 명이나 있었지만 내밀스러운 부분을 드러낼 때나, 비밀의 창고가 넘칠 때에는 어김없이 전화나 편지를 하곤 했었다. 무엇보다도 누나가 없던 내게 있어서 친누나와 다름없는 존재였다.

다시 몇 대의 버스가 손님을 토해 놓고 사라졌다. 누나는 아직 오지 않았다. 아내의 귀가를 기다리는 남편처럼 버스 정류장만을 뚫어지게 보고 있을 따름이었다. 그런데 낯익은 모습의 사내가 시야에 들어왔다. 자형이닷! 가벼운 현기증이 일었다. 부정을 저지르다 발각된 사람처럼 가슴이 떨렸다. 잠시 고민을 하다가 자형에게로 달려갔다.

"자형, 이게 얼마만입니까?"

스스로 생각해도 과장스러울 만큼, 비굴할 정도로 반가움을 표시했다.

"누구지?"

뜻밖의 인사를 받고 당황한 자형이 짐짓 시치미를 뗐다. 결혼 전에 자형을 만나 본 몇 안 되는 집안사람 중의 하나가 나였고, 두 칸짜리 신혼 살림집에 초대받은 첫 손님 또한 나였다. 게다가 3년 전에는 서울에서 아내와 아들 녀석까지 함께 보지 않았던가. 몇 년 사이에 얼굴을 잊어 버렸을 리가 없다.

"저어, 민규입니다."

"아, 처남. 내 정신 좀 봐라. 내가 요새 깜빡깜빡한다니까. 미안, 미안. 그래 어쩐 일로?"

어쩐 일이라니? 정상적인 상태라면 이런 대화는 생략되어야 옳다.

"용인 갔다가 내려오는 길에 시간이 나서 잠시……."

"어쨌든 잘 왔어. 올라가자고."

'어쨌든' 이라는 부사는 참으로 편리하기도 하고, 더러 황당한 말이기도 하다. 뿐인가. '잘' 이라는 부사는 왠지 '자-알' 로 들린다. 오 선생은 전공이 국어야 뭐야. 말에 지나치게 민감해. 동료 교사들이 종종 놀려 대던 생각이 났다. 하여간, 같이 엘리베이터를 탔고, 10층에 도착할 때까지 아무 말이 없었다. 생각해 보면 엘리베이터란 얼마나 우스운 공간인가. 자기의 필요에 의해서 선택한 공간이지만, 이 문명의 공간은 참으로 어쭙잖다. 모르는 사람에게 '안녕하세요' 라고 할 정도의 인사성 혹은 넉살을 지닌 사람들을 만날 때도 마찬가지다. 인사를 받아야 될 것인가 말아야 될 것인가 하는 새로운 고민에 빠지게 한다. 대부분의 경우는 천장으로, 벽으로, 혹은 밑으로 눈길을 주지만, 시선 두기가 참으로 마뜩찮다. 하물며 서로 아는 사람들이, 그것도 불편한 관계라면 시선 두기는 더욱 곤란해진다.

어쨌든, 그래 어쨌든 '엘리베이터' 라는 곤혹의 공간은 피했지만, 어려움은 정작 그 다음이었다. 아빠다, 아빠~ 하고 매달리는 한빈이. 처수씨 오랜만이오, 어, 요놈이 안 본 사이에 많이 컸네, 올해 몇 살이지, 까지의 의례적인 인사까지는 그래도 사람과 사람 사이의 기본적인 예절의 범주를 벗어나지는 않았었다. 엄마 어디 갔어? 선생님들하고 모임 있으시대……. "이 년이 이제 아주 드러내 놓고……." 잠시 어안이 벙벙해졌다. 그 정도의 말이 서슴없이 나오리라고는 생각조차 못 했던 것이다.

잠시 바람 좀 쐬겠다, 하고 밖으로 나왔다. 난감하기는 아내도 마찬가지여서 내 뒤를 곧 따라 나왔다. 왜 나왔어? 그걸 말이라고 해요. 그렇다. 적절한 말은 분명 아니다. 말이란 것에 대해서 다시 생각해 본다. 신뢰가 깨어지면 말의 예절도 함께 허물어진다는 것을 똑똑히 보았다. 그렇게 담배만 피우고 있을 거예요. 당신은 여기 있어. 밑에 내려가 볼 테니까. 아내가 무슨 말인가를 꺼내고 싶어했지만 모르는 체하고 내려왔다. 지금 상황에서 무슨 말을 어떻게 할 수 있단 말인가. 갑자기 안경 앞에 뽀얀 입김이 서리기 시작한다.

밤 아홉 시 삼십 분, 누나는 아직도 오지 않는다. 무슨 일이라도 생긴 걸까? 심심풀이로 봤던 비디오의 너무나 뻔하고 상투적인 장면이 겹쳐지면서, 비디오적 상상력이 발휘된다. 그럴 리는 없을 것이다. 즉물적이며 말초신경적인, 그런 연애를 할 위인은 못 된다. 한때 수녀를 꿈꾸었던 누나가, 그럴 리는 없을 것이다. 혹시 무슨 사고라도 난 건 아닐까?

내 방정맞은 생각 때문이었는지는 몰라도, 어디서 사고라도 난 건지 순찰차와 앰뷸런스가 앵앵거리며 달려간다. 기다림이 주는 초조감은 이내 불안감으로 바뀐다. 마치 누나의 불행을 경고라도 하듯 앵앵거리는 저 소리, 소리……. 그런 와중에도 괜히 왔다는 생각과 함께 아파트의 긴 통로를 서성거려야 하는 아내에 대한 미안함이 든다. 그랬다가는 또 돌아오지 않는 누나 걱정이 되기도 한다.

온갖 불길함과 길기만 한 기다림의 종지부를 찍은 건 정확히 열 시 사십칠 분이었다. 누나! 이게 누구니이. 이게 누구우야. 누나는 와락 나를 껴안았지만, 나를 껴안은 건 누나보다 술냄새가 먼저였다. 근처에만 가도 난초 향기가 나던 예전의 누나가 아니었다. 타락과 방종의 내음, 아니 정신을 태운 뒤에 남은 지독한 연기 같은 것이었다. 술을 곧 타락으로 규정짓는 것 또한 관습적인 생각에 지나지 않을지도 모른다. 어쩌면 그 자리는 술이 적당한 매개체로 작용한, 정신의 자유로움과 관습의 일탈을 누린 그런 창조적인 자리였는지도 모른다. 위선과 격식에 굳은 온몸의 관절을 부드럽게 풀어 주는 맨손체조 같은 것이었는지 또 모르잖은가?

누나, 술 마셨구나? 그래, 나 한 자안 했어. 술냄새와 '나 한 자안 했어' 와의 시간 간격은 불과 0.1초 정도에 지나지 않을 것이다. 그 짧은 시간에 어쩌면 그렇게 많은 생각들이 동시다발적으로 솟아나는지 스스로도 놀랄 지경이었다. 그러고 보면 생각이라는 건 얼마나 많이 미분되고, 또 오랫동안 적분되는지……. 종종 사태의 본질보다는 비본질적인 것에 더 신경을 쓰고, 가능하면 현학적으로 해부하여 그때 얻게 되는 예기치 않은 분석결과에 스스로 만족하면서 불행한 사태를 잠시 동안이나마 잊어버리는 데 익숙해져 가는 자신이 스스로도 마뜩찮다.

집사람도 같이 왔지이? 응, 그보다 누나……집에 자형이 와 있어. 정마알? 그렇다니깐. 얘, 아무래도 네가 날을 잘못 택한 것 같다. 내 사랑하는 동생이 왔는데 하필이면 그 인간이 올 게 뭐람. 하여간 일생에 도움이 안 돼요. 올라가자. 걱정마아.

그날 밤을 어떻게 설명해야 할지 모르겠다. 부정한 아내를 두었다고 생각하는 남편과 무식한 남편을 만났다는 아내의 싸움이라고 단정하기엔 너무나 설명이 부족한, 그런 싸움이었다. 단지 물건을 부수거나 주먹을 휘두르는 장면이 없었다 뿐이지, 언어폭력이라고 할 수밖에 없는 말들이 오갔다. 차이가 있다면 자형이라는 사람은 철저하게 순간의 감정에 충실했고, 누나의 말은 그 숨막히는 순간에서도 은유와 상징이, 그래서 머리 나쁜 사람은 욕으로 알아듣기 힘든 정도의 욕이라는 정도였다. 몇 줄의 문장만으로 축약시킬, 그런 싸움은 분명 아니었다.

그나마 다행이었던 건 자고 일어나 보니 자형은 이미 집을 나갔고, 누나는 예전의 누나로 되돌아와 있었다는 것이다. 오랜만에 만났는데 그냥 가기는 너무 그렇잖니. 가까운 데 드라이브라도 하자. 내 사랑을 보여줄게?

내 사랑이라니? 마흔을 넘긴 누나의 입에서 거침없이 '내 사랑' 이라는 말을 나오게 만든, 그 대단한 사람은 어떤 사람일까. 호기심과 호기심에 비례하는 질투를 동시에 느꼈다. 한편으론, 어젯밤 자형으로 하여금 '화냥년' 과 '더러운 피' 라는 거침없는 단어를 내뱉게 만든 장본인을 직접 내 눈으로 확인해야겠다는 일종의 의무감도 생겨났다.

'딱히 볼만한 건 없지만 아담하고 이쁜 절' 이라는 누나의 권유로, 칠장사란 절을 찾았다. 누나의 말처럼 이쁘지도 아담하지도 않은 경내엔, 별 특징 없는 삼층석탑만이 을씨년스럽게 우뚝 솟아 있었다. 얘, 그래도 그 탑이 고려시대 때 세워진 거란다. 방문객에게 자기 고장의 명소를 자랑하는 듯한 누나의 설명을 들으면서, 몇 년 새 누나가 이곳에 삶의 뿌리를 내렸구나 하는 생각이 들어, 복잡미묘한 불안감도 다소 누그러졌다. 뿌리를 내린 모든 것은 흔들리지 않는 법이다. 누나가 이곳에 내린 삶의 뿌리는 어느 정도일까? 다시금 삼층탑을 바라보았다. 그러자 문득 누나의 삼층탑은 무엇일까 하는 생각이 들었다. 자신이 알든 모르든 상관없이, 오랜 세월을 견디게 해 주는 삶의 삼층탑은 누구에게나 있을 것이다. 그러고 보니 내 삶의 삼층탑이 있기나 한지, 나는 아직 그것의 존재조차 파악하지 못하고 있는 셈이다.

뭘, 그렇게 유심히 보니? 왜, 작품이라도 나올 것 같아? 캔버스라도 가지고 오지 그랬니? 얘, 햇볕이 너무 따갑다. 자리 옮기자. 참, 너 송어회 먹어 봤니? 부산사람들은 민물고기는 고기로 치지 않는데, 여기선 송어회를 먹는다. 처음엔 느낌 때문인지 영 그랬는데 먹어 보니까 꽤 맛이 있어. 우리 그거나 먹자.

누나가 말하는 사이사이에 그냥, 응, 아니, 등속의 말로 대꾸를 하긴 했지만, 지금의 누나는 확실히 말이 많아졌다. 누나는 지금 들떠 있는 것이다. 아니 어쩌면 불안한 것인지도 모른다. 잠시 혼란에 빠진다. 다시 누나의 얼굴을 찬찬히 바라본다. 표정만큼은 예전대로 돌아와 있는 것도 같다. 그제야 조금은 안심이 되었다. 그런데 만나게 해 준다던 '내 사랑' 은 어디에 있단 말인가.

내 조바심을 눈치채기라도 한 듯, 누나 집과는 정반대 방향으로 행선지를 가리켰다. 20여 분 정도를 갔을까. 이 주변에선 그래도 저 집이 깨끗하고 좋아. 식당으로 차를 몰면서 내 운전이 거칠어짐을 느꼈다. 정작 긴장하고 있는 건 바로 내가 아닌가. 아마도 누나가 말하는 '내 사랑' 은 지금 저 식당에서 우리를 만나기 위해 기다리고 있을 것이다. 누나보다 몇 살쯤은 많은, 어쩌면 아이가 두서넛은 딸린 유부남일지도 모른다. 그러나 박수를 보내야 한다. 세상 사람들이 모두 누나에게 돌을 던질지라도 나는 그럴 수 없다. 설령 그것이 불륜의 사랑일지라도…….

호흡을 가다듬고 식당으로 들어섰으나 누나의 '내 사랑' 은 보이지 않았다. 어디 한적한 구석방에 자리를 잡고 앉은 것일까. 얘, 사람들이 들락거리니까 조용히 얘기하기 힘들겠다. 저쪽으로 가면 정자 같은 방이 있어. 라고 하는 것이었다. 호흡이 다시 가빠졌다. 조심스럽게 문을 열고 들어갔다. 그러나 누나의 '내 사랑' 은 보이지 않았다. 누나 어디 있는데? 누구 말이니. 아, 아무것도 아냐. 아직 도착하지 않은 모양이었다.

송어회 괜찮지? 지금 시켜도 괜찮아? 그럼, 점심때가 지났는데, 여기요……. 식사 주문을 하는 걸 지켜보면서 무언가가 잘못되고 있다는 생각이 들었다. '아직 그분도 도착하지 않았는데 음식 주문을 해도 괜찮느냐' 고 물어보려다가 그냥 잠자코 있기로 했다. 예상대로라면, 먼저 와서 우리 쪽을 보고 있을 터였다.

주문했던 음식이 나오자 집사람에게 미안하다고 운을 뗀 누나는 "이젠 더 숨길 것두 없으니까 다 얘기할게."라며 말문을 열었다. 정전기를 만난 털같이 내 온몸은 잔뜩 긴장했다. 전화로 차마 하지 못했던 그 사랑을 이야기할 작정인 것이다. 보여준다던 '내 사랑' 을 직접 보여 주지는 않을 모양이다.

사랑이라고 말하기도 그러네. 라며 가방에서 돌돌 말려진 켄트지를 꺼냈다. 그 남자의 모습을 소묘라도 한 걸까? 그러고 보니 누나의 가방이 유별나게 컸던 것 같다. 내 사랑은 바로 이분이야. 누나가 펼친 사절지의 켄트지 위엔 30대 초반의 남자가 형형한 눈빛을 발하고 있었다. 그럼 사랑한다는 분이 바로……. 이럴 수가! 언뜻 보기에도 나보다 몇 살은 족히 어려

보였다. 내 비디오적 상상력이 다시 발동하기 시작했다. 왜, 놀랐니? 자세히 봐. 나랑 어딘가 닮은 것 같지 않니? 그러고 보니 얼굴 윤곽선이나 눈매, 그리고 눈썹 부위며 얇은 입술 등 모두가 조금씩은 닮은 것 같기도 하다. 사랑하면 닮게 되는 법이란다. 그것이 어떤 사랑이든 박수를 보내자던 내 결심이 조금씩 흔들리기 시작했다.

네가 조금만 눈썰미가 있으면 짐작할 만한 사람인데, 잘 모르겠니? 닮긴 뭘 닮아요. 나도 모르게 소리를 꽥 질렀다. 갑작스런 내 반응에 놀랐는지, 장난기 어린 누나의 표정이 이내 굳어졌다. 하긴, 너네 자형도 그런 반응을 보였었다. 그러나 그 사람에겐 얘기하고 싶지 않았어. 네게 좀 부드럽게 이야기하려다 보니 본의 아니게 널 놀라게 했구나. 이 그림의 남자가 바로 우리 아버지셔. 네에, 큰아버님이시라구요? 제가 보기엔……. 그럴 거야. 실은 네 사촌형들이랑 아버지가 달라. 뭐라구요? 그럴 리가……. 사실이야. 어떻게 그런 일이…….

어머니가 내 친아버지를 만난 건 전 남편—그러니까 4촌형들의 친부야—을 사별한 지 3년째 되는 해였단다. 그때 윗마을에 커다란 저수지 공사를 하고 있었는데, 노총각 공사감독이던 아버지가 우리 집에서 하숙을 하게 됐대. 그때 날 가지셨나 봐. 그럼 누나 친아버지는 그 후 어떻게 되셨어요? 공사가 끝날 즈음 아마 크레인의 붐인가에 맞아 돌아가셨다지.

참, 빠뜨릴 뻔했다. 삼촌이 아니었으면 난 세상 빛을 못 봤을지도 몰라. 우리 아버지 말씀인가요? 응, 집안에서야 과수댁이 혼자 아이를 뱄으니 난리가 났겠지. 그런데 누구보다 강경하게 나오실 줄 알았던 삼촌이 '바람을 피운 것도 아닌데 뭘 그러느냐.' 고 친척들의 입을 막았대. 그리고 부산으로 이사를 왔다지.
그럼, 이 사진은 어떻게 구하셨어요? 어머니가 돌아가시면서 이 사진을 줬어. 처음엔 솔직히 믿기지가 않았고, 믿고 싶지도 않았어. 무덤까지 갖고 가지 괜한 얘길 해서 사람을 혼란스럽게 만든다고 원망도 했었어. 그리고 의식적으로 못 들은 것으로 치부하려 했어. 또 실제로도 그랬고……. 아마, 결혼생활이 그런 대로 괜찮았을 때였으니까 그랬는지도 모르겠어. 그런데 내가 힘들 때 가끔씩 사진을 꺼내 봤더니, 조금씩 위로가 되더라. 비록 사진에 불과하지만, 혈육의 정이랄까 뭐 그런 것들이 전류처럼 흐르기도 하고…….

그러던 어느 날, 문득 아버지를 그리고 싶은 생각이 들었어. 네 자형이 잘 때마다 몰래 조금씩 그리기 시작했어. 그림이 조금씩 형태를 잡아가자 아버지가 조금씩 살아나는 느낌이었어. 한 번도 보지 못한 아버지를 그림으로 옮기면서 무언가 겉돌던 내 삶의 뿌리가 내리기 시작하는 걸 느꼈어. 그리곤 내 어깨에 짐 지워진 일상의 모든 무게들이 조금씩 가벼워지더구나. 살아있다는 게 얼마나 아름다운 일인가 하는 것과, 딸의 모습도 제대로 지켜보지 못하고 저세상으로 가신 아버지가 너무 안타까웠어. 아버지가 살지 못한 세상을 더 꿋꿋하게 살아야겠다는 의무감 같은 게 들기도 하고.

근데, 누나 솜씨가 보통이 아닌데요. 톤이나 터치가 보통이 넘어요. 특히 빛을 다루는 솜씨는 아마추어 수준을 넘어섰어요. 정말 그러니? 비행기 태우는 거 아니지? 어쩌면 당연할 지도 모르겠다. 너 혹시 어머니 초상화, 왜 유화로 그린 거 생각나니? 큰어머니 젊었을 때 모습이 담긴 것 말이에요. 아, 그럼 그것도 누나가 그린 거로군요. 근데, 접때 물었을 땐 왜 모른다고 그랬어요. 아냐, 내가 안 그렸어. 친아버지가 그렸대. 원래 화가 지망생이셨는데, 집안 사정 때문에 건축 설계 쪽을 택하셨대나 봐. 역시 피는 못 속이는 거군요. 그럴지도 모르지. 하긴 뭐, 여기 이 그림은 벌써 세 번짼 걸. 세 번씩이나요? 네 자형이 찢어 버렸다. 사실대로 이야기하지 않구요? 언젠가는 해야 하겠지. 그러나 왠지 지금은 그러고 싶지 않아. 말 꺼내기도 그렇고, 가뜩이나 시선이 비뚤어진 사람에게 말을 꺼냈다가 무슨 소리를 들을지도 모르고. 그렇잖아도 '화냥년' 이니 '더러운 피' 라느니 하는데.

그럼 이런 식으로 계속 사실 거예요? 왜 이혼이라도 하라구? 그렇지만 간단치가 않어. 교직에 있는 한 '이혼녀' 라는 세상의 눈길이 더 피곤할지 모른다는 이기적인 계산도 있고, 자형이 한참 힘들 때 그러는 건 도리가 아니란 생각도 들어. 한빈이한테도 지금은 아빠 엄마가 모두 필요한 시기이기도 하고. 그보다도, 더 중요한 건 일상적인 '행복' 의 관념에서 탈출하는 거야. '행복' 의 척도는 객관적인 게 아니라 주관적인 거야. 객관적인 나는 불행하지만, 주관적인 나는 그런 대로 행복한 셈이야. 봐, 너처럼 친오빠 이상으로 챙겨 주고 걱정해 주는 동생도 있고……. 그건 그렇고, 부끄러워 혼났다. 사실 출근하기에 바빠서 설거지는 퇴근 후에 하고, 청소는 날을 잡아서 일주일에 두 번씩 하는데 오늘 갑작스럽게 모임이 있었어. 집안 꼴이 말이 아니지? 어쩌면, 청소를 언제 해야 한다는 것도 고정관념인데, 그치?

어느 쪽으로 갈 건데요? 라는 아내의 말은 고속도로로 갈 것이냐 아니면 국도로 갈 것이냐는 선택형 질문이었다. 그냥 가는 대로 가 보는 거지 뭐. 설마 오늘 저녁 안으로 부산에 떨어지겠지. 라고 대답하고 말았다. 내심으론 고속도로보다 국도로 갔으면 싶었다. 누구나 가는 빠른 길, 익숙한 길보다 시간이 걸리더라도 가지 않은 길을 가고 싶었다. 속도감은 느끼지 못하겠지만, 싱그러움으로 채색되어 가는 산과 들을 찬찬히 뜯어보며 느긋하게 가고 싶었다. 속도 때문에 스쳐 보낸 것들을 챙겨 보면서.

아무 생각 없이 액셀러레이터를 밟다가 나타난 이정표를 보니 부산과 정반대 방향으로 가고 있었다. 거 봐요. 어디로 갈 건지 정해 놓고 가자고 해도……. 아내는 다시 지도를 꺼냈고, 잠깐 동안이지만 '고속도로' 를 탈까 하는 생각도 있었다. 그러나 이내, 편리함과 관습적인 것에 길들여진 자신을 책망하며 국도를 선택했다. '고정관념' 이라는 것에 대해 생각했다. 민물고기는 회로 먹을 수 없다는 고정관념이 바닷가 사람에게 있듯이, 행복이란 이런 것이라는 것 또한 고정관념일지 모른다. 예상했던 것보다는 송어회가 먹을 만했다는 생각을 하면서 관념적으로는 무거운 추풍령을 가볍게 넘었다. 잔뜩 찌푸린 하늘이 소나기를 한차례 뿌리고는, 동쪽 하늘에 에메랄드 빛 속살을 드러내기 시작했다.

화이트 크리스마스 선물

후덥지근한 날씨에 캐롤이라니, 어색하기도 하면서 한편으론
우습기까지 했다. 루돌프 사슴코가 선물을 가득 짊어진
산타클로스 영감을 태우고 방울소리도 요란하게 온 실내를 휘젓더니 어느새
'울면 선물을 안 준다' 는 앙증맞은 소녀의 목소리로 바뀌었다.

화이트 크리스마스 선물

'강민씨가 그러구 있음 안 돼요. 강민씨의 따뜻한 손길만이 선혜를 회복시킬 수 있어요. 제 말 무슨 뜻인지 아시죠.'

병원 문을 열면서 다시 한 번 샤넬 리의 말을 떠올렸다. 그녀의 말이 틀렸다는 건 아니다. 그러나 멀쩡한 이름을 두고 성 앞에 샤넬이라는 향수 이름을 끌어다 붙인 것도 그렇고, 아파트 내부 인테리어를 하러 온 연하의 타일공 녀석과 눈이 맞아 살림을 차린 것도, 어쨌든 기분 나쁜 여자다. 단지 이곳이 낯선 이국땅이고, 아내의 하나밖에 없는 대학동창이라는 끈 하나가 달갑지 않은 관계를 이어오게 한 셈이다. 곰곰 생각해 보니 아내가 이 지경이 된 데는 샤넬 리, 그녀의 치즈 냄새 배인 사고방식이 한몫했으리라는 생각이 들기까지 했다. 그렇다고 지금 그걸 따져 본들 뭣 하며, 그럴 기력도 없다. 이 상황에서 아내에게 무엇을, 어떻게 해야 한단 말인가.

"부군 되십니까? 어제부터 부인의 치료를 맡은 마이클 왕입니다."

백인 의사를 보면 발작 증세를 보인 까닭에 교체되었다는 중국계 의사가 자기소개를 했다.

"백인 의사를 두려워 한다는 게 사실입니까?"

"네, 거의 공포감 가까울 정돕니다."

"믿을 수가 없는데요."

닥터 왕이 두 팔을 벌리며 어깨를 움찔해 보였다.

"평소에 그러지 않았다는 말씀입니까?"

"네, 한 번도요."

"그래요? 그렇다면 보다 근본적인 문제부터 치료를 해 나가야 할 것 같습니다."

"근본적인 문제라니요?"

"지금으로선 뭐라고 단정적으로 말씀드릴 수 없고, 환경적 요인을 두루 검토해 봐야 하겠군요."

"그 말씀은, 아내의 증세가 심각하단 얘깁니까?"

"뭐 꼭 그렇다고는 볼 수 없습니다. 심각함의 정도는 종이 한 장 차이에 불과하니깐요."

그리고는 아내의 일상생활에서부터 부부관계에 이르기까지 자질구레한 내용들을 잔뜩 묻고는 차트에다 열심히 적어 댔다. 그런 사실들이 치료에 얼마나 도움이 될까 싶었지만 현재로선 다른 방도가 없었다. 온 김에 아내의 얼굴이라도 보려고 면회를 요청했으나, 병원 측에선 병세를 악화시킬 뿐이라며 아내 모르게 보기만 하라는 것이었다.

쇠창살 너머로 잔뜩 웅크리고 앉은 아내의 모습이 보였다. 몰라보게 수척해진 얼굴과 산발한 머리 그리고 초점 잃은 눈동자를 보는 순간, 속에서 뜨거운 것이 울컥 밀려 올라왔다. 뒤이어 생각조차 싫은 그날 밤이 생생하게 되살아났다.

가든파티가 있던 날, 아내는 소풍을 기다리던 유년시절의 모습 그것이었다. 영화 속에서나 가능하던 가든파티에 자신이 직접 참석한다는 사실이 믿기지 않은 듯, 몇 번이나 초청장을 들여다보는 눈치였다. 들뜬 아내의 모습을 보면서 왠지 낯설다는 느낌이 들었다. 어쩌면 아내는 깊숙이 등이 패인 이브닝드레스를 입고 실내악에 맞춰 왈츠를 추는, 그런 생활이 어울릴지도 모른다는 생각이 스치고 지나갔다. 호주지사 근무도 따지고 보면 아내가 더 적극적이었다는 표현이 맞을 것이다. "우리 코쟁이 동네에 가서 몇 년 동안 바깥바람이라도 쏘이는 거 어때" 지나가는 말로 해외지사 근무건을 슬쩍 비쳤을 때, 잠시 주저하길래 별 생각이 없나 보다 했는데 의외로 반색을 하며 반겼다. 난 그저 외국에 가서 영어나 제대로 익히고, 과장 진급 때 조금이나마 유리하지 않을까 하는 소박한 욕심밖에 없던 터라 가도 그만, 안 가도 그만이었는데.

지리에 어두워 조금 늦게 도착한 파티장에는 이미 행사가 진행되고 있었다.

'한국에서 비즈니스가 룸살롱이나 요정에서 이루어진다면 이곳의 비즈니스는 파티에서 이루어진다고 해도 과언이 아니야. 영사관 파티건만 아니면 내가 참석해야 하는데, 이번 기회에 경험 좀 쌓으라구. 그리고 이건 놀러가는 게 아니라 어디까지나 비즈니스라는 점을 잊지 말게.'

애써 강조하던 지사장의 당부를 떠올리며 아내와 함께 파티장에 들어섰다. 호주 굴지의 철광석회사가 오늘 파티의 호스트인 까닭인지 얼핏 보아도 인종과 국적이 다양해 보였다. 호스트의 선창에 따른 건배를 시작으로 파티가 서서히 열기를 더해 가고 있을 즈음이었다.

"오우, 미스터 문, 오랜만입니다."

수출입은행에서 외환 관계 업무를 맡고 있는 스탠리였다. 업무관계로 가끔 접하는 사이이긴 하지만, 이런 자리에서 만나고 보니 반가웠다. 초청장엔 분명히 부부 동반으로 되어 있었는데 그는 혼자였다.

"부인께선 같이 안 오시구요?"

"전 원래 혼잡니다. 남들은 독신주의자라지만 전 자유주의자라 생각하죠. 부인은 오늘 처음 뵙는 것 같습니다."

'같이 앉아도 실례가 되지 않는다면' 이라는 말로 양해를 구하고 그는 자리에 합석했다. 스탠리는 지속적으로 아내에게 관심을 나타냈다. 처음엔 단지 아내의 한복에 관심이 있는 것으로 생각했는데, 이글거리는 그의 눈동자가 자꾸 마음에 걸렸다. 가끔씩 던지는 스탠리의 찬사 - 아름답다, 매혹적이다, 동양의 신비를 간직하고 있는 것 같다는 등의 - 에 어쩔 줄 몰라 하던 아내도 차츰 시간이 지나자 싫지만은 않은 표정이었다.

12인조 실내악단의 화음이 클래식에서 경쾌한 팝송을 거쳐 왈츠와 블루스곡으로 바뀌는 동안, 시간은 어느덧 열 시를 넘어서고 있었다. 이만하면 만나야 할 사람들은 대충 만난 셈이고 자리에 참석했노라고 생색은 낸 것 같았다. 자리에서 일어서려는 순간, 스탠리가 같이 춤을 춰도 되겠느냐고 양해를 구했다. 분위기 탓이었을까. 입으로는 연신 '춤을 못 춘다' 고 하면서도 아내는 정반대의 눈빛을 하고 있었다. 극히 짧은 순간이지만, 잠시 망설여졌다.

"왜, 그냥 한번 춰 보지 그래."

말은 그렇게 했지만, 내심 아내가 스탠리의 손을 뿌리쳐 주기를 바랐다. 그러나 아내는 나의 그런 심정과 달리 "정말 춤은 자신 없는데……." 하면서 못 이기는 체 일어서는 것이었다.

그 이후의 시간들을 어떻게 설명해야 좋을지 모르겠다. 후덥지근한 날씨 탓인지 아니면 문화의 차이인지는 모르겠으나, 아내의 잠재의식 속에 숨어 있던 그 무엇을 분출시키기에는 가장 완벽한 무대였던 것만은 틀림없었다. 솔직히 처음엔 부럽기도 하다가, 나중엔 설마 자정을 넘기진 않겠지 하고 애써 마음을 누그러뜨려도 보았다. 하지만 춤은 멈출 생각을 않고 열기만 고조되어 갔다. 괜히 기분이 상했다. 질투심인지, 아니면 자격지심인지 모를 묘한 감정이 또아리를 틀기 시작했다. 파티장에 남아 있던 술을 보이는 대로 들이붓기 시작했다. 한국에서라면 머리끄덩이라도 잡았겠지만, 제 마누라도 마음대로 못 하는 동네에서 할 수 있는 일이라곤 알콜로 감정을 무디게 만드는 것밖에 달리 도리가 없었다. 무슨 일이 일어나기 전에 자리를 벗어나야겠다는 것 말고는 다른 아무것도 생각나지 않았다.

아내가 돌아온 건 다음날 아침이었다. 그것도 택시가 아닌 경찰 순찰차를 타고서. 결혼 때 맞춰 입은 한복은 여기저기 찢어져 누더기가 되어 있었고, 산발한 머리와 초점이 없어진 눈, 군데군데 나 있는 혈흔과 멍 자국은 아내에게 있었던 일을 온몸으로 말해 주고 있었다.

"누구야, 당신을 이렇게 만든 놈이? 누구냔 말이야?"

"……."

아내는 잔뜩 웅크린 상태로 쪼그려 앉아 흐느낄 뿐 아무 말이 없었다.

"스탠리, 그 노랑머리 새끼야? 바른대로 말해."

아내의 어깨를 움켜쥐고 세차게 흔들어 댔지만, 도리질만 할 뿐이었다.

그 길로 뛰쳐나가 은행 앞에서 출근하기를 기다렸다가, 차에서 내리는 스탠리를 다짜고짜 멱살부터 잡았다. 사실대로 이야기하라고 다그쳤으나 녀석은 완강히 부인했다. 파티를 마친 후 내가 없어서 집에 바래다주려고 오는 도중에, 오페라 하우스 부근에서 야경을 구경하느라 잠시 쉬었다는 것이다. 그러다가 아내를 껴안았더니 차에서 내려 뛰어가 버렸고, 그 이후의 일은 자기도 모른다고 했다. 아내에게 키스를 시도하려고 한 것에 대해서는 미안하게 생각하지만, 맹세코 아무 일도 없었노라고 주절거렸다. 화가 머리끝까지 치솟아 녀석의 아구통을 한 대 갈겨버렸다. 그리고 나서 정신을 차린 다음 지사에 전화를 걸어 열흘 간의 휴가를 신청했다.

파티 이후의 지옥 같은 시간들을 어떻게 일일이 열거할 수 있으랴. 병원에 입원시키기까지의 며칠 동안, 아내는 말할 것도 없거니와 나 또한 반쯤 넋이 나가 있었다. 입심 좋은 사람들이 지어낸 이야기거나 삼류 주간지에서 각색해 낸 사건쯤으로 치부하던 일이 나에게 닥치다니 도무지 믿을 수가 없었다. 하루에도 수십 차례씩, 정말 나에게 일어난 일인지 반문해 보고 부정도 해 보았다. 사흘째 되던 날, 내키지는 않았지만 샤넬 리에게 연락을 해서 그녀의 충고를 따르기로 했다. 차마 지사에 그 사실을 알릴 수는 없었다.

병원 문을 나섰을 때 태양은 이미 하버브릿지 밑으로 숨고 있었다. 야자수 잎에 내려앉은 황혼이 내 안에 드리운 그림자처럼 먹물 색으로 변하고 있었다. 아내가 빠진 최근의 내 일상에서 가장 많이 변한 게 있다면 놀랄 만치 주량이 늘었다는 것이다. 당연히 생활은 엉망이 되어 버렸고……. 유일한 낙이라고 해 봤자 차이나타운 근처에 있는 한국 식당에 가서 된장찌개와 불고기 백반을 먹는 것이었지만, 이전의 맛을 느낄 수는 없었다.

그 밖에 딱히 변화라고 한다면, 얼마 전 단골 술집을 시맨스 클럽(항구에 입항하는 선원들의 휴식 공간으로 주로 종교 단체에서 운영함)으로 바꿨다는 정도다. 며칠째 하릴없이 알아메인 공원(시드니 중심에 위치한 공원) 주변을 서성거리다가 우연히 한국 선원들을 만나 알게 되었다. 그렇잖아도 내가 주로 다니는 곳은 빤해서 지사 사람들의 눈에 띄기 십상이었다. 그렇다고 백인들만 드나드는 술집에서 혼자 술을 마실 정도의 넉살도 못 되는 형편이라, 이래저래 내게는 최적의 장소인 셈이었다. 술값도 저렴한데다 언제나 한국 사람을 만날 수 있다는 장점까지 있었다. 말하기 귀찮을 때는 영어로 대답을 해 놓고 모른 척하며 선원들의 이야기를 듣는 것도 괜찮았다. 또 한 가지는 항상 혼자서 동양인들만 유심히 바라보는 초로의 목발사내에 대한 약간의 호기심도 있었다. 감정이라곤 전혀 갖고 있지 않은 사람 같기도 하고, 어떻게 보면 표현할 수 없는 우울의 덩어리를 전신에 붙이고 다니는 것도 같은, 한마디로 묘한 사내였다.

아직 시간이 이른 탓인지 시맨스클럽 내부는 한산했다. 크리스마스트리와 갖가지 장식물들이 매달린 내부에는, 캐롤이 가득 들어차 있었다. 후덥지근한 날씨에 캐롤이라니, 어색하기도 하면서 한편으론 우습기까지 했다. 루돌프 사슴코가 선물을 가득 짊어진 산타클로스 영감을 태우고 방울소리도 요란하게 온 실내를 휘젓더니 어느새 '울면 선물을 안 준다' 는 앙증맞은 소녀의 목소리로 바뀌었다. 선물, 선물이라……?

'백합도 좋지만 전 장미가 더 좋거든요. 이담엔요, 제 생일 때 딴 건 필요 없구요. 나이 수만큼의 장미만 사다 주시면 돼요. 전

요, 나이 수만큼의 장미라는 말이 얼마나 매력적으로 들리는지 몰라요.'

결혼하기 전 아내의 생일날, 백합꽃 한 다발과 스카프를 받으면서 아내는 그렇게 말했었다. 결혼한 지 3년이 지난 지금까지, 난 아내에게 장미를 선물하지는 못했다. 장미꽃다발을 들고 시내를 다니기가 쑥스럽기도 했지만, 진홍빛 장미 속에 도사린 농염함과 요사스런 향기 그리고 몰래 숨긴 가시까지 모든 것이 내키지 않은 때문이었다. 아내가 정작 받고 싶었던 건 장미가 가진 고전적 의미보다 동화 속에서나 그려봄직한 '꿈'이 아니었을까.

"실례해도 되겠소. 생각하는 데 방해가 되지 않는다면……."

초로의 목발, 그 사내였다. 며칠째 드나들면서 낯이 익었든지 내게 다가온 것이다. 알 수 없는 묘한 웃음을 흘리면서 날 가만히 내려다보았다.

"천만에요."

"고맙소. 선생이 너무 골똘히 생각하는 것 같아 방해가 되지 않을까 걱정했었소. 반갑소. 난 제임스요."

"제 이름은 문입니다."

"무운, 철자가 어떻게 되오?"

"엠오오엔입니다."

"밤하늘을 비추는 달 말이오. 무운, 미스터 문은 좋은 이름을 가지고 있소. 그런데 혹시 한국 사람이오?"

"네, 그렇습니다만 그걸 어떻게 알았죠?"

"다 아는 수가 있소. 한국이란 나라는 중국과 일본 사이에 있소. 그래서 한국인의 생김새도 중국인과 일본인의 중간이라고나 할까. 내가 보기엔 그렇소."

"당신은 예리한 통찰력의 소유자이십니다. 실은, 저도 이곳에서 한국 사람을 구별하기가 쉽지 않거든요."

"그렇게 말하니 실토하지 않을 수 없게 됐군. 사실대로 말하면 당신이 한국인임을 안 건 며칠 전에 당신 친구들과 나누는 대화를 듣고 알았소."

"그럼 한국말을 할 줄 아십니까?"

"한국말을 하지는 못하지만 들어보면 한국말이라는 것 정도는 알고 있소. 참, 오늘은 당신 친구들이 보이지 않는구려."

"며칠 전 함께 술 마시던 선원들 말이군요. 친구는 아니고 우연히 만난 사람들일뿐입니다."

"그럼, 미스터 문은 뱃사람이 아니오?"

"뱃사람이라구요. 아닙니다. 배와 약간의 관계가 있기는 하지만 뱃사람은 아닙니다. 전 한국 종합상사의 시드니지사에 근무하는 샐러리맨입니다."

"그랬었군. 그래서 미스터 문의 분위기는 조금 달랐던 것 같소. 그건 그렇고 당신은 독신이오?"

"아뇨. 기혼잡니다."

"그럼, 아낼 두고 혼자 이곳까지 근무를 나온 거요?"

"같이 왔습니다만 아내는 현재……."

사내에게 아내 이야기를 한들 무엇하랴. 그보다 이 사내를 알지도 못한다. 한국말을 구별할 줄 알고 유독 한국인에게 관심을 보이는 사내의 정체는 무엇일까. 여권 발급시 '아무런 이유도 없이 외국인이 친절을 베풀 때에는 한 번쯤 의심해 봐야 한다.' 던 안보교육 때문인지, 엉뚱하게도 북한 공작원이 아닐까 하는 생각까지 얼핏 스치고 지나갔다. 아니면 샤넬 리의 말대로 무료한 노인의 '시간 죽이기 작전' 에 말려든 것일까. 처음 이곳에 도착했을 때 '노인에게 너무 친절하게 대하지 말라' 던 그녀의 말이 생각났다. 자기한테만큼은 끔찍했던 할머니 생각 때문에 매일 아파트 앞 잔디밭에 나와 있던 할머니 한 분에게 멋모르고 말을 건넸다 한다. 그 이후로 만났다 하면 한 시간도 좋고 두 시간도 좋다는 식으로 붙들고 이야기를 하는 통에 귀찮아서 혼이 났다는 거였다.

"아마 말 못 할 사정이라도 있나 본데……초면에 내가 실례를 범한 것 같소. 그럼 다음에……."

사내는 마치 내 속을 꿰뚫어 보고 있는 듯이 말하고는 절뚝거리며 시맨스클럽을 빠져나갔다. 공연히 마음만 싱숭생숭했다. 500cc 생맥주 두 잔을 시켜 먹고는 시맨스클럽을 나서려는데 며칠 전에 만났던 선원들이 들어왔다.

"아이구 자주 뵙습니다. 저리 가서 한잔 합시다."

자신을 일등항해사라고 소개했던 구레나룻이 내 손을 이끌었다.

"저어, 오늘은 바빠서 이만……."

"무슨 섭섭한 말씀을, 혼자 계신다면서 이 시간에 홀아비 냄새 나는 집에 가서 뭣 할거요. 자, 그러지 말고 술이나 한잔 합시다. 지난번에 형씨가 샀으니 우리도 원수 한번 갚읍시다."

겸손과 사양은 차이가 있는데 적어도 우리나라 사람들은 그걸 구별하지 못하고 있다. 더러 상대방의 의사는 전혀 그렇지 않은데도 인정을 가장한 강요는 얼마나 당혹스러운 일인가. 하긴 집에 간다고 해서 별 뾰족한 수가 있는 것도 아니다.

"오늘 출항이라고 했던 것 같은데요?"

"뱃놈들 출항한다는 건 닻을 감아 올려야 아는 것 아니겠소. 부두 컨베이어가 고장나는 바람에 하루 연기 됐어요. 이런 거라도 없으면 어디 배 탈 맛 납니까……헛, 헛."

생각지도 않은 시간을 번 탓인지 그들은 기분이 좋아 보였다. 일행은 모두 다섯인데 각기 말씨가 달랐다. 그들의 관심사는 얼마 전에 끝난 대통령선거의 후일담과 부동산 가격 그리고 자녀들 교육 문제들이 대부분이었다. 일부러 그러는지는 몰라도 부인들에 대한 이야기는 거의 없었고 고작해야 부인에게 줄 마땅한 선물이 없어 고민이라는 정도였다.

때가 때인 만큼, 어딜 가나 선물 얘기다. 그들은 남편이 아내에게 줄 수 있는 최선의 선물은 무어라 생각할까. 내 처지에서는 사치스런 생각인지 모르겠으나, 언젠가 읽은 수필집의 글귀가 생각났다.

"……선물의 속성에는 참으로 아이러니컬한 면이 있다. 분명, 선물은 받는 사람을 위해 마련되는 것이지만, 그 선물은 주는 사람의 취향에 의해 결정된다……."

뭐, 그다지 마음에 와 닿지도 않는 그렇고 그런 내용이었다.

"아따, 문형 무신 생각을 그리 하요. 술잔에 곰팽이 피겄소. 술 좋다는 기 뭐요. 골치 아픈 일 있을 때 묵으라고 만들어 놓은 기 술 아니요."

사람 좋아 보이는 조타수 강씨가 ─그의 직책과 성씨를 안 건 조금 후의 일이긴 하지만─ 잔을 비우라고 성화였다. 그의 말마따나 술이란 골치 아플 걸 대비해서 만들어 놓은 음식인지도 딴은 모르겠다. 이후부턴 술을 들이부었다고 할 정도로 마셨다. 누군가가 이럴 게 아니라 다음 장소로 옮기자는 제의를 했고, 다른 의견은 없었다.

"어딜 가시는지 모르겠지만 전 이쯤에서 빠져야겠습니다."

"문형, 이러지 맙시다. 혼자라는 거 다 아는데 자꾸 달아날 궁리만 할 거요. 같이 갑시다. 기가 막힌 구경거리가 있으니까."

기가 막힌 구경거리라는 얘기 때문에 솔깃해진 것만은 아니었다. 인사치레를 넘어선 그들의 청을 뿌리치기가 쉽지 않았다.

두 대의 택시를 나눠 타고 도착한 곳은 킹스 크로스(King' s cross)란 이름이 붙은 환락가였다. '시드니에 와서 오페라 하우스를 못 보면 시드니 구경을 못 한 거나 마찬가지고, 오페라 하우스만 보고 킹스 크로스에 가 보지 못한 사람은 시드니를 다 보았다고 얘기하지 못한다.' 고 지사장이 말하던 그곳이었다. 어렴풋이 짐작만 했을 뿐 가 볼 생각조차 못 한 곳이었다.

"문형은 좋겠소. 엎어지면 코 닿을 거리에 이런 기가 막힌 동네가 있으니."

조명이 울긋불긋한 어떤 업소의 지하실을 내려가면서 일항사가 야릇한 웃음을 지어 보였다. 호주달러로 일인당 40불이나 되는 엄청난 입장료였다. 도대체 무엇을 하는 곳인데 입장료가 이렇게 비싼지 이해가 가지 않았다.

홀에 들어서자마자 뜨거운 열기가 확 하니 밀려왔다. 소문으로 듣고서도 반신반의하던 이른바 라이브 섹스 숍이라는 곳이었다. 백인 남자와 동양인 여자가 배위자세의 성행위를 실연해 보이고 있었는데, 무대 위의 그들보다 오히려 내 얼굴이 더 무안해지는 것 같았다. 계속 보고 있기가 뭣해서 환호성을 올리는 사람들 틈을 빠져나왔다.

바깥 공기를 쐬고 나니까 그제야 정신이 들었다. 갑자기 욕지기가 밀고 올라왔다. 쓰레기통을 찾을 틈도 없이 속에 있던 걸 모조리 토해 냈다. 무대 위의 그들과 한복이 찢어진 아내의 모습이 번갈아 가며 떠올랐다. 미칠 것 같았다. 아니 미치지 않고는 견딜 수 없을 것 같았다. 정신없이 거리로 뛰쳐나갔다. 세상을 모두 부서버리고만 싶었다. 얼마나 거리를 헤맸는지 모른다. 그러다가 어느 순간, 요란한 사이렌 소리가 들리는 듯했다. 뒤이어 날 움켜쥐는 우악스런 손길과 '탁' 하는 둔한 소리에 정신을 잃었다.

"이제야 정신이 든 모양이군."

분명 지사장의 목소린데, 햇빛이 따가워서 눈을 뜰 수 없었다.

"정신이 들어?"

지사장이 건네준 물로 목을 축인 다음에야 정신을 차렸다.

"여, 여기가 어디죠?"

"정신 차려 이 사람아. 휴가 간 사람이 난데없이 경찰서는 웬 경찰서야. 이 양반들 얘기로는 자네가 완전히 미친 것 같았다는데, 도대체 어떻게 된 거야?"

그제야 상황의 전말을 추측할 수 있었다.

"면목 없습니다."

"됐어. 그 말 할 정신이면 완전히 미친 것 같지는 않구만. 자네 지갑 속에 든 명함이 아니었더라면 영락없이 콩밥, 아니지 이놈들은 밥을 먹지 않지. 어쨌든 그만하길 다행이야. 벌금은 내가 다 물었으니 이 사람들 시키는 대로 지문 찍고 사인해. 형식적인 거니깐 신경 쓰지 말고."

한국 식당에 가서 해장국을 시켜준 지사장은 어제 저녁의 사건과 함께 아내와 연락이 닿지 않은 이유 등을 몹시 궁금해 하는 눈치였지만, 다음 기회에 조용히 말씀드리겠다는 것 외에 일체 입을 열지 않았다. 그리고 휴가를 며칠 연장해야겠다고 했더니 인상이 굳어지면서 "좋아. 그럼 신정 연휴엔 자네 혼자 사무실 지키는 거야" 하는 것으로 마지못해 승낙했다.

집에 돌아와서 꼬박 하루를 잠만 잤다. 잠을 깬 건 쉬지 않고 울려 대는 전화벨 소리 때문이었다.

"집에 안 계셨더랬어요?"

샤넬 리의 목소리였다.

"제가 전화를 여러 번 했었는데……어제 병원에 다녀왔어요. 많이 좋아진 것 같애요. 절 알아보던 걸요. 그런데, 강민씨 얘길 하니까 막 울어요."

"……."

"지금 듣고 있는 거예요?"

"듣고 있으니까 말씀하세요."

"이건요, 누구의 잘못도 아니라구요. 누구에게나 일어날 수 있는 일인데 운이 나쁘게 선혜에게 그런 일이 일어났다고 생각하고 마음 굳게 가지셔야 해요."

"지금 운이 나쁘다고 말한 거요?"

"전 지금 누구의 잘못도 아니란 얘길 하고 있는 거예요……. 오늘이 크리스마스이브니까 병원에나 한 번 들러 보시는 게 어때요. 그리고 얘기 들으셨는지 모르겠지만, 담당의사 말이 강민씨가 가진 지나친 도덕관념이 선혜에겐 오히려 더 부담으로 작용하는 것 같대요. 그러니까 한국 남자들이 가진 고리타분함을 벗어던지고 자유분방한 생활을 하는 것도 나중을 위해서는 도움이 될 거래요."

그녀의 전화는 의사에게서 들은 아내의 증세에서부터 별 시시콜콜한 것들까지 한참이나 계속되었다. 내가 고리타분하다구, 그게 아내의 증세와 무슨 상관이 있다고…….

말라비틀어진 빵조각과 커피 한 잔으로 아침을 대신했다. 아무 생각 없이 바라본 거실 벽에는 4절지 크기의 한라산에 함박눈이 소리도 없이 쌓이고 있었다. 피부로 느끼는 여름과 눈에 들어오는 고국의 겨울 속에서 한동안 혼동에 빠져 흔들의자만 팽그르르 돌렸다. '우리 땅 두고 하필이면 양놈들 사는 델 가누. 나는 당최 맘이 안 놓인다.' 문득 장모님의 말이 생각났다. 아내가 이렇게 된 걸 장모님이 아신다면……. 샤넬 리의 말이 아니래도 병원엘 가 봐야겠다.

"메리 크리스마스."

의사는 뭐가 그렇게 좋은지 싱글벙글했다. 하긴 이들 사회에서 크리스마스처럼 큰 명절도 없겠지만.

"메리 크리스마스, 닥터 왕."

"잘 오셨습니다. 그렇잖아도 선생이 오시기를 기다렸습니다."

"아내의 증세가 좋아지기라도 했습니까?"

"꼭 그런 건 아니지만……원인을 알아냈으니까 이제부터 치료가 되겠죠."

"원인을 알아냈다구요?"

무언가를 잠시 생각하던 의사가 차트를 가져왔다.

"네. 말씀드리긴 뭣하지만 어차피 치료를 하려면 선생께서도 알고 계셔야 할 테니까……혹시 부인의 어머니에 대해서 잘 알고 계십니까?"

느닷없이 장모님이라니? 그러고 보니 장모님에 대해선 제대로 아는 게 없다. 서른에 청상이 되어 혼자 사남매를 키웠다는 것과, 어딘가에서 가게를 한다는 얘기를 들었지만 한 번도 가

본 적은 없다.

"잘 모릅니다. 그런데 그게 아내의 증세와 무슨 관계가 있습니까?"

"지금부터 하는 말은 어디까지나 부인의 치료를 위한 것이니만큼……."

아내에게는 가능하면 비밀로 하는 게 좋겠다는 전제를 한 후에 놀랄 만한 사실들을 들려주었다. 아내가 최면 상태에서 두서없이 늘어놓은 이야기들을 분석한 결과, 어릴 때 자기 어머니가 미군에게 강간당하는 장면을 엿본 것 같다. 그때의 충격으로 생긴 증오심을 감추기 위해 겉으로 상반된 표현이 나온 것으로 보인다. 게다가 이번 사건을 당한 후 내가 갖고 있는 유교적 가치관이 엄청난 스트레스로 작용해 있는 상태며, 앞으로의 내 태도 여하에 따라 아내의 회복 여부가 달려 있다는 게 대충의 요지였다.

아내에게 그런 과거가 있었다니 도저히 믿기지 않았다. 현대의학이 아무리 발달했다 할지라도 아내의 잠재의식 속에 숨겨둔 내밀한 부분까지 일거에 까발려졌다는 게 내 상식으론 얼른 납득이 가지 않았다. 의사의 말이 사실이라면, 마치 오랫동안 백인들과 살아온 사람처럼 그들을 대하던 아내의 모습도 자신의 부끄러운 부분을 감추기 위한 과장이었단 말인가. 해외근무건을 꺼냈을 때의 머뭇거림과 스탠리와 춤을 출 때 몸을 밀착시킨 것까지도……. 의사의 말을 들은 직후 아내에 대한 분노가 조금은 사그라지며 측은한 생각이 들기도 했다. 그러나 모든 걸 이해하겠다는 입장은 아니었다.

칼날을 세운 겨울바람이 가슴 복판을 뚫고 나가 커다란 구멍이 생긴 것 같았다. 무작정 거리로 나섰다. 빈 가슴에 걸맞지 않게 날씨는 후덥지근했고, 산타클로스의 허허로운 웃음과 주파수 틀린 잡음 같은 크리스마스 캐롤이 홍수처럼 넘실댔다. 별은 항상 떠오른다고만 생각했는데 오늘 저녁의 별들은 교회 종탑까지 가라앉아 있었다. 그냥 아무런 목적 없이 발길 닿는 대로 걷고 싶었다.

그랬는데 정작 발길이 멈춘 곳은 시맨스클럽이었다. 되돌아가려다 그것마저 귀찮았다. 크리스마스 캐롤과 유쾌한 웃음소리가 뒤섞인 실내는 온통 축제 분위기였다. 모두들 즐거워 보이는 얼굴이었다. 출항을 하긴 했는지 선원들의 모습은 보이지 않았다. 오늘밤에 내가 있어야 할 곳은, 내가 기댈 곳은 이 세상 어디에도 없을 것 같았다. 자리에 앉으려다 말고 일어섰다.

"메리 크리스마스, 미스터 무운."

초로의 그 사내, 제임스가 가느다란 미소를 띠며 내게로 오고 있었다.

"메리 크리스마스, 제임스."

"요전엔 정말 실례가 많았소. 그런 뜻에서 내가 한잔 사리다."

"원, 별 말씀을요."

"그런데 이틀 사이에 얼굴이 많이 상한 것 같소"

"간밤에 잠을 설쳤더니……."

"저런, ……그럼 오늘의 건배는 한국인 친구의 편안한 잠을 위해서로 합시다. 치어즈"

"치어즈"

내 기분이 별로 좋지 않다고 생각되었는지 제임스는 가급적 무거운 얘기는 피했다. 그가 나름대로 가지고 있는 한국의 인상과 한국인에 대한 느낌들 중에서 가능하면 긍정적인 측면에서 얘기를 펴 나갔고, 나는 줄곧 듣는 입장이었다. 나름대로 좋은 쪽으로 얘기하려는 빛이 역력했지만, 안타깝게도 그가 갖고 있는 한국에 대한 상식들은 50년대 전후의 흘러간 것들이었다. 사내의 말로 미루어 보면, 6 · 25전쟁에 참전이라도 한 걸까. 지금 실정과는 차이가 많이 난다는 걸 알려 줄까 하는 생각이 들긴 했으나, 짧은 영어 실력도 실력이지만 적당한 단어를 찾기 위해 복잡한 머릿속을 헤집고 싶지는 않았다. 제임스는 내 개인에 관해 더 알고 싶어하는 눈치였다. 그걸 알면서도 주로 내가 하고 있는 일 - 철광석, 무연탄, 양모 등의 원료 구입 - 에 관해서만 간단하게 얘기하고 슬그머니 넘어갔다. 특이한 것은 그가 한국인, 즉 코리언을 발음할 때의 뉘앙스였다. 사람에 따라서 약간의 차이는 있을 수 있으나 그의 발음에는 왠지 모를 우울이 깃들어 있었다.

술이 목구멍 바로 밑에서 찰랑거리는 느낌이었다. 그만 일어서려고 화장실에 다녀왔더니, 제임스는 다시 맥주 한 병을 시켜 내 잔을 채워 놓았다.

"더 이상 들어갈 자리가 없는데요."

"자 들자구. 이 잔이 마지막 잔일세. 미스터 무운."

어쩔 수 없이 마시긴 했지만, 오 분도 채 되지 않아 기분이 이상해졌다. 꼭 공중에 떠 있는 것 같기도 하고, 온몸에 벌레들이 일제히 스멀스멀 기어오르는 것 같기도 했다. 간지러운 것과는 전혀 별개의 느낌이었다. 자리에서 일어섰지만 사방이 울렁거려서 몸을 제대로 가누기가 어려웠다.

"저런, 조심하게"

제임스가 몸을 부축해서 자리에 앉혔다.

"미스터 문, 혼자라고 했지. 혹시……여자가 필요하지 않은가?"

"무 무슨 말씀이세요?"

"그렇게 눈을 크게 뜰 건 없어. 내가 잘 아는 여잔데 외로운 여자야. 미스터 문을 위해서나 그 여자를 위해서나 서로 좋은 일이지. 어때?"

사내의 정체는 겨우 뚜쟁이에 불과했단 말인가. 선원들을 물색하다 여의치 않아 내 쪽으로 방향을 돌렸나? 좋아, 좋다구. 그 잘난 백인들의 비굴한 꼬락서니를 한번 보자. 맘 한구석에서 '안 돼!' 하는 신호가 전해져 왔는데도 말이 떨어지지가 않았다. 아내의 모습이 얼핏 스쳐 지나가는 것 같았지만 윤곽조차 기억해 낼 수가 없었다. 대신 '한국남자들이 가진 고리타분함을 벗어던지고 자유분방한 생활을 하는 것도 나중을 위해서 도움이 될 거래요' 라던 샤넬 리의 음성만이 뚜렷이 들려왔다. 더 놀랄 만한 사실은 내 의지와는 무관하게 아랫도리가 뻐근해지면서 온몸의 신경들이 하복부로 쏠리는 것이었다.

"자 이젠 일어서지."

한쪽에 목발을 짚고도 용케 나를 부축했다.

"타라구, 내 차야."

"제임스, 다 당신도 술을……."

"걱정 말게. 운전하는 데 지장 있을 정도는 아니니까. 그리고 지금 우리가 가는 방향에는 경찰도 지키지 않아."

머리를 푼 남국의 수림들이 차창 밖으로 재빠르게 스쳐 지나갔다. 안타깝게도 내 의식은 번갯불에 세상이 잠시 환해질 정도의 극히 짧은 순간만 살아났다.

"지금 어디로 가고 있는 거요?"

"미스터 문을 기다리는 여자에게로……."

여자라, 왜 여자가 날 기다리고 있지. 그리고는 아무것도 생각할 수가 없었다. 모든 신경이 하복부로 몰려 터질 것만 같았다. 십여 분을 그러다가 썰물이 밀려가듯 잠잠해지는 느낌이었다. 사내의 정체는 뭐지. 지금 어디로 가고 있지. 내가 사내를 어떻게 만났지. 사내는 몇십 년 전의 한국을 잘 알고 있다. 잠시 정신이 들자 온갖 의문들이 한꺼번에 떠올랐다.

"제임스, 한국에 대해서 꽤 잘 알고 있던데 혹시 한국과 무슨 관계가 있어요?"

"……."

"제, 제 말이 들리지 않아요?"

"아니, 잘 들리네…… 미스터 문, 한국전쟁을 기억하나?"

착 가라앉은 목소리로 띄엄띄엄 말했다.

"내가 태어난 바로 다음해라 기억은 못 하지만 알고는 있소. 그럼 당신은 한국전쟁 참전용사군요?"

"용감한 군인이란 표현은 좀 쑥스럽군. 하지만 자유에 대한 신념과 불타는 정의감을 가진 열일곱 살의 보병이었지."

"열일곱 살에 군대엘……."

"나이를 속였지. 그땐 군인이 그렇게 멋있어 보였어. 더구나 국제 연합군이었거든. 핫핫핫."

왠지 그의 웃음이 허허롭게 느껴졌다. 잠깐, 그는 목발을 짚고 있었는데,

"그럼 그 다리도……?"

"잘 봤네. 말하자면, 한국전쟁이 내게 준 훈장인 셈이지."

그의 전신에 묻어 있는 우울은 아직까지 전쟁의 상처를 안고 살아가는 노병의 우울인가.

"한국민을 대신해서 감사의 마음을 전합니다. 당신들의 고귀한 희생으로……."

영작문 문제만 보면 그렇게도 곤혹스러웠는데 스스로 생각해도 대견스러울 만한 문장을 찾아냈다.

"고마우이. 미스터 문은 휴머니스트야. 그러나 난 이렇게 살아 있기는 하잖아."

'살아 있기는 하다'는 그의 말이 가슴을 저미고 들어왔다. 뭔가 그를 위로할 말을 찾아야 하는데, 또다시 하복부가 빼근해지

면서 아무런 생각을 할 수가 없었다. 나는 지금 어디로 가고 있는 거지. 그리고 내 몸이 왜 이렇지. 아무리 술을 먹었어도 이런 적은 없었는데……. 혹시, 제임스가 권하던 마지막 잔에 흥분제가……아아, 미칠 것만 같다. 흥분제가 아니라 그보다 더한 것이라도 좋을 것 같았다. 내 의식의 실꾸러미는 엉망으로 헝클어져 아무것도 생각나지 않았지만, 킹스 크로스의 섹스 숍에서 보았던 장면들만이 그림처럼 생생하게 살아나 꿈틀거렸다. 차가 멈추자 약간이나마 의식이 돌아오는 듯했다.

"다 왔네. 앞에 보이는 저 집일세. 여자가 기다리고 있을 걸세. 결코 미인은 아니지만 천사같이 아름다운 마음씨를 가진 여자지. 그럼 즐거운 밤이 되기를……."

"참, 백인 여자요?"

말을 해 놓고 보니 내가 왜 그 말을 했는지 몰랐다. 내 자신도 의식하지 못하는 사이에 심겨진 증오심의 뿌리일까.

"물론, 백인 여자지. 금발에 푸른 눈을 가진……."

무슨 생각에서였는지 나도 모르게 돈을 꺼냈다. 그러나 그는 어깨를 한 번 으쓱하고는 두 팔을 벌려 보이며,

"이건 내 일인 걸."

하고는 차를 돌렸다. 나는 지금 왜 여기에 서 있는가? 나를 여기까지 오게 한 것은 무엇이었을까? 제임스의 정체는 무엇이며 또 여기는 도대체 어디인가? 모든 것이 의문투성이였다. 확실한 것은 아직도 구름 위를 밟는 것 같은 기분이 지속된다는 정도였다. 선악의 구별이니 죄의식이니 하는 따위보다는 내가 반드시

해야 할 일을 하는 것 같은 어떤 의무감에 사로잡혔다. 어느새 전형적인 시골집 하나가 빠른 걸음으로 다가와 있었다. 호흡을 추스르고 문을 두드렸다.

"문은 열려 있어요. 들어오세요."

비음 섞인 중년 여인의 목소리가 들려왔다. 문을 열고 들어선 순간 고개를 돌리고 말았다. 금발의 중년 여인이 속살이 훤히 비치는 잠옷 차림으로 소파에 기대어, 술잔 너머로 빤히 쳐다보고 있었기 때문이었다.

"당신도 선원인가요?"

대답 대신 고개를 가로저었다. 모르긴 해도 이 여자는 선원이 주고객이었던 모양이다.

"그래요. 그럼 한국인은 맞아요?"

다시 고개만 끄덕였다. 아니, 한국인만 전문적으로 상대하는 여자도 있나?

"당신은 말이 없나 보군요. 하긴 무슨 말이 필요하겠어요. 술은 뭘로 드실래요. 맥주? 아니면 위스키?"

"위스키"

"난 당신이 아예 영어를 못 하는 줄 알았어요."

비틀거리는 걸음으로 주방으로 가서 위스키를 가득 채운 술잔을 준비해 왔다.

"자 건배해요. 크리스마스이브를 위해서, 죄악의 선물을 위해서……그리고 제임스, 가엾은 제임스를 위해서……."

여자는 알지 못할 소리만 잔뜩 지껄였다. 죄악의 선물은 무엇이며, 가엾은 제임스는 또 무슨 소리인가? 무언가 감이 오는 것 같으면서도 전혀 생각이 연결되지 않았다. 방금 들은 말은 간신히 기억할 수 있지만, 그 말들 사이의 상관관계까지 알아내기란 도저히 무리였다. 될 대로 되라는 생각으로 단숨에 잔을 비웠다.

여인의 몸이 무너져 오며 진한 향수 냄새가 정신을 혼미하게 했다. 의식의 저편 어디에서 어떤 여인의 윤곽이 희미하게 떠오르다 이내 사라졌다. 그녀의 손길이 닿는 곳마다 온몸의 말초신경들이 일제히 몰려 다녔다. 아, 이 느낌은 시맨스클럽에서 제임스가 권했던 마지막 술잔을 비웠을 때의 느낌과 흡사하다. 마치 몸 전신에서 수만 마리의 벌레들이 꿈틀거리는 듯한 이 요상한 느낌의 정체는 무엇인가. 온몸이 사정없이 밑으로 곤두박질치다가도 단숨에 하늘로 치솟아 새털처럼 가벼워지는, 이 표현 못 할 짜릿함은 어디에서 오는 걸까. 그녀의 눈동자도 이미 풀어져 있었다. 여며진 잠옷 사이로 눈이 시리도록 하얀 젖가슴이 눈에 들어왔다. 아, 나는 불을 발견한 부나비였다. 발정기에 달한 한 마리 수컷이었다. 목이 말랐다. 채워도 채워도 해갈되지 않을 갈증이었다. 잘 마른 참나무 장작처럼 내 몸은 맹렬하게 타올랐다.

"오 마이 갓……."

그 와중에도 여인은 쉴새없이 중얼거렸다. 비음 섞인 그녀의 신음이 나를 더욱 미치게 만들었다. 온몸에 비오듯 흐르는 땀이 잠든 의식의 문을 두드리기 시작했다. 그때였다.

"오 마이 갓, 포기브 미 제임스, 제임스……."

알람시계 소리에 놀란 아침처럼, 내 의식은 한꺼번에 화들짝 깨어났다. 용서하세요 제임스, 제임스라구? 허겁지겁 주방을 찾아 냉수를 들이킨 다음, 담배를 꺼냈다.

"오 마이 베이비……베이비, 컴온 베이비……달링……컴온, 컴온."

여인은 아직도 욕정의 늪에서 헤어나지 못하고 있었다. 두 손으로 그녀의 어깨를 세차게 흔들었다.

"이봐요. 정신 차려요"

"무슨 일이에요?"

그제야 여인이 거슴츠레한 눈을 키우기 시작했다.

"조금 전에 제임스라 했소?"

"제임스? 내가 그를 불렀나요? 그런데, 그건 왜요?"

"당신 남편 이름이 제임스가 아닌가 해서……."

여인은 드러난 나신을 감추며 기어들어가는 듯한 목소리로 시인했다.

"그렇다면, 혹시 나를 여기까지 데리고 온 바로 그 사내?"

갑자기 거칠어진 내 말투와 증오로 이글거리는 눈빛을 느꼈음인지 여인은 시선을 피했다.

"당신 말이 맞아요. 그러나 당신이 그런 얼굴로 화를 낼 만큼 제임스는 나쁜 사람이 아니에요."

"당신 남편도 비슷한 얘길 하더군. 미인은 아니지만 천사같이 아름다운 마음씨를 가진 여자라고……푸하하하하."

찢겨진 한복을 걸치고 있던 아내, 킹스 크로스의 섹스 숍에서의 광경이 차례로 떠올랐다. 더러운 세상이다. 아니 지옥 같은 세상이다. 전쟁에서 부상을 당해 아무리 생계가 어렵기로 어떻게 자기 아내까지 팔 수 있단 말인가. 호주머니에서 집히는 대로 돈을 꺼냈다.

"당신들이 필요한 것은 물론 이것일 테지."

여인의 얼굴을 향해 확 뿌리고 돌아서서 채 걸음을 옮기기도 전에 내 눈에 번쩍하고 불이 났다. 내 뺨을 갈긴 여인이 침대에 얼굴을 파묻고 오열하기 시작했다.

"다 당신은 나쁜 사람이에요. 우리에게 이런 모욕을 주다니. 제임스는 다만 그가 한국전쟁에서 잃어버린 걸 내게 선물하려 했을 따름이에요. 매년 크리스마스이브날에……그것도 한국인, 당신들을 통해서요. 결코 그를 욕해선 안 돼요. 아니 누구도 제임스를 욕할 자격이 없어요. 누가 뭐래도 그는 훌륭한 내 남편이에요. 제임스……제임스, 날 용서하세요. 난 당신이 내게 가진 부담을 덜어 주려 했을 뿐인데……흑흑흑."

여름 벌판에서 벼락이라도 맞은 듯한 충격이었다. 서른여섯 해를 살아오는 동안 아직까지 이만한 전율의 파도가 가슴 속에 출렁거린 적은 없었다. 어디선가 교회 종소리가 은은히 들려왔다. 끝을 찾을 수 없어 도저히 풀릴 것 같지 않던 내 의식의 실꾸러미, 그토록 복잡하게 얽히고설켜 있던 혼란의 소용돌이가 일시에 녹아내리는 것 같았다.

문득 아내의 얼굴이 떠올랐다. 애증의 색안경 너머로 보이던

타인 같은 아내의 모습이 아니라 처음 보았을 때의 아내 모습이 너무나 선명하게 떠올랐다. 그리고 제임스 부부의 모습이 떠올랐다. 가만, 이러고 있을 때가 아니다. 장미꽃을 몇 송이 준비해야 하지. 서른두 송이지 아마…….

세상은 아침에 고분고분하다

자가용이든 영업용이든, 고급차고 소형차고 할 것 없이 제 손짓 하나에
멈추고 움직이는 걸 보고 있으면, 무슨 힘 있는 자리라도 차지한 것 같았다.
손끝 하나로 일꾼들을 부리던 황 영감이나 높은 자리에 올라가 보겠다고
기를 쓰는 사람들의 기분을 이해할 것 같았다.

세상은 아침에 고분고분하다

"또 다리란 말잉교?"

미처 덜 떨어진 잠을 달고 석철씨 아내 충무댁이 역정을 냈다.

"무신 말이 그래 많노 여자가. 이거는 사적인 일이 아니고 나라일인기라."

딴엔 무게를 잡아 점잔을 떨었지만, 말을 해 놓고 보니 석철씨 자신도 어지간히 쑥스럽다. '나라일' 말고 뭔가 괜찮은 말이 있지 싶은데 통 생각이 나지 않는 거였다. 아침에 일 나가면 개중에 학벌이 좋은 송 기사한테 물어서 좀 더 폼나는 말을 준비해야겠다고 마음먹었다.

"아무리 나라일이라 캐도 그렇제. 주름 안 잡는다고 어데가 덧나나" 충무댁은 쉴새없이 구시렁댔지만 석철씨는 모른 체하고 다림질한 옷을 입었다. 칼날같이 주름이 잡힌 푸른색의 기사복과 황금색으로 빛나는 어깨의 견장 - 사실은 호루라기를 매달아 놓은 것에 지나지 않지만 - 을 바라보노라면 절로 힘이 솟는 듯했다.

목적지인 송도 곡각지로 가기 위해 시동을 걸고 워밍을 하는 동안 애써 무시했던 아내의 잔소리를 떠올렸다. 하긴 고3, 중3이 된 두 딸년 도시락 챙겨 주기도 바쁜 판에 아침마다 해야 하는 다림질이 결코 수월치는 않을 것이다. 그렇지만 다림질도 안 한 옷을 입고 교통정리를 한다는 것도 우스운 꼴이라고 생각했다. 마누라 지가 어찌 알겠노. 칼같이 주름 잡힌 기사복이 얼마나 든든한 빽인지. 지 아무리 삐까뻔쩍한 놈도 차 몰고 내 앞을 지나는 한은 내 지시를 받아야 하는 기라. 외제차가 아니라 그 할애비 차라도 이 김석철이 앞을 지나가는 한은 어쩔 수 없는 기라. 이런 소리를 주워 삼키며 액셀러레이터를 밟았는데, 머릿속에선 '김석철' 이란 자신의 이름 석 자가 밟혔다. 김석철 기사님, 김석철 씨, 석철이……. 아무래도 어색하다. 남들이 불렀을 때는 괜찮았는데 왜 그런지 모르겠다.

먼저 나와 있던 동료들과 간단하게 인사를 나누고 곧바로 교통정리에 들어갔다. 좀체 남들 앞에 나서 본 적이 없는 그가 도로 한복판에 서서 수신호를 한다는 건, 생각 밖의 일이었다. 송도 곡각지의 교통정리를 맡은 모범운전자 중 석철씨가 나이가 적은 탓에 억지로 맡은 거였다. 처음 몇 달 동안은 얼마나 정신이 없었던지, 차 안에 사람들이 타고 있다는 사실조차 잊을 정도였다. 그저 차의 흐름을 보고 신호를 바꾸는 인간 신호등에 불과했다. 그러던 것이 최근에 와서야 이전에 같은 회사에 근무했던 기사들과 눈인사를 주고받을 정도가 되었다. 더욱 고무적인 것은 '괜한 짓' 으로 여겨 오던 교통정리에 점점 재미가 생긴다는 것이었다.

'재미' 라고 하기는 뭣하지만, 눈뜨기도 힘든 아침이 기다려지는 아침으로 바뀐 것이었다. 기왕 하는 것 좀 더 확실하게 하자는 생각에서 여벌로 옷도 한 벌 더 맞추고 장신구들도 전부 새것으로 장만을 했다. 얼핏 보아서는 교통순경과 분간이 가지 않을 정도로 갖추고 나니 제법 권위도 서고 차들도 신호를 잘 따르는 것 같았다. 자가용이든 영업용이든, 고급차고 소형차고 할 것 없이 제 손짓 하나에 멈추고 움직이는 걸 보고 있으면, 무슨 힘 있는 자리라도 차지한 것 같았다. 손끝 하나로 일꾼들을 부리던 황 영감이나 높은 자리에 올라가 보겠다고 기를 쓰는 사람들의 기분을 이해할 것 같았다.

그런데 오늘은 왠지 신명이 나지 않았다. 질긴 오징어 다리처럼 씹히는 자신의 이름 석 자 때문이었다. 복음병원 쪽에서 내려오는 차들에게 정지신호를 하고 송도 윗길에서 송도 쪽으로 통과 신호를 보낼 때였다.

"니, 돌쇠 아이가?"

돌쇠! 아무도 모르는 이름을 누가? 못 들은 체하려 했지만 본능적으로 고개는 소리나는 곳을 향해 있었다. 복음병원 쪽에 대기하고 있던 그랜저 차창 밖으로 대머리가 불쑥 튀어 나왔다.

머리가 벗겨지고 살이 붙긴 했지만, 뱀눈에 각진 턱을 가진 모습이 분명히 영식이었다.

"되, 되련님……."

자신도 모르게 튀어나온 말에 석철씨는 전신이 달아올랐다. 스스로가 원망스러웠다. 그게 언제 적 일인데.

"그래, 니 돌쇠 맞제. 지나갈 때마다 어데서 마이 봤다 싶더마는 진짜로 돌쇠 맞구나. 아따 출세했다."

출세라고? 그의 말 속에 새끼처럼 꼬인 '그래, 도망가서 한 게 기껏 운전사가? 니가 그라모 그렇제' 하는 말이 들려오는 것 같았다. 영식은 무언가 말을 더 하고 싶어하는 눈치였으나 석철씨는 송도 윗길에서 내려오는 차의 간격이 얼른 벌어지기만을 기다렸다. 평소보다 신호를 짧게 끊어 영식이 쪽 차량을 통과시켜 준 뒤에도, 석철씨의 머릿속은 충돌사고가 난 차의 전기배선처럼 복잡했다. 돌쇠! 석철씨의 눈이 젖어들고 있었다.

"돌쇠 니 아까 할배가 나무 한 짐 해 오라 안 카더나."

국민학교를 같이 다니던 친구들 - 말이 친구지 열 살에 국민학교를 들어간 탓에 사실은 세 살이나 어린 축들이었다 - 이 까만색의 중학교 교복과 모자를 쓰고 등교하는 모습을 정자나무 뒤에서 훔쳐보고 있다가 주인집 황 영감의 손자인 영식이에게 들킨 것이다. 까만 눈동자들이 한꺼번에 화살처럼 쏟아졌다. 벌에 쏘인 것마냥 얼굴이 따끈거렸다. 국민학교 6학년밖에 되지 않은 영식이에게 잔소리를 들은 때문만은 아니었다. 교복을 입은 무리들 속에서 방앗간 집 딸 숙이가 처연한 눈길로 고개를 돌렸을 땐, 정말이지 땅이라도 파고 들어가고 싶은 심정이었다. 나이답지 않은 영식이의 팔자걸음을 물끄러미 바라보다 빈 지게를 어깨에 메고 보니 장작이라도 한 짐 얹힌 것 같았다.

'돌쇠'라는 이름이 그때처럼 부끄럽게 느껴진 적은 별로 없었다. 다른 애들처럼 교복을 입고 중학교라는 곳에 단 하루만이라도 가 보았으면 원이 없을 것 같았다. 조그만 단어장을 들고 숙이와 영어 한마디라도 주고받을 수 있었으면…….

지게를 메고 산에 올라가다 보니 자신도 모르게 눈물이 뚝뚝 떨어졌다. 눈물이 앞을 가린 탓인지 길을 잘못 들어 가시덤불 속으로 들어가고 말았다. 얼마 못 가서 두 다리를 뻗고 목을 놓아 울었다. 가시에 찔리고 긁힌 아픔보다 앞으로 살아가야 할 길이 가시덤불 같을지 모른다는 막연한 불안감이 눈물 보따리를 끌러 버린 것이었다. 국민학교를 마친 것만 해도 천만다행으로 생각해야 한다고 자위하면서 낫을 들었지만 쏟아져 나오는 눈물을 어찌할 수는 없었다. 그리곤 처음으로 자신을 머슴으로 낳아 준, 머슴이었던 아버지를 원망했다.

쉴 틈 없이 나무를 하고, 쟁기질을 하고, 저녁이면 새끼까지 꼬아야 하는 피곤한 생활이었지만, 정말 견디기 어려운 것은 부끄러움이었다. 틈만 나면 언젠가 이곳을 뜨겠다고 수없이 다짐했지만, 실행에 옮긴 건 영장이 나오고 나서였다.

"너는 머슴이니까 군대 안 가도 된다."는 황 영감의 얘기를 들었을 때는 하늘이 무너질 것 같았지만, 면사무소에 물어본즉

자기만 원하면 갈 수 있다는 게 아닌가. 그래서 군대를 가겠다고 말을 내뱉자, 나중에는 이웃 마을의 누구는 수류탄 파편에 맞아서 전사했으며 누구는 다리병신이 되었다. 그리고 잘만 하면 논도 댓 마지기 주고 머슴살이에서 풀어줄 수도 있다는 등 온갖 소리를 다 했다. 그러나 부끄러움을 벗어나겠다는 생각보다 더 절박한 것은 없었다. 조무래기 꼬마들까지 '돌쇠' 라고 손가락질을 하고 반말을 해대는 부끄러운 동네를 벗어나고 싶은 마음 외에는 아무것도 귀에 들어오지 않았다.

3년의 군 생활이 결코 수월한 것은 아니었지만, 돌쇠라는 이름 대신 '김석철' 이라는 이름이 군복에 새겨지는 것만으로도 별이나 단 기분이었다. 군복을 입는 순간 지금까지 돌쇠로 살아왔던 삶들이 거짓말처럼 한꺼번에 사라진 것이었다. 김 일병, 김 상병으로 불리는 것만으로도, 하루도 거르지 않고 이어지는 몽둥이찜질을 견딜 수 있었다. 제대를 네 달쯤 남겨 놓은 시점에 대망의 왕고참이 되었을 때는 정말로 살맛이 났다. 고등학교나 대학을 졸업한 녀석들까지도 '분대장님' 또는 '김 병장님' 하고 눈치를 볼 때에는 살아가는 맛이 이런 거로구나 하고 입이 절로 벌어졌다. 군대에 말뚝을 박을까 하고 고민도 했지만, 하사관이 되어본들 장교들 밑에 머슴살이 하는 것과 다를 바 없다 싶어 제대를 하고 말았다.

제대를 하고서도 석철씨는 고향에 내려가지 않았다. 어머니 모습만이라도 뵙고 싶었으나 아예 발을 끊기로 작정했다. 군에 입대할 때 역으로 마중 나와서 눈물을 훔치던 그의 어머니가

"제대해도 이쪽으로 절대 오지 마래이. 에미 걱정은 말고……."
라는 당부가 아니더라도, 머슴이라는 멍에가 자신을 기다리고 있을 고향 땅에는 발도 대기 싫었다.

이 넓은 천지에 설마 내 한 몸 건사 못 하겠느냐는 각오로 무작정 부산으로 왔다. 혹시 황 영감이 사람을 시켜 잡으러 오지 않을까 하는 걱정이 없는 것도 아니었다. 그래서 신발공장과 고무공장에 다니던 때만 해도 2년 이상을 한 회사에서 근무한 적이 없었다. 사상에 있는 신발공장에서 지금의 처를 만나 결혼을 하고 나서도 해마다 이사를 다녔었다. 어느 날 이삿짐을 꾸리던 그의 처가 "이래 학교를 자주 옮겨 갖고 딸애들이 무슨 공부를 하겠노."라는 푸념을 듣고서야 한 곳에 자리를 잡기로 했다. 그렇지만 여전히 뒤가 개운치 못해 아무래도 이동이 많은 직업을 선택한 것이 운전이었다.

회사 택시(영업 택시)를 운전한 지 근 13년 만에 개인택시 면허를 받았다. 그리고 올 초에 모범 운전자가 된 것이다. 군에 들어간 이후 지금까지 누구도 '돌쇠'라는 이름을 부르거나 '돌쇠'로서의 삶을 기억하는 사람이 없었다. 그런데, 바로 이 도시에 '돌쇠'를 기억하는 사람이 나타난 것이다. 그것도 다름 아닌 영식이가. 다시 '돌쇠'로 돌아가야 하는 게 아닌가 하는 불안감이 파도처럼 밀려왔다.

영식의 출현은 석철씨의 생활을 엉망으로 헝클어 놓았다. 승객들과 나누던 정치며 경제 얘기도 재미없었고, 술 취한 손님을 기다리기 위해 자정을 넘기지도 않았다. 자신의 삶이 돌쇠라는 몸뚱아리에다 석철이라는 가면을 쓰고 산 느낌이었다. 옷을 벗자마자 자리에 벌렁 누워 담배를 물었다.

충무댁은 오늘따라 남편이 좀 수상하다는 생각이 들었다. 몸도 차도 멀쩡한데 아홉 시 부근에 집에 들어온 건 요새 들어 처음이었다. 오자마자 누워서 애꿎은 담배만 태우는 모습도 그렇고. 혹시 인사사고라도 낸 게 아닌지 물어볼까도 싶었지만, 보나마나 '여자가……' 하고 퉁을 줄 게 뻔했다. 하기는 늘 무엇엔가 불만이 가득 차 볼이 부어 있던 남편이 요새 들어 세상이 자기 것처럼 신이 나서 목에 힘을 주는 모습이 오히려 비정상이었던 건지도 모른다고 생각했다.

"요 앞에 잠깐 나갔다 올게."라는 말만 총총히 남기고 석철씨는 집을 나섰다. 맨송맨송한 정신으로 도저히 잠을 이룰 수가 없었던 까닭이었다. 포장마차에 들어서기가 무섭게 소주를 비워 대기 시작했다. 술잔 속에 나타나는 영식의 얼굴 때문에 술을 마시지 않고는 견딜 수 없었다. 취기가 오르자 조금씩 용기가 생기기 시작했다. '돌쇠' 라고, 그게 언제 적 일인데. 그리고 내가 도망을 친 것도 아니고 군대 때문에 떠났던 건데, 꿀릴 게 뭐 있어. 하고 생각을 하면서도 한편으론 영식이 제발 자기 앞에 나타나지 말았으면 싶었다.

혹시나 싶었지만 다음날에도 영식은 어김없이 송도 곡각지를 지나갔다. 그것도 그냥 지나가는 것이 아니라 이전에 부르던 그 버릇대로 '돌쇠야' 를 외치며. 슬며시 부아가 났다. 내가 지 할

애비 머슴이었지 지 놈 머슴이었나. 운전대를 잡은 후 낮술은 삼가 왔지만, 생각할수록 화가 나서 근처에 있는 기사 식당에 가서 소주를 시켰다. 몇 잔을 들이키자 비로소 마음이 조금 가라앉는 것 같았다. 가만, 내가 이제 제 집 머슴도 아니고 내 이름도 법적으로 엄연히 '김석철'인데 죽을죄를 지었다고 제 놈을 피해. 내일 아침부터 만나기만 해 봐라. 네 놈이 신호 안 받고 갈 수 있나. 그래도 '돌쇠'라고 부르는지 어디 한번 보자. 취기 때문에 집에 들어가서 쉬었으면 하는 마음도 없지 않았으나, 요 며칠 일찍 들어간 탓에 줄어든 수입을 생각하면 그럴 수도 없었다.

그런 그의 마음을 알아차리기라도 한 듯 영식은 아침에 보이지 않았다. 혹시 지나가기라도 한 건가. 다음날도, 그 다음날도 영식은 보이지 않았다. 환한 대낮에 도깨비한테 홀리기라도 한 걸까. 일주일째 영식의 모습이 보이질 않자 천만다행이라는 생각을 하면서도 그만큼의 불안이 꾸물꾸물 기어 올라왔다. 무슨 꿍꿍이가 있는 건 아닌가 하는.

방정맞은 생각을 한 때문이었는지 영식이 녀석이 오늘 아침에 다시 나타났다. 뒤에 따라오던 차가 연방 클랙션을 울려도 꿈쩍도 않고 석철씨 옆에다 차를 붙이더니,

"돌쇠, 내 안 봐서 섭섭했을 끼다. 볼일이 있어서 촌에 댕겨왔다 아이가."

촌, 분명 촌이라고 들었는데, 그렇다면 무슨 서류라도……. 석철씨는 다리가 후들거렸다. 자칫하면 쓰러질 뻔했다. 정신을

차린 순간 머리끝까지 화가 치솟았다. 이놈의 자식이 결국 그렇게 나온다 이거지. 에라 모르겠다. 나도 이판사판이다. 이빨을 부득부득 갈며 힐끗 시계를 봤다. 8시 10분이었다. 이 시간쯤이면 지나간다 이거지. 그래 좋다. 내일 한번 보자. 나도 생각이 있다 이거야.

"욕봐라. 내 간다."라는 말을 남기고 영식이 쏜살같이 지나갔다. 새카맣게 선팅을 한 영식의 차 꽁무니에 안테나 두 개가 출렁거렸다.

"웬 신호를 이렇게 오래 잡는 거야?"

그러고 보니 신호가 길어진 것도 같다. 신경질이 떡고물처럼 묻어 있는 아내의 말에 어떤 식으로든 반응을 해야 한다고 생각하면서도 뜬금없이 '일상성'이란 단어가 떠올랐다. '끊임없이 벗어나고 싶어하면서, 그러나 거기서 벗어나게 될까 봐 두려움을 느끼고 있는 복잡한 감정의 대상물'이란 책 구절을 떠올린다. 6시 50분에 맞춰진 시계의 알람과 세면, 그리고 식사, 식사 후의 용변과 8시 10분쯤의 송도 곡각지에서의 신호 대기. 신호에 걸리는 순간 비로소 변함없는 하루가 시작되었음을 확인하는 나와는 달리, 아내는 번번이 걸리는 신호가 못마땅하다. 몇 분 후면 정확히 작동하는 전자 신호가 아니라서 차의 흐름에 따라서는 오 분 가까이 걸릴 수도 있다는 점에서일 것이다.

간혹 성질 급한 사내들은 클랙션을 눌러 대지만 매일 교통정리를 담당하는 그 운전기사는 전혀 동요하지 않는다. 오히려 위병소의 헌병처럼 더욱 절도 있는 동작을 되풀이할 뿐이다. 그의 동작이 절도와 규칙을 넘어 기계적으로 변할 때 눈길을 돌려 바다를 본다. 언덕배기에 있는 교회의 첨탑 부근에 걸린 아침 바다는 언제나 황홀하다. 늘 비슷한 모습임에도 끊임없이 변화하는 바다처럼, 일상에도 그런 무늬가 필요하지 않을까. 저 운전자의 동작에도 그런 무늬가 있을까.

"저 양반도 보통 고역이 아닐 거야."

"고역은 무슨 고역이에요. 오히려 즐기는 것 같은데."

어지간히 심통이 난 모양이다. 누구보다 세상을 편견 없이 봐오던 아내도 더러 감정을 섞을 때가 있다. 바로 이런 경우다. 큰 일엔 극히 냉철한 아내지만 일상 속의 자잘한 일들에 대해선 때때로 감정적이다.

"아무려면 그렇기까지야?"

"왜요, 지난번 진해 군항제 갔을 때 해병전우횐가 하는 사람들 생각 안 나요?"

군항제 사흘째 되는 날이었지 아마. 체질적으로 사람 많은 곳은 딱 질색임에도 그곳을 가야 하는 유일한 이유란 '남들이 다 가는 곳을 우리도 한 번 가 보자.'는 것뿐이었다. 남들과 같은 길을 간다는 건, 갈등 없는 선택을 할 수 있다는 장점과 지루함 혹은 따분함이란 양면성이 늘 공존하는 법이다. 비슷한 생각을 가진 사람이 많았던 탓인지, 사람과 차의 수에 걸맞는 수식어를 찾기 어려울 정도였다. 한 시간가량을 10여 미터도 전진하지 못했다.

갈등 없는 선택의 매운 대가를 곱씹는 순간, 프라이드 승용차에 경광등을 붙이고 요란스럽게 사이렌을 울리며 나타난 한 떼의 군복들이 그 아수라장을 정리하기 시작했다. 군인치곤 머리가 너무 길다 싶었더니 나중에야 '해병전우회'라는 걸 알았다. 그토록 힘들다는 해병대를 제대하고서도 다시 군복이 입고 싶을까 하고 생각하며 그들의 하는 양을 가만히 지켜보았다. 그들의 동작은 현역 군인보다 절도 있었으며 호각 소리에도 기합이 바짝 들어 있었다. 게다가 적당히 나온 배와 색 짙은 선글라스는 장군쯤으로 오해할 만했다.

어쩌면 순수한 봉사정신의 발로인지 모른다고, 그래서 세상을 꼭 비틀어 보기만 하는 내 시각의 편협함을 나무라기까지 하면서 지루한 기다림이 끝나기를 기다렸다. 그런 와중에 묘한 광경을 보게 되었다. 차량 번호 대신 파란 바탕에 별을 두 개나 붙인 장성 차가 신호를 받아 대기하고 있는데도 도무지 통과를 시켜 주지 않는 거였다. 다른 신호의 근 두 배나 걸려 통과를 시켜 주고는, 동료들끼리 묘한 웃음을 주고받는 것이었다.

신호가 떨어졌다. 수신호와 동시에 그랜저의 창문이 열리더니 "니 그랄래?" 하고 고함을 지르고는 휑하니 간다. 기다리는 건 지루하지만 그렇다고 반말은 좀 심했다.

"차와 인격은 정비례 관계에 있는 것 같지는 않군. 배기량을 인격 기준으로 정하든지 원……."

"그랜저만 나무랄 건 못 돼요. 저 아저씨가 꼭 좋은 차부터 잡으니까 그렇죠."

아내는 아내대로 분석을 해 왔는지 움직일 수 없는 진실이라도 캐낸 듯 단호하다. 설마 그럴 리가, 하면서도 신호를 받아 꼼짝 못 하고 대기하고 있던 장성 차 생각이 났다.

영식이 놈이 화가 단단히 난 모양이다. 괜히 신호 한 번 길게 잡았다가 큰코다치는 것 아닌지 모르겠다. 그저께 '촌에 댕겨 왔다' 는 걸 보면 뭔가 꿍꿍이속이 있는 것 같은데 불안하다. 구역 담당 박 순경한테 차적 조회를 해서 영식이 놈 집에 사과라도 한 상자 들고 찾아가야 하나. 그래도 어릴 때 한 집에 살았는데 박절하게야 하겠나. 아니지, 요새 세상에 머슴이 있는 것도 아니고 쉰 살이 넘은 내가 지 놈한테 굽신거릴 일이 뭐 있노. 그냥 모른 척하고 있어 보자. 제 놈도 사람인데 내가 정상적으로 신호를 잡아 주면 계속 그러기야 하겠나.

밥맛없는 하루를 간신히 넘기고 눈을 떴다. 처음 영업용을 몰았을 때처럼 온몸이 쑤신다. 하루 쉴까 하고 생각을 했지만 그것도 만만치 않다. 당장 교통정리를 할 사람도 마땅치 않거니와 만에 하나 영식이 놈이 내가 일부러 피한 줄 알고 집에라도 찾아오는 날이면 끝장난다. 마누라한테까지 고아라고 했는데. 게다가 딸년은 지 애비가 운전하는 것도 쪽 팔린다고 하는 판에.

명절만 되면 고향 가는 사람이 얼마나 부러웠는지 모른다. 명절 주변에 할머니들을 보면 손주 얼굴 한 번 못 보고 돌아가신 모친 생각에 눈물을 찔끔거린 적도 많았다. 그래서 요즘도 할머니가 타면 차비도 깎아 주고, 특히 터미널 부근에서 보따리를 갖고 타는 할머니들한테는 더욱 친절하게 대했다. '돌쇠' 로 살았던 지난날을 감추기 위해 저지른 불효의 대가를 그렇게라도 갚고 싶었다.

생각보다 몸이 훨씬 안 좋은지 팔 올리기도 힘들었다. 온몸에 식은땀이 흘렀다. 여덟 시가 넘자 등짝이 완전히 젖은 것 같았다.

"그래 갖고 해 묵겠나."

영식이 녀석이었다. 엉겁결에 고개를 까딱했다.

"하모, 그래야지. 마 이거 치아뿌고 우리 회사 와서 경비나 하지?"

경비라도 하라고. 석철씨가 머리라도 한 대 얻어맞은 듯 그렇게 서 있는 사이, 영식이 탄 그랜저는 눈부신 속도로 앞을 지나갔다. 그냥 해 본 소린지, 아니면 다른 꿍심이라도 감추고 있는 건지, 석철씨는 덜컥 겁이 났다. 선팅한 차창 안쪽에 앉아 느물거리고 있을 영식이 놈의 웃음이 떠올랐다. 속이 메스꺼웠다. 동료 송 기사를 불러 대치시키고는 화단으로 뛰어 갔다.

그날 이후 내 삶은 사는 게 아니었다. 겉으로는 김석철이었지만 내 안의 상당 부분은 돌쇠로 되돌아가 있었다. 특히 아침 여덟 시쯤에는 완전히 돌쇠로 돌아간 느낌이었다. 영식이가 나타날라치면 그의 안색부터 챙기는 버릇이 생겼고 고개까지 숙이며 인사하기에 이르렀다. 가능하면 신호를 짧게 끊어 통과시켜 주었다. 어떤 날은 아예 바쁘다는 신호를 보내거나 클랙션을 빵빵거리기까지 하는데 그때마다 온몸의 땀구멍이 활짝 열리는 것 같았다. 그가 지나가야만 비로소 온전한 하루가 시작되는 느낌이었다.

내 꼴이 이상했는지 동료들이 몇 번이나 바꿔준다고 했지만 괜찮다고 버텼다. 그렇잖아도 죽을 맛인데, 오늘 아침은 정말 화가 났다. 지금은 통과시켜 주기 곤란하다고 몇 번이나 신호를 보냈는데도 차대가리를 들이미는 거였다. 송도 윗길에서는 연방 차가 내려오고 있는 중인데도 막무가내였다. 내가 앞으로 막아섰지만 그냥 통과할 기세였다. 그렇게 몇 미터를 밀고 나가자 송도 윗길에서 내려오던 자가용이 급정거를 했고, 그 틈을 타서 영식은 총알같이 사라졌다. 얼떨떨해 있다가 정신을 차리고 생각해 보니, 얼마나 억울하고 분한지 눈물이 막 쏟아져 나왔다. 교통정리를 마치고 기사식당에서 늦은 아침을 먹었지만, 그렇게 시원하던 복국도 목구멍에 찬 술처럼 넘기기가 힘들었다. 일을 해야겠다든지 말겠다든지 그런 생각도 없이 차 시트를 제껴 벌렁 드러누웠다.

오전을 거의 공치다시피 하다가 오후에야 어느 정도 정신이 들었다. 손님도 별로 없는데다 하나같이 장거리 손님들만 걸리는 것이었다. 그러다가 다섯 시쯤 법원 앞에서 변호사 사무장이라는 사람을 태우게 되었다. 광양으로 출장을 가기 위해서 사상터미널로 간다고 했다. 한참이나 망설이다가 친구 얘기라면서 머슴 관계가 어떻게 되는지 슬쩍 물어보았다. 사무장만 10년을 했다는 승객은, 온갖 법률 용어를 써 가며 설명을 해 주었다. 다 알아들을 수는 없었지만 결론은 '걱정할 것 하나 없다.' 는 거였다. 만약 문제가 있을 경우 자기한테 보내라면서 명함까지 건네는 그가 얼마나 고맙던지 차비 한 푼 받지 않았다. 한사코 차비를 내겠다는 승객을 내려놓고 액셀러레이터를 밟는 순간, 하늘로 날아가는 기분이었다. 꿈 속까지 자신을 옭아매고 있던 보이지 않는 밧줄이 싹둑 소리를 내고 잘려 버린 것 같았다. 그런 기쁨의 크기만큼 수십 년 동안이나 자신을 불안에 떨게 만든 지난 세월이 억울하고 원통하고 또 분했다.

영식이 놈이 나타났지만 더 이상 인사를 하거나 눈치를 볼 필요도 없이 교통정리에 임했다. 하루아침에 돌변한 내 태도가 이상했는지 가만있더니, 아니나 다를까 하이빔을 번쩍거리면서 클랙션을 울리는 등, 한마디로 가관이었다. 그러나 꿈적 않았다. 더 이상 '돌쇠' 가 아닌 '김석철' 이다 이거야. 이젠 어느 누구의 눈치도 볼 필요가 없단 말이야.

석철씨는 문득 군대 시절을 떠올렸다. 위에 군번들이 모조리 제대하고 석철씨가 왕고참이 되었을 때였다. 우연히 화장실 옆을 지나가다가 한 녀석이 "우리 내무반장 국민학교나 제대로 나왔는지 모르겠어. 너 유류수불부에 이름 사인한 것 봤지. 완전히 지렁이가 기어다니더라니깐." 그러자 다른 녀석이 "그래, 아무래도 이상했어. 영어 스펠 하나 제대로 못 읽는 걸 보면 중학교 문턱도 못 간 건 아닌지 모르겠어. 어쨌든 촌놈 출세했다."

며 맞장구를 치는 게 아닌가. 석철씨는 피가 위로 솟구쳤다. 당장 튀어나가서 군화발로 짓이기고 싶었지만 그러면 또 돌아서서 욕을 할 게 뻔했다. 이노무 짜식들, 황 영감한테 지겟작대기로 맞던 게 생각나서 빳다 한 번 안 들었더니 간딩이가 부어 가지고. 오냐 너그들이 그렇게 나오면 나도 좋다 이거야. 기왕 시작하려면 본때를 보여 줘야지 하는 생각에 밤이 되기를 기다렸다. 정훈 교육 시간과 소대장의 훈시 내용을 되살려서 말을 어떻게 할 것인가 하고 미리 준비도 했다.

저녁 점호가 끝나기가 무섭게 막사 뒤편으로 분대원들을 집합시켰다.

"잘 아는 것처럼 나는 가방끈이 짧아서 영어도 제대로 못 한다. 한마디로 무식하다 이기다. 그렇지만 너그들 중에서 나보다 짬밥 많이 먹은 놈 있으면 나온나 이기야. 군대라 카는 거는 어데까지나 짬밥 순서다. 그게 싫으면 군대 생활 안 하면 된다. 에 오늘 이렇게 집합시킨 건 본 분대장을 우습게 보는 놈들이 바로 우리 분대에 있다는 사실이다. 말하자면 그것은 위계질서를 깔아뭉개는 것이다. 위계질서가 없는 군대는 군대가 아니다. 따라서 그런 불상사를 초전박살내기 위하여 금일 저녁 특별 훈련을 실시하겠다. 이의 있나."

"이의 없습니다앗—."

석철씨의 손에 든 곡괭이 자루를 보고 이미 기가 죽은 분대원들이 합창을 했다. 있는 힘을 다해서 한 사람당 열 대씩 몽둥이 세례를 퍼부었다. 뒤이어 평소 기억하고 있던 모든 기합들을 동원해 분대원들을 초주검 상태로 만들어 놓았다. 분대원들이 땀을 뻘뻘 흘리면서 기합을 받는 도중에 석철씨는 엉뚱하게도 '초전박살' 이라는 말이 그런 데 쓰이는 건지 아닌지를 생각했다. 마치고 나니 새벽달이 기울고 있었다. 그날 이후 석철씨의 손짓 하나로 모든 일이 돌아갔음은 물론이다. 세상은 일단 힘이 있고 볼 일이다라는 사실을 새삼 느꼈다.

그 맛을 못 잊어 하마터면 군대에 말뚝을 박을 뻔했지. 그때를 생각하며 석철씨는 눈을 가늘게 떴다.

"저 아저씨 요새 이상한 것 같지 않아요? 신호가 제 멋대로야."

얼마간 신호가 짧았었는데 며칠 전부터 다시 길어진 것 같다.

"저 아저씨 탓이 아니라 차가 많아진 때문이겠지."

"지하철 공사 때문에 사람들이 전부 이쪽으로 밀리는 걸까?"

아내는 별 생각이 다 드는 모양이다. 조그마한 잡지 편집을 맡고 있는 내 경우는 그다지 바쁠 게 없지만, 출근 시간에 쫓기는 아내로서는 불평이 나올 수밖에 없다. 예의 버릇대로 찬찬히 주변을 살펴보기로 했다. 늘 비슷한 시간에 보이는 차들이 꽤 있는 것으로 봐서 그들도 일상의 굴레 속에 갇힌 어쩔 수 없는 사람들이라는 생각이 들어 안쓰럽기도 했다. 매일 교통정리를 담당하는 기사의 손놀림은 오늘 아침도 절도 있다. 스카프를 맨 빨간 프라이드의 선글라스도 보이고, 프린스 속에서 쉴새없이 뿜어 나오는 담배 연기도 어제와 같은 모습이다. 그리고 새까망

게 선팅을 한 그랜저는 오늘도 맨 앞에 서 있다. 아내의 말마따나 좋은 차부터 잡기라도 한 걸까.

"돌쇠 니 참말로 그랄래. 니 지금 일부러 내 차부터 잡은 거 아이가?"

하는 소리와 함께 새까만 그랜저의 차문이 열리더니 뚱뚱한 중년 사내가 튀어나와 삿대질을 해댔다.

돌쇠라니? 그 사내가 지칭한 인물은 분명 교통정리를 하는 기사 같았는데, 정작 그는 눈길조차 주지 않는다. 처음엔 뜨악해하던 주변의 차들도 지칭을 받은 당사자가 아무런 반응을 보이지 않자 이내 눈길을 풀어 버렸다. 그랜저가 한바탕 소동을 피운 지 근 5분이 지난 뒤에야 통과 신호가 내려졌다. 다른 때보다 오늘은 일 분쯤 더 소요되었다. 지나가면서 교통정리를 하는 기사의 명찰을 유심히 쳐다보았는데 거기에는 분명히 '김석철' 이라고 쓰여져 있었다.

"저 양반 이름이 김석철인데 왜 돌쇠라고 불렀을까?" 혼자 중얼거리는 걸 아내가 듣고는 대뜸 받으면서 퉁을 주었다.

"이이 좀 봐. 명색이 잡지 편집한다면서 그만한 센스도 없어요?"

"그게 무슨 말인데?"

"석철이나 돌쇠나 그게 그거지 뭐예요."

맞아. 그제야 머리를 쳤다. 둔하기는.

"둘이 어떤 관계라도 있는 모양이지?"

"그런 건 알아서 뭐 해요. 하여튼 기분 나빠."

"당신이 기분 나쁠 건 또 뭐 있어?"

"보면 몰라요. 복음병원 쪽에서 내려오는 차들을 일부러 잡고 있는 거라구요."

또 감정. 하지만 아내의 말대로 어떤 의도라도 개입된 걸까. 그렇다면 왜? 꿈틀거리는 호기심을 누르는 것도 이성의 힘일까. 잡지 편집자는 잡스러워야 하지만 관심의 잡스러움과 대상의 잡스러움은 엄연히 다른 법이다. 신경의 볼륨을 아무데나 올리면 정작 올려야 하는 부분의 출력이 약해질 우려가 있거든.

영식이 놈이 오늘 아침에는 제정신이 아니었다. 얼마나 큰 소리를 쳤으면 송도 아랫길 쪽에 있던 다른 기사들까지 그 소리를 들었을까. 원래 이름이 돌쇠였느냐고 다들 물었을 때 순간적으로 얼마나 당황했는지 모른다. 어렸을 때 별명이었다고 둘러대기는 했지만 눈치라도 챈 건 아닌지. 영식이 놈이 대머리여서 나이가 들어 보였기 망정이지 꼴이 우스울 뻔했다.

그건 그렇고 왜 내 이름이 돌쇠로 불려야 하는지 이유를 모르겠다. 하기사 국민학교 들어가기 전에만 해도 그냥 '돌쇠' 인 줄로만 알았다. 그런데 국민학교 가입학식 때 내 이름을 부르지 않아 영감님이 거짓말을 한 건가 싶어 눈물을 쏟고 있을 때였다. 입술 화장을 곱게 한 여선생님이 "너 집에서 돌쇠라고 부르니? 오늘부터 학교에서는 돌쇠가 아니라 석철이다. 김석철. 자 울지 말고 집에 갔다가 입학식 때 웃는 얼굴로 봐요."라며 등을 토닥여 주는 것이었다. 햇살 때문인지 너무 눈이 부셔서 그 여선생님을 똑바로 쳐다볼 수가 없었다.

그러나 학교에 입학한 이후에도 담임선생님 이외에는 누구도 석철이라고 부르지 않았다. 같은 동네 아이들이 모두 '돌쇠야' 하고 부르니까 다른 아이들도 모두 그렇게 불렀던 것이다. 심지어 같은 쇠자 돌림이라고 '마당쇠' 라는 별명으로 불릴 때에는 정말 죽고만 싶었다. 그렇게 벗어나고 싶던 '돌쇠' 라는 이름을 군대에 감으로써 완전히 벗어날 수 있었고, 그 누구도 더 이상 돌쇠라고 부르지 않았다.

그런데, 영식이란 놈이……. 네 놈이 기억하기 싫은 이름을 들춘다면 나도 가만히 있을 수는 없다. 내가 정상적으로 신호를 잡는데도 자꾸 괴롭힌다면, 그 괴롭힘만큼 네가 대기해야 하는 시간도 길어진다는 걸 똑똑히 알아야 한다. 지렁이도 밟으면 꿈틀한다는데 지 놈의 머슴도 아닌 인간 김석철이가 뭐가 못나서 가만있느냔 말이다.

내가 마음을 독하게 먹은 걸 안 모양인지 오늘은 영식이 녀석도 더 이상 '돌쇠야' 하고 부르지 않았다. 교통정리 도중에 녀석의 꼴을 훔쳐봤지만 포기를 했는지 팔짱을 끼고 있었다. 아마 사이드 브레이크를 당겨 놓은 것 같았다. 그러면 그렇지 별 수 있어. 가슴이 모자랄 정도의 뿌듯함과 함께 기쁨을 맛보았다. 영식이 네놈이 나보다 돈은 더 많을지 모르겠지만 8시 10분경에 차를 몰고 내 앞을 지나가는 한은 어쩔 수 없이 내 지시를 따라야 하는 분대원들 같은 신세라는 것을 네놈은 알아야 한다 이거야. 흐흐흐.

영식이 놈으로 인해서 조마조마하고 불안하던 아침은 어느덧 영식이 나타나기 전보다 더 큰 기쁨을 가져다주었다. 이틀이 지나도록 아는 척도 않고 담배만 뻑뻑 피우고 있는 걸 보면 아마도 녀석이 끓어오르는 화를 삭이는 모양이다. 오늘부터 일 분씩 더 늦춰 볼까. 네놈이 얼마나 견디는지 보자. 시간을 늦추고 당기는 것은 오로지 나, 김석철이 마음먹기에 달렸다 이 말씀이야.

"저 아저씨 해도 너무 한다. 이젠 아예 하루에 일 분씩 늦추기까지 하네. 남은 바빠 죽겠는데……."

"설마?"

"당신은 걸핏하면 설마설마 하는데 며칠 전부터 시간을 체크했단 말예욧."

아내의 말에 가시가 돋는다. 분석적으로 세상을 본다는 것은 피곤한 일임에 틀림없다.

"아니 그럼 고의적으로 조금씩 시간을 늦추기라도 한단 말이야?"

"두고 보세요. 오늘은 아마 7분쯤, 내일은 7분 30초 내지는 8분 정도 걸릴 테니까."

아내의 기세등등한 모습이 혼란스럽다. 교통정리를 하는 기사의 행위에 대한 반발심인가 아니면 내가 생각하지도 못한 것을 분석한 데서 오는 득의만만함일까. 아서라. 아내를 분석하는 나 또한 피곤한 작자렷다. 모든 현상은 현상 그 자체대로만 보면 되는 거야. 해석을 가하고 분석의 메스를 대는 순간 모든 세상은 복잡한 거미줄로 얽혀 원인과 결과의 관계를 맺게 되는 법이거든.

"오늘 날씨 좋지."

"이이는……. 꼬장꼬장한 마누라한테 두 손 들었다 이거예요"

"이런 날은 회사 가기 정말 아까운 날씨다. 안 그래? 청사포 해변에 가서 발이나 담글까?"

내 말의 문법을 훤히 꿰뚫고 있는 아내가 말문을 닫는다. 충무동 로터리쯤에 신호를 받자 불현듯 내일 아침에 나도 시간을 체크해 볼까 하는 생각이 든다. 사물에 대한 분석도 전염인가.

눈을 뜨고 보니 평소보다 10분이나 늦었다. 아내는 발을 동동 구른다. 늘 시간은 절대적이 아니라 상대적이며 필요에 따라서 늘일 수도 줄일 수도 있다고 생각해 왔었지만, 역시 절대적인 시간은 존재하는 것 같다. 그렇게 서둘렀음에도 평소보다 5분이나 늦게 나섰다. 출근 시간에 5분 차이는 상당한 것이어서 다른 때보다 많이 밀렸다. 8시 10분이면 도착하는 송도 곡각지를 8시 20분쯤에 도착했다.

'오늘은 시간을 한 번 체크해 볼까 싶었는데.' 하며 쓴웃음을 짓고 신호를 받고 있는데 묘한 상황이 벌어지고 있었다. 대열의 맨 꽁무니라서 잘 보이지는 않았지만 매일 아침에 만나던 새까만 그랜저가 앞으로 나아가려 하고 교통정리를 하는 기사가 두 손으로 차의 본네트를 짚고 있는 거였다. 홍미라기보다는 야릇한 호기심에 눈길을 심어 두고 있는데, 순간 그랜저가 액셀러레이터 소리를 힘차게 내더니 그대로 통과해 버렸다. 아침 공기를 찢는 비명과 함께 차는 10여 미터나 전진했다. 거리가 멀어서 차 밑에 깔린 기사의 모습을 정확하게 볼 수는 없었으나 멀리서도 핏빛으로 보이는 액체의 번들거림이 분명했다. 뒤이어 요란한 앰뷸런스 소리와 함께 경찰차의 행렬이 이어졌다.

"사고를 당한 건 안됐지만 얼마나 화가 났으면 차로 깔아뭉갤 생각을 했을까?"

그 기사가 다쳤다는 사실보다 아내가 그런 생각을 한다는 게 더 충격이었다. 말을 잊고 아내를 뚫어져라 봤다. 아내도 머쓱했든지, "그렇잖아요? 나도 번번이 화가 났는데……. 그렇지만 죽지는 않겠죠."라며 말꼬리를 돌린다. 머릿속이 어지러워 도무지 정리가 되질 않았다. 사고 때문에 막혔던 길이 뚫리자 아내의 출근 시간이 촉박하겠다는 생각이 먼저 들었다. 사고 현장은 핏자국이 지도를 만들고 있었고, 그 핏자국 위론 내 차를 비롯한 많은 차들의 길이 차례로 그려지고 있었다.

그날 오후 지방 신문 사회면엔 짤막한 기사가 1단으로 실려 있었다.

교통정리 중인 모범운전기사 중태

오늘 아침 8시 20분경 송도 곡각지에서 교통정리를 하던 모범운전자 김석철(52세, 사하구 감천2동) 씨가 정지신호를 무시한 부산1로 47XX 그랜저승용차(운전자 황영식, 48세, 사하구 신평동)에 치여 복음병원으로 옮겼으나 생명이 위독한 상태다.

부탁

신기하다고 박수를 치는 난희와 달리 전신을 휘감아오는
섬뜩한 바람을 느꼈다. 흑백 영화의 한 장면 속에서 끊어질 듯 이어지는
'로망스' 의 선율을 환청처럼 듣곤 했다.
만약 이 행복이 그보다 수십 배나 되는 고통의 대가이거나,
그 고통에 불을 지피는 도화선이라면…….

부탁

가끔은, 아주 가끔은 대수롭지 않은 말 한마디가 단물 빠진 껌처럼 씹히는 경우가 있다. 사람이 우째 그래 매정할 수가 있노. 다른 사람도 아니고 삼촌 아이가. 부탁이다. 한 번만 만나 봐라. 꼭 할 얘기가 있단다. '매정함' 과 '삼촌' 그리고 '부탁' 이라는 전혀 다른 성격의 어휘들이 강제 결합되어 주는 압박감이라니.

매정하다고? 내가? 설령 상대가 내게 정을 주었다고 쳐도, 내가 그것을 받지 못했거나 받아들이지 않았다면 그것이 매정함일 수는 없는 것이다. '다른 사람도 아닌 삼촌' 만 해도 그렇다. '삼촌' 은 아버지의 형제에게만 부여되는 친족 명사이거나 그에 준하는 경우에 사용되어야 한다고 가정한다면, 그는 아버지와 피를 나눈 형제도 아닐 뿐더러 단 한 번도 '그에 준하는 사람' 으로 생각해 본 적이 없다. 하긴, 회사 근처 식당 아주머니가 내게 '삼촌' 이라고 부르긴 하지만, 그것은 '총각' 과 동일하게 사용되는 또 다른 대명사에 불과할 뿐이다. 그런데 왜 그 사람이 삼촌이어야 하는가. '부탁' 만 해도 그렇다. 형식적으로는 부탁이지만, 이것은 일종의 강요다. 몇 번이나 거부 의사를 밝혔음에도 어머니는 '부탁' 이라는 말로 집요하게 당신의 의견을 따르도록 종용하고 있는 것이다.

세 단어를 하나씩 분리하기가 무섭게 그것과 연관된 수많은 어휘들과 장면들 그리고 난무하는 추리와 추정으로 머리가 깨어질 것만 같다. 그것은 마치 감기에 걸렸을 때, 단맛과 쓴맛 그리고 신맛이 각각 분리되어 입 속에서 맛이 따로 감지되는 것과 흡사하다. 조우하기 싫은 이질적인 단어들에 의해 야기된 정신적 감기, 나는 지금 불량 낱말 바이러스에 걸린 정신적 감기 환자다. 혈연관계와 고향이 제거된 내 삶은 너무나 도회적이고 명쾌하며, 논리적이고 지적이다. 그러나 혈연과 지연이 내 삶에 개입되는 순간, 나는 어쩔 수 없이 20세기 이전의 삶으로 회귀하는, 그렇고 그런 한국 사람으로 돌아가는 느낌을 받곤 한다.

삼촌이라고 부르는, 정확하게 말하자면 삼촌이 아니라 엄마의 이종사촌이 되는 아저씨가 간암으로 사경을 헤매고 있다는 얘기를 들은 지는 2년 전쯤 되었다. 난희의 아버지라는 사실만 아니었어도 빨리 돌아가시기를 바랐을지도 모른다. 내 기억장치에 삭제키라도 있다면, 그와 관련된 모든 것은 깡그리 삭제하고 싶은 심정이었다. 그럼에도 불구하고 난희를 통해서, 가끔 통화를 하는 어머니와의 대화 속에서 어쩔 수 없이 들어야만 했던 그와 관련된 이야기는 또 하나의 고역이었다. 의사가 6개월을 넘기지 못할 거라고 했다지만, 방사선 치료를 받고 병세가 많이 호전되었다는 얘기부터, 최근 들어 거의 음식을 삼키지 못할 정도로 병세가 악화되었다는 것까지 고스란히 주워들어야만 했다.

다른 누구도 아닌 나를 지목하여 눈 감기 전에 꼭 할 말이 있다는 말을 전해 듣는 순간, 갑자기 두 다리에 힘이 쫘악 풀렸다. 팽팽하게 당기고 있던 긴장의 끈 한쪽을 놓아 버렸을 때의 느슨함일 수도 있고, 그게 아니면 안간힘을 다해 끌어당기는 힘에 굴복한 탓인지도 모르겠다. 죽음을 목전에 둔 사람에게서 나올 몇 마디의 단어, 그것이 가져다 줄 파괴력을 감당할 자신이 없었다. 모르는 것이 아는 것보다 더러 나은 법도 있을 터. 그런데도 그는 왜…….

오빠, 그렇게 고민만 말고 그냥 아버질 만나 보세요. 오빠가 풀 수 없는 매듭을 어쩜 아빠가 풀어 줄지도 모르잖아요. 매듭? 언젠가 오빠가 그랬죠. 역사는 사색하고 고뇌하는 자의 몫이 아니라 칼을 빼들고 행동에 나선 자의 몫이라구요. 그녀의 말 한마디가 복잡하게만 여겨졌던 계산식을 단순화시켜 버린 건 사실이지만, 미처 계산에 포함시키지 못한 변수가 의외로 많음을 그녀는 알 수 없을 것이다. 그럼에도 얽히고설킨 실타래는 자꾸 단순화되어 나도 모르게 '에라 모르겠다'는 자조적인 말이 튀어나왔다. 단 둘이서 만나는 거라면, 한 번 부딪혀 볼 만도 했다. 무슨 주술에나 걸린 듯, 급하게 연가를 내고 곧장 차에 시동을 걸었다.

용기를 내. 어차피 한 번은 부딪쳐야 하는 거잖아. 사실, 어떤 말을 할 건지 궁금하기도 하잖아, 그게 어떤 쪽이든. 네 삶을 한 번 되돌아 봐. 서른 중반을 넘긴 네 인생역정을 되돌아 봐. 어떤 시인은 자신을 이끌어 온 것은 팔 할이 바람이라고 했지만, 네 삶은 낯설고 새로운 길에 대한 대책 없는 추종으로 점철되어 있지 않았느냐 말이다. 생각 안 나? 중학교 3학년 때. 프로스트의 시 '가지 않은 길' 을 처음 만났을 때, 너의 그 감격. 너는 결심했지. 명치끝을 찌잉하게 울려 오는 그 감동에 못 이겨 스스로에게 다짐했잖아. 앞으로 내 삶은 가지 않은 길로만 가겠다. 누구나 걷는 그 길은 결코 가지 않겠다고 말야. 이후부터 네 삶은 남들이 가는 길은 한사코 마다하지 않았나. 새로운 길에 대한 대책 없는 추종과 금기에 대한 끊임없는 도전, 심지어 사랑마저도. 그만, 그만. 나도 모르게 내 안의 또 다른 나를 향해 고함을 질렀다. 심리학을 배우고 난 뒤부터인지 정확하게 기억할 수는 없지만, 가끔 내 안의 또 다른 나와 대화를 나눈다. 악마 같은 나이기도 하고, 혹은 선한 목자 같은 또 다른 나와.

마산 톨게이트 근처에 오자 잠시 갈등했다. 서마산 인터체인지로 빠져서 마산 시내를 거쳐 고성을 거쳐 통영으로 갈까. 아니면 통영 대전 간 고속도로를 타기 위해 남해 고속도로를 타고 진주까지 갈까. 딴엔 고민했다고 느끼는 순간, 이미 차는 생각을 앞질러 진주 방향으로 나아가고 있었다.

그쪽이 훨씬 먼 것 같더라구요. 차만 막히지 않으면 시간은 단축할지 모르지만, 거리로는 거의 60킬로미터 이상 차이가 나는 것 같던데요. 요새 기름값도 비싼데, 게다가 고속도로 요금도 장난이 아니구요. 취재여행을 다녀온 누군가의 말에 뒤이어 몇 명이 맞장구를 치는 걸 들었지만, 그들이 만든 관습이 싫고 직접 확인하지도 않은 채 남의 말에 의존한다는 것도 더더욱 싫었다. 구체적으로 명시된 데이터나 증거 없는 일체의 것들에 대한 거부감이랄까. 이를테면 소문의 형식을 띤 것들에 대해서는 무조건 부정하고 그것을 확인하는 버릇이 생겨버린 것 같다.

이미 마산 톨게이트를 통과해서 진주 쪽으로 방향을 잡은 건, 소문에 대한 반발과 새로운 길에 대한 선호가 분명하게 나타나는 순간이다. 언제나 그런 식이다. 그런데 비하면, 말 한두 마디 의미에 사로잡혀 전전긍긍하는 자신을 이해할 수가 없다.

공룡나라 휴게소에서 차를 세웠다. 공룡나라라는 이색적인 명칭과 생리적 문제 해결이라는 이유 중 어느 것이 먼저였는지 분명치 않다. 의도와 의도하지 않음은 가시적으로 나타나지 않지만, 행위만이 결과로 남을 뿐이다. 삶이란 의도하지 않은 결과의 부산물들이 세로축과 가로축으로 짜여서 직조된 시간의 그물일까. 모든 물은 결국 강을 거쳐 바다로 가듯, 의도라는 바다를 향한 끊임없는 움직임일까. 휴게소 매점 앞엔 나보다 덩치가 큰 사내 녀석이 케찹이 둘러진 핫도그를 게걸스럽게 먹고 있다. 그의 식욕과 덩치 사이의 선후관계가 잠깐 궁금했다.

벤치 위로 굴절된 전신주가 길어졌다가 점점 자취를 감추었을 무렵에야 휴게소에서 나왔다. 훤한 대낮에 고향집으로 들어서는 것이 내키지가 않아서였다. 고향집에 도착했을 때, 이미 주변은 어둑해져 있었다. 어둠과는 대조적인 얼굴로 반색하던 어머니의 얼굴에도 이내 옅은 그림자가 드리워진다.

회사는 우짜고? 하루 연가를 냈어요. 그냥 공일날에 와도 될거로 그랬다. 본시 저 넘의 병이라는 기 오늘 내일 하다가도 질기 끈다 카네. 아이고 불쌍한 우리 난희 아부지, 난희네가 불쌍해서 우짜꼬. 딸자슥이라도 치우고 가야 할낀데……. 하마터면 난희 걱정은 하지 마시고, 라고 내뱉을 뻔했다. 당장이야 돌아가시겠나. 아버지였다. 다른 누구보다도 아버지의 반응이 궁금했었다. 아버지는 늘 그렇듯 담담해 보였다. 그냥 이번 토요일에 와도 될 뻔했다. 애원하듯 부탁한 어머니와 달리, 아버지의 말끝에 묻어 있는 뉘앙스는 역시 차이가 났다. 그런 생각을 정리하는 순간, 몹시 상심한 듯 허탈한 아버지의 말이 충격적이다. "친동생 같은 사람이 나보다 앞서가게 생겼으니, 허참……."

피붙이같이 생각해라. 난희가 혼자 사는 내 아파트의 작은 방으로 들어오기 전, 아버지가 내게 한 말이었다. 그때의 피붙이란, 남이 아닌 친척같이 생각하라는 정도로 받아들였었다. 그런데 지금 아버지는 '친동생 같은 사람' 이라는 표현을 쓴 것이다. 친동생 같다니요? 그게 무슨 말씀이세요. 그게 무슨 말이라니, 친동생 같으니까 그래 얘기한 거지. 저녁은 어쨌노?

아무렇지도 않은 듯 아버지는 화제를 돌렸다. 어머니와 달리 좀체 감정 표현이 없으신 아버지에게, 지금까지 삼촌을 친동기간으로 느낄 정도의 각별함은 발견할 수 없었다. 아버지가 삼겹살을 꺼냈다. 대학 입학식 전날, 소주 세 병과 삼겹살을 준비하셨더랬다. 당신은 소주 한 병만 드시고 나머지 두 병은 내가 비우되 자세가 조금이라도 흐트러지면 다시는 술 먹을 생각은 말라며 엄포를 놓으셨다. 술은 어른 앞에서 배워야 하는 거라는 평소 지론대로, 혹시나 자식 놈이 술 먹고 주정이나 할까 싶어 일종의 통과의례를 치러 준 것이었다. 그날 이후 삼겹살을 준비한다는 것은 곧 부자간의 술자리가 마련된다는 것을 의미했다.

삼촌 집에 가야 할 낀데 술판을 벌여서 우짤라꼬. 어머니의 채근이 있었지만 이미 술상은 차려진 뒤였다. 그러잖아도 한잔 했으면 싶었다. 너그 회사는 별일 없나? 요새 다들 어렵다 카더라만. 경기를 타는 업종은 아니니까요……월급 받는 건 지장 없습니다. 그래도 직장이라 카는 기 뭣인가 안정이 돼야제. 그라고 말이다. 듣기 거북하겠지만, 장가는 안 갈 셈이가. ……. 만나는 처자라도 있나? 아이모 도시 생각이 없는 기가? ……. 이라다가 대 끊기는 거 아이가? 평소답지 않게 작심한 듯, 말을 꺼내는 것이 심상찮다. 침묵 외에 뾰족한 답이 있을 리 없다. ……. 알았다. 입만 아픈 얘기 고만 할란다. 니 일 니가 오죽 잘 알아서 하겠냐 싶어 더는 말 않겠다만, 인생 혼자 사는 거 아이다. 늘 앞만 보지 말고 옆도 한 번씩 살피고, 뒤도 한 번씩 돌아보거라. 아버지 특유의 어법이다.

몇 차례의 술이 오가자 궁금증이 고개를 든다. 어색한 분위기를 해소시키기 위해서라도 무언가 말을 꺼내야 했다. 아까, 친동생이나 진배없다는 말이 무슨 말씀이세요. 말로 하자믄 좀 긴데, 어디부터 이야기를 꺼내야 하노. 내 언제 이야기를 한 번 할라고는 했다만, 기회가 통 없더라. 그러니까, 그게……우리 동네에 내 갑장이 별로 없니라. 예? 그기 다 동란 탓 아이가. 군에 가서 전사를 많이 한 모양이지요? 전쟁터에서 죽기도 마이 죽었지. 또 빨갱이라고 죽창에 찔려 죽기도 하고, 총살도 당하고 그랬제. 아버지는 용케 피하셨군요. 피한 거는 맞지마는, 그기 말이다. 사연이 좀 있다.

너그 삼촌이 내 대신 군대를 가지 않았겠나. 군대를 대신 가다니요? 너그 삼촌이 중학교 3학년인가 그쯤 됐을 끼다. 밤마다 신혼집에 와서 가운데 끼어 자더마는 눈치가 뵈는지 어느 날부터 좀 뜸하더라. 그새 동란이 터졌제. 강제징집이라 캐서 힘 좀 쓸 만한 남자들은 모조리 군대 가야 될 판인데, 일부는 자원도 했지만 상당수는 숨거나 도망을 갔다. 군대 가면 죽는다는 생각밖에 안 들었제.

나도 동네 청년들 틈에 끼여 삼바위골로 도망을 갔더니라. 군인 모집하러 온 양반이 보니까, 우리 동네 청년이 아무리 씨가 말랐다 캐도 예닐곱은 있을 줄 알았는데 전부 도망을 가고 청년이라고는 꼬랑지도 안 보였던 기라. 이 양반이 약이 올라서, 지금 안 나타나면 전쟁 끝나고 모조리 기피자로 만들어서 콩밥 먹일 끼라고 노발대발을 했던 모양이라. 그 소리를 들은 너그 삼촌이, 자기가 대신 갈테니까 기피자 명단에서 우리 형님만 좀 빼달라고 사정을 했다 안 카나. 그 양반이 그랬다 캐. 성도 다른데 우째 당신 형님이고 하니, 친형님이나 마찬가집니다 카더라는 거야.

당시만 해도 좀 어수룩한 세상이었는지, 그 양반이 내 이름을 지우고 너그 삼촌을 대신 데리고 갔던 모양이라. 삼촌은 징병 대상이 아니었어요? 그때 열여섯인가 그 정도밖에 안 됐제 아마. 덩치는 좀 있었다만, 나이가 어리니까 그 양반도 난감은 했을 끼라. 그래도 당사자가 하도 대신 가겠다고 조르니까 에라 머리수라도 맞추자 싶어 데리고 갔던 거 아이겠나.

어떻게 그런 일이 있을 수 있단 말인가. 그렇다면 왜 아버지는 그동안 한 번도 그 얘기를 하지 않은 걸까. 아버지는 그 사실을 언제 아셨어요? 당시야 그런 거를 생각할 경황이 없었제. 읍내만 해도 너그 삼촌 동기들이 제법 여럿이 군대를 갔다 캐. 친구들끼리 어불리 갔나 그런 추측들만 했지, 너그 삼촌이 그런 사연을 가지고 군대 간 줄은 까맣게 몰랐다.

동란이 끝나고 기피자 찾는다고 한바탕 소동이 일어났더니라. 삼바위골에 도망을 갔던 동네 청년들이 모두 불려 갔는데, 나만 쏙 빼놓고 불러. 그래서 동네 사람들이 무슨 빽이 있는 모양이라고 수군댔제. 그런데 어느 날 나더러 지서로 나오라 캐. 순경이 박충기 씨와 어떤 관계냐고 꼬치꼬치 캐묻데. 처가 쪽 생질이라고 대충 답을 했제. 일단 가 보라 캐서 지서에서 나오는데, 나오는 길에 너그 삼촌을 마주쳤는기라. 그때 삼촌한테 들었군요. 그것도 아이라. 무신 볼일이 있는갑다 싶었지만, 지서 안이고 나는 막 나오는 참이라 물어볼 경황이 없었제. 하여간 기피자로 된 사람들은 부역이다 캐서 공사장에도 불려 가고 뭐 그랬지만, 나는 그것도 없어서 좀 이상타고 생각은 했제. 지서에서 하필이면 너그 삼촌하고 관계를 물었을까 궁금은 했지만…….

사실 군대 기피했던 그 사람들이나 나나 공무원 할 것도 아니고 농사나 짓는 사람들이 사는 데 큰 불편은 없으니까 유야무야 하고 그냥 넘어간 기지 뭐. 그런데 어떻게 아셨어요. 안 지가 채 몇 년이 안 됐다. 연전에 관절염 수술 때문에 입원을 했다 아이가. 그때 병실에 같이 있던 노친네가 당시 군인 모집하러 왔던 바로 그 양반이라. 세상 참 좁제. 관절염 환자들이야 입이야 말짱하니까 오만 얘기들을 다 안 했겠나. 자연 젊을 때 뭐 하며 지냈고 그런 얘기들을 하다가, 너그 삼촌 얘기를 들은 기라. 그 양반한테도 너그 삼촌 일이 기억에 남았던 모양이라. 내가 천추의 한을 남길 뻔했다. 한 핏줄을 타고난 동기가 아닐 뿐이지 세상천지에 어디 그런 사람이 있겠노. 너그 삼촌 말이다. 아버지의 눈자위가 불그레해졌다.

핏줄, 동기? 난희가 내 아파트로 제 몸만 한 가방 두 개를 가지고 나타나던 때가 생각난다. 핏줄이라고 생각하라던 아버지의 말이나, 친동생이나 다름없다던 어머니, 처녀애를 혼자 낯선 곳에 두기보다 친오빠 같은 너한테 맡겨 놓으니 안심이 된다던 삼촌. 교대를 나와 초등학교에 갓 발령이 난 딸의 안위를 염려해서인지, 아니면 13평짜리 아파트에 남아도는 방 하나에 착안한 엄마의 계산법이 작동한 탓인지 그 동기가 사뭇 궁금했지만, 친동생같이 따르던 난희를 마다할 이유도 딱히 없었다. 그럼에도 '말도 안 되는 소리' 라고 완강하게 거부를 했었다.

난희하고 함께 있다는 것은 삼촌과의 연결을 의미했고, 그것과 동일선상에서 고구마줄기처럼 얽혀져 있는 고향과 혈연 따위의 개념들이 싫었다. 그 이전에 난희를 멀리해야만 한다는 무의식이 강박관념처럼 작용한 것도 사실이었다. 어머니의 집요한 설득에 '난희가 방을 구할 때까지만' 이라고 단서를 붙였지만, 그 말이 그다지 큰 효용이 있으리라고는 생각하지 않았다. 어쩌면 마음 한켠에서 은근히 난희의 존재를 반긴 건지도 모르겠다. 무엇보다 몇 년의 독신생활에 지쳐 라면 하나 끓여먹기조차 싫을 정도라, 가끔 밥은 얻어먹을 수 있겠구나 나름의 계산이 있기도 했다.

혼자 있을 때 트렁크 팬티 하나만 입고 집 안을 돌아다니던 자유가 실종된 것을 제외한다면, 난희와의 생활은 그다지 불편하지 않았다. 솔직하게 표현하면 썩 괜찮은 편이었다. 술 먹은 다음날 아침에는 어김없이 북어국이나 콩나물국 같은 해장국이 올라왔다. 부산에 올라온 이후 한 번도 제대로 먹어 보지 못한 생일상을, 그것도 도미를 넣은 미역국을 받았을 때의 감격이라니. 사귀던 여자와 헤어진 후 딱히 애인도 없는 처지에, 살림을 도맡아 하던 난희에 대한 배려가 잦은 외출로 이어졌다. 함께 영화를 보고 식사를 하고 칵테일을 마시거나, 주말이면 교외로 드라이브를 갔다.

난희가 여자란 생각을 하지 않은 것은 결코 아니지만, 그것을 의식할 여지가 없을 정도로 나와 난희의 라이프스타일이 닮아 있었기에, 피를 나눈 남매지간이라도 이러기는 쉽지 않다는 생각이 들 정도였다. 식당에서 음식을 주문하거나, 영화나 책을 고를 때, 또는 가고 싶은 장소를 말할 때 마치 약속이라도 한 듯 일치하는 경우가 잦아졌다. 너무 신기하다고 박수를 치는 난희와 달리 전신을 휘감아오는 섬뜩한 바람을 느꼈다. 흑백 영화의 한 장면 속에서 끊어질 듯 이어지는 '로망스' 의 선율을 환청처럼 듣곤 했다. 만약 이 행복이 그보다 수십 배나 되는 고통의 대가이거나, 그 고통에 불을 지피는 도화선이라면……. '너 방은 알아보고 있니?' 그런 생각을 꾸짖듯 채근하는 내 질문에, 난희는 항상 구차한 이유를 들어 얼버무릴 뿐이었다.

난희가 아파트로 온 지 채 1년이 못 된 초여름이었다. 출근준비가 덜 되었는지 그날따라 난희가 꾸물거렸다. 뭐 해, 아직 준비 안 됐어. 네, 다 돼 가요. 잠시만요. 열려진 문으로 들여다보니 원피스 뒤쪽에 달린 지퍼를 올리느라 끙끙대고 있었다. 별 생각 없이 다가간 순간, 얇은 겉옷에 훤하게 비친 브래지어의 끈을 보며 성숙한 여자로서 난희를 깨달아야 했다. 차라리 내가 집을 구해서 나갈까 하는 생각과 눈처럼 하얀 난희의 목덜미, 그리고 내 심장 박동이 빨라지기 시작한 것은 거의 동시였다. 분명한 것은 그날 이후 난희와 눈을 마주칠 수가 없었다는 점이다.

술은 그만 묵고, 삼촌한테나 가든가 안 하고……. 부자간의 술자리를 지켜보고 있던 어머니는 조바심이 났는지, 다시 채근을 한다. 한 잔 더 할라나. 됐습니다. 이 정도가 적당한 것 같았다. 적당히 취기가 올라 충격을 완화시켜 줄 정도는 되겠지 싶었다. 술이 조금만 더 들어갔어도 아버지에게 물어보았을지도 모른다. 갈 것 같으면 서둘러라. 너그 삼촌 주무실지 모르겠다. 집을 나서는 내 등 뒤로, 다시 한 번 어머니의 채근이 이어졌다. 삼촌에 관한 부분은 어떻게 그리 지극 정성인지. 하긴 삼촌이 어머니에게 늘 '누님' 하고 깍듯하게 대하는 것과 마찬가지이긴 하지만.

이 밤중에 왔더나. 숙모였다. 물론 편의상 부르는 명칭이지만 말이다. 아 예, 집에 잠깐 들렀다가 오는 길입니다. 잘 왔다. 그렇잖아도 삼촌이 많이 기다리는 눈치더라. 난희는, 잘 있제. 니도 그렇지만, 난희도 빨리 짝을 찾아야 할 낀데.

오빠, 오빠 말대로 다른 남자를 만나도 보고 선도 봐도 도무지 마음이 내키질 않아요. 그냥 오빠 장가갈 때까지 만이라도 이대로 살면 안 돼요? 어허, 또 그 소리. 진심과는 달리 내 입을 통해서 나온 말은 항상 마찬가지였다. 나야 독신주의자니까 상관없지만 너라도 때를 놓치지 말아야지. 친오누이라도 이상하게 보는 세상이야. 아파트 아줌마들이 우리 둘을 놓고 말들이 있는 모양이야. 그게 어때서요. 오빠가 언제 세상 눈치 보며 사셨어요. 그것하곤 개념이 달라. 뭐가 달라요. 산다는 게 뭐, 별건가요. 마음에 맞는 사람들끼리, 서로 이해하고 아끼며 행복하게 살아가면 그뿐 아닌가요. 사실 이 말은 오빠가 해야 하는 말인데, 그쵸. 그렇지 않아. 남자와 여자가 만나 가정을 이루고, 또 후손을 낳아 기르는 건 자연의 섭리다. 남자와 여자의 결합은 종족 보존을 위한 본능적 결합이다. 개체의 유한성을 극복하기 위한 본능적인 공포가 후손에 대한 집착으로 이어진다는 건, 인류학의 정설이다. 오빤, 괜히 대답하기 곤란하면 어려운 얘기를 해서 김을 뺀다는 거 내가 모를 줄 알아요. 그리고 요새 오빠 변한 거 알아요? 의도적으로 거리를 두려고 한다는 거 다 알아요.

왔구나. 많이 바빴던 모양이로구나. 눈을 감고 있던 삼촌이 기척을 느끼고는 몸을 일으켰다. 그냥 그대로 누워 계세요. 근 3년 만에 본 삼촌은 몰라보게 야위어 있었다. 저러고도 살아 있는 사람이라 할 수 있을까 싶은 생각에, 그런 입을 통해 무슨 이야기를 들을 수 있을까 의구심마저 들었다. 잘 왔다. 내 눈 감기 전에 꼭 할 말도 있고……부탁도 있고……또 니한테 사과해야 할 일도 있고……. 마른 침을 삭히며 띄엄띄엄 내뱉는 말을 듣기도 어려웠지만, 그보다는 '꼭 할 말'과 '부탁' 그리고 '사과'라는 말이 주는 압박 때문에 술기운이 한꺼번에 달아났다. 게 앉거라. 어디서부터 이야기를 해야 할지 모르겠다.

니도 알고 있는지는 모르겠다만, 사실 너 엄마하고 나하고는 4촌간이 아이고 이종8촌이다. 친척이 많은 사람들은 거의 남이나 다름없제. 너그 아버지야 만주에서 혈혈단신으로 내려왔으니까 친척이 없는 거나 마찬가지고, 너그 엄마 쪽도 명이 지지리 짧은지 거의 씨가 말랐는 기라. 그래서 촌수로는 멀어도 친형제 이상으로 지내게 된 기라.

알란지 모르겠지만, 너 엄마가 이모라고 부르던 돌아가신 내 모친은 사실 생모가 아이다. 생모가 아니라면……. 그래, 내가 중학교 다닐 때 생모가 돌아가시고 아버지가 새장가를 가게 됐다. 새어머니가 얼마나 서슬이 시퍼랬는지, 우리 형제는 새어머니에게 도저히 정을 붙일 수가 없었제. 아버지는 원래 무심한 사람이라, 그런 건 당체 눈치도 못 채는 양반이고……. 때가 삼동이라 날이 무지하게 추웠는데, 방에 불을 넣자니 눈치가 보여서 군불도 마음껏 넣을 수가 없었다. 춥기도 하고, 그 큰 방에 동생하고 둘이 자는 것도 그렇고 해서 너그 집에 잠을 자러 간기라. 그때 너 아버지 엄마는 한참 신혼이라서 식구라고 해야 단둘이밖에 없었거든. 그러니까 너그 누나도 태어나기 전이었다. 지금 생각해도 정말 어이가 없지만서도, 당시 중학교 1학년인 나하고 국민학교 5학년인 너그 작은 삼촌하고 둘이서, 신혼부부 사이에 끼여서 잠을 자게 되었던 기라.

너그 어무이야 계모 밑에 있는 동생들이 애처롭기도 했을 끼고 또 우리도 정을 붙일 때가 없으니 누부, 누부 하고 끔찍이 따랐으니 당연히 받아 주었겠지만, 너그 아버지가 정말로 우리를 친동생처럼 맞아 주지 않았다 카믄 엄두도 못 냈제. 그러다 보이 저녁만 먹으면 동생하고 아예 너그 집으로 자러 갔다. 그러면 너그 아버지는 고구마도 구워 주고 옛날 얘기도 해 주고, 세상에 그런 분은 다시 없을 끼다. 어떤 때는 아예 저녁까지 너그 집에서 해결을 했는데, 보릿고개라 양식도 만만찮을 당시에 소

같은 넘들이 입을 두 개나 보탰으니, 아무리 사람 좋다고 해도 역정을 내지 않을 수가 없었을 끼라. 그런데도 너 아버지는 싫은 기색 한 번 안 했다.

형님이 자식 늦은 것도 다 이유가 있다. 하늘을 봐야 별을 따든가 할 거 아인가 말이다. 동란 일어날 때까지 동생하고 둘이 자러 댕기다가 내가 군대를 갔는데, 군에 간 이후에 동생이 다시 군에 갈 때까지 너그 아버지 엄마 사이에 맨날 끼여 잤던 기라. 나중에야 안 일이지만, 동네에서 다 큰 놈들이 신혼부부 사이에 끼여 잔다고 말도 많았다 캐. 너그 어무이는 우리 새엄마한테 불려가서 모자간을 이간시킨다고 말도 듣고, 머리끄뎅이까지 잡힌 모양이더라만, 우리한테는 일체 내색을 안 했으니 몰랐다. 그 나이에 아무것도 모르기는 했겠느냐마는, 동네 사람들이나 주변에서 이런 저런 눈치를 줘도 애써 모르는 체했다는 편이 옳을 끼다.

물 좀 다오. 목이 좀 마르다. 힘드시면 다음날 하세요. 아이다. 너를 만나기도 힘들고, 마음먹었을 때 하는 편이 옳다 싶다. 그라고 보다시피 살면 얼마나 살겠다고……. 그게 저한테 미안한 부분이면 더 말씀 안 하셔도 됩니다. 그기 아이고……혹시 들었는지 모르겠다만, 난희하고 너하고 닮았다는 말, 말이다. 나도 모르게 마른침을 꿀꺽 삼켰다.

난희네 집과 우리 집은 걸어서 불과 오 분 거리도 안 되는 지척에 있었던 까닭에 가족이나 다름없이 지냈다. 여섯 살 차이가 나는 난희를 갓난아이 때부터 무등을 태우기도 했고, 난희가 초등학교에 입학했을 때는 중학교 1학년이었던 내가 난희 가방도 들어 주고, 다리가 아프다면 업어 주기까지 하면서 등교를 시켰으니, 누가 보더라도 친동기간 이상이었다.

중학교 3학년이던 여름방학 때, 귀신 이야기나 한 토막 주워들으려고 모깃불을 피워 놓은 동네 아주머니들 틈에 끼였다가 고약한 소리를 듣고 말았다. 평소, 온갖 말을 다 지어낸다고 해서 말이 많던 월선이 엄마가, 니는 어찌된 판인지 너그 아부지는 하나도 안 닮고 어데 지리산 중놈을 닮았나. 안 닮기는, 이종들 간에도 와 서로 안 닮더나. 창식이 엄마가 말을 낼름 받았다. 뒤이어 누군지는 모르지만 또 다른 아주머니의 말이 이어졌다. 그러잖아도, 아버지를 쏙 빼닮은 남동생과는 달리 나는 어째서 아버지를 하나도 닮지 않았을까 이상하다고 생각해 오던 터였다. 다른 사람들이 보기에도 정말 그렇게 보이는구나 싶었는데, 그야 그럴 수밖에 더 있나. 난희 아부지가 젊을 때 야 저그 집에 가서 살았다 아이가. 아무리 이종이라 캐도 8촌이 넘을 낀데 닮았다 카는 기 이상한 거 아이가……. 평상 근처에 피워 놓은 모깃불을 차며 자리를 뜬 것은 그 말이 떨어지는 것과 동시였다.

넉넉지 않은 집안 형편을 알면서도 고집을 부려 마산 소재 고등학교로 진학을 하고, 그 이후 고향과 등을 지고 말았다. 고향만 잃은 것이 아니었다. 어머니와의 관계도 멀어졌고 아버지에게는 까닭 없는 연민이 불쑥불쑥 솟아났다. 삼촌이라 불리는 난희 아버지는 그 존재조차 괴로웠다. 그런데, 지금 그 비밀을 당사자가 이야기하겠다는 것이다.

그때가 동란 일어나기 바로 직전이었다. 그날 너그 아버지가 장엔가 가서 좀 늦었는데다, 밑에 동생은 감기가 걸려 새어머니가 데리고 잔다 캐서 혼자 너그 집에 자러 간기라. 지금이야 할 일이 없으면 텔레비라도 봤겠지만, 그때는 마땅한 소일거리도 없어서 너그 엄마하고 누워서 이런저런 이야기를 하고 있다가 문득 돌아가신 생모가 생각났지 싶다. 내가 언제 엄마 사랑을 받았나 그런 생각도 들고, 너그 엄마가 우리 엄마라는 생각도 들고 뭐 그랬던 것 같애. 그래서 나도 모르게 누부, 나 젖 한 번 빨아 보믄 안 되겠나. 그러자 너그 엄마가 '문디 머시마가 무신 소리를 하노' 하면서 내를 꼬집고 내가 너그 엄마 젖을 만지고 그랄 때, 너그 아버지가 흐흠 하고 헛기침을 하고 들어선 기라. 그때 너그 아버지를 차마 마주 보지 못하고 자는 둥 마는 둥 하다가 밤을 샜제. 다음날부터 밑에 동생만 너그 집에 자러 가고 나는 차마 발길이 안 떨어지더라.

나중에야 안 일이지만, 창식이 엄마가 돈 꾸러 왔다가 내하고 너그 엄마 하는 소리를 듣고 갔던 모양이라. 소리 소문도 없이 아줌마들의 입방아에 오른 거야 뻔한 이치 아이겠나. 얼마 안 가서 내 귀에까지 그게 들렸을 정도니, 너그 아버지는 오죽했겠냐. 참다못한 너그 아버지가 이사까지 생각했던 모양이라. 그러던 차에 동란이 터진 기라. 나도 동네를 뜰까 하고 맘을 묵었는데 마침 군인 모집한다 캐서 에라 모르겠다 하고 군대로 가게 됐제.

이야기를 듣는 중간에 감정이 격한 순간이 잠깐 있었지만, 이제는 담담해졌다. 그럼에도 찜찜함이 완전히 가신 것은 아니었다. 그런데, 아버지 말씀은 삼촌이 아버지 대신 군대 지원을 하셨다던데요. 그거는 아이고, 울고 싶자 매친다고, 바로 그 격이라. 어짜믄 이 동네를 빠져나갈꼬 고민을 하고 있는데, 군인 모집을 하러 온 기라. 기왕 가는 김에 너그 아부지 대신 내가 가겠다고 떼를 좀 썼제. 형님한테 솔직히 미안하기도 했고…….

정말로, 궁금한 게 하나 있습니다. ……제가……우리 아버지 아들이 맞기는 한 겁니까? 야가 시방 무슨 소리를 하노? 그거를 지금 말이라고 하나? ……. 이런, 변이 있나. 그 망할 놈의 여편네들이 주딩이들을 잘못 놀리 가지고, 네 가슴에 큼지막한 대못을 박았구나. 니 혹시 무신 소리라도 들었나? ……. 하기는 이종 8촌 간인데도 너그 엄마하고 나하고도 너무 닮았다는 얘기도 많이 듣기는 했다. 난희도 그라데. 오빠하고 닮은 게 너무 많은 것 같다고……. 동네 할매들 사이에는 너그를 놓고 또 무슨 소리들을 씨부린다더만, 그런 소리 신경 안 쓰기로 했다. 니하고 난희도 친오누이같이 좋은 관계라고 나는 그래 믿는다……. 딸도 못 치우고 눈을 감을라니 그기 마음에 걸린다만, 니가 난희 옆에 있어서 한편으로 안심도 되고 그렇다.

친오누이 같은 관계라는 말과, 난희 곁에 니가 있어 안심이 된다는 말 사이에는 너무나 큰 간극이 있다. 넘지 말아야 할 선과 금기의 깨뜨림 같은. 오빠가 좋다고, 그냥 오빠하고 이렇게 살고 싶다는 얘기들은 했지만, 그 말이 남녀 사이에 오고가는 그런 말은 아니었을 것이다. 둘은 서로에게 너무 편한 존재라는 것, 동생이기 때문에 좀 더 너그럽게 대했고 오빠이기 때문에 이해해 주는 관계일 뿐인 것이다.

참, 제게 부탁이 있다고……. 아, 그거. 하마터면 깜빡할 뻔했다. 그 전에 내가 정말로 해 주고 싶은 말이 있다. 내가 이 세상에서 가장 존경하는 사람이 누군지 아나? 바로 너그 아버지다. 다른 사람들도 너그 아버지를 법 없어도 살 사람이라고들 다들 존경을 하지만……. 내 개인적으로도, 너그 아버지는 정말 존경스러운 분이다. 그 신혼 때 철부지들이 부부 사이에 끼여 맨날 잠을 자도 역정 한 번 낸 적 없고, 내 때문에 이사까지 갈라 카다가 눌러 살다 보니 동네서 이런 저런 말들이 좀 많았겠나. 그래도 그 사람들을 탓하기보다 '비싼 밥 묵고 할 일 없는 사람들도 참 많제' 카며 그냥 넘기셨다. 근데 정작 무슨 부탁인지, 말씀 않으셨어요.

그렇나. 내 정신 좀 봐라. 내가 요새 정신이 좀 없다. 갈 날이 다 돼서 그란지 오락가락한다. 그러니까, 병이 나서 수술을 받고 내려온 지 며칠 되지 않았을 때였을 끼다. 어디서 구했는지 상황버섯을 한 보따리 구해서 너그 아버지가 나를 찾아왔었니라. 대뜸 걸을 만하거든 어디를 같이 좀 가자는 기야. 수술 뒤라 힘은 들었지만, 형님이 그러시는데 차마 거절을 못 하고 따라 나섰제.

너그 선산으로 나를 데리고 가는 기라. 한참 올라간 뒤에 돌멩이로 표시를 해 둔 자리로 가더니, 여기서 좀 앉아 쉬자 캐. 그러더니, 만주에서 혈혈단신으로 내려와 친동기 같은 자네를 만나 잘 살았다고 하시면서, 나중에 나 죽거든 동생이 호상을 맡으라는 기라. 형님 그게 무슨 말씀인교 했더니, 난희네가 아무래도 내보다는 오래 살아야 하지 않겠나. 내가 자네한테 부탁을 하지 누구에게 부탁을 하겠나. 이 자리가 바로 내 묏자리다. 나중에 내가 죽거든 여기다 묻어 주게 하면서 내 손을 꼭 쥐시는 기라. 형님, 형님은 정정하신데 그게 무슨 말씀이냐고 내가 펄쩍 뛰었더니, 동생이 형님을 묻어야지 형님이 동생을 어떻게 묻으란 말이고, 그게 이치 아이가 카시며 손에 다시 힘을 주시는 거 아이겠나.

집에 와서 내가 한참을 생각해 봤제. 와 느닷없이 형님이 그런 말씀을 하셨을까 싶었는데, 곰곰 생각하니 그기 다른 뜻이 아이라. 오래 살아라는 말을 그래 하신기라. 나중에 의사들 말을 들어 보이 내가 간암 말기라서 몇 달 못 넘긴다고 했다 캐. 너그 아버지도 당연히 그 소식을 들었을 끼고. 그래서 형님께서 일부러 당신 묏자리를 잡아 놓고, 내보고 장사를 지내 주라고 부탁을 하신 게 아인가 싶어. 사실 간암 말기 판정을 받고, 의사들이 깜짝 놀랄 정도로 오랫동안 버틴 것도 형님하고 약속을 지킬라꼬 정신을 놓치지 않은 건지도 모르는 기라. 알 만한 사람들은 한 번씩은 댕겨간 셈인데, 많이 좋아졌다 캐쌓고, 금세 일어나겠다고 말들은 카더라만 솔직히 그게 무슨 위로가 되겠노. 그냥 아침에 만나서 잘 주무셨능교 하고 인사하는 거 하고 똑같은 말 아인가 말이다. 그간의 정의로 내 죽기 전에 인사를 하로

온 거지 다들. 그런데 말이다. 너그 아버지, 아니 형님께서는…….

삼촌의 두 눈에서 눈물이 흘러내렸다, 하염없이. 아직도 정정한 형님께서 내 목숨 좀 이어 보라고, 자기 산소자리까지 잡아 가면서……세상에 그런 형님이 어디 있겠노. 내가 죽어도 너그 아버지가 내한테 베푼 거는 절대 잊지 못할 끼다. 그거를 모르면 내가 사람이 아이지. ……. 너그 아버지하고 나는 너그 어머니 때문에 이루어진 관계지만, 나중에는 오히려 너그 어머니보다 돈독했다. 정말 친형제 같았다.

삼촌의 사과와 부탁은 아버지의 호상을 하지 못하고 자신이 먼저 죽어서 미안하다는 것과 함께, 아버지의 묏자리 위치가 어디에 있으니 나중에 아버지 돌아가시거든 그곳에 장사 지내라는 것이었다. 죽음을 앞둔 삼촌의 사과와 부탁이라는 것도 그렇고, 간암 말기의 삼촌을 이끌고 묏자리를 부탁한 아버지도, 내가 가진 지금까지의 상식으로는 도무지 납득하기 어려운 것이었다. 내가 할 수 있는 말이 딱히 없었다. 그냥 아버지가 하신 말씀대로, 아버지 부탁이니 우리 아버지 호상은 삼촌이 해 주세요. 라고 말할 수밖에 없었다. 나도 모르게 눈앞이 흐려지기 시작했다.

진짜 부탁이 있다. 차마 입이 안 떨어져서 말도 못 하고……. 너그 아버지 고민이 니 장가 보내는 거라 카는데……. 이기 형님한테 죄를 짓는 긴지 모르겠다만……며칠 전에 면서기한테 물어봤더니, 8촌이 넘으면 문제없다 카고……. 난희도 니를 각별하게 생각하는 거 같고…… 난희를, 난희를 부탁해도 되겠나.

가지 않은 길에 대한 막연한 동경과 추종은, 삶을 뿌리째 흔들어 놓을 만한 소문과 내 사춘기의 방황이 만들어 놓은 자기방어기재일지도 모른다. 줄곧 독신을 고집해 온 것도 실상은 소문에 대한 두려움과 반발에서 기인된 부산물은 아니었을까.

삼촌의 부탁은 무거웠지만, 마음은 어느 때보다 가벼웠다. 삼촌 집을 나선 시간은 자정이 다 되어서였다. 가로등 없는 밤길을 걱정했더니, 달빛에 비친 시멘트 길은 밝기만 했다.

논개(論介)는 없다

최경회의 연보(年譜)를 살펴본다. 의병장으로 장수에 온 때가
선조 25년 8월, 상복을 입은 채로 의병장을 맡았다고 되어 있다.
선조 25년이면, 그의 나이 예순에 논개의 나이 18세다.
논개가 최경회의 첩이든 후실이든 아니면 최경회를 짝사랑하는 여인이라고
가정할 경우, 최소한 이때 정도에 만나는 게 타당하다.
설령, 시기상으로 그렇다손 치더라도, 명분을 중시하던 사대부가 모친의
3년상이 끝나기도 전에 후실이나 첩을 맞았다는 건 이해할 수 없다.

논개(論介)는 없다

1. 추억하는 것의 부끄러움에 대하여

"강 기자, 이번부터 기획물 한번 해 보지."

선심이나 쓰듯 편집장이 불쑥 내던진다. 언제나 저런 식이다. 말이 편집회의지 숫제 '편집지시'다. 기획물이란 시작한 지 5회째가 되는 '역사 속의 여인들'을 두고 이름이다. 기획 당시만 해도 페미니즘이란 최신 액세서리를 걸치고, '오늘의 시각으로 새롭게 분석한 한국 여인의 자화상'임을 내세웠지만, 얼마 안 가서 '기생열전(妓生列傳)'이라고 하는 편이 훨씬 어울릴 정도의 '말초신경 자극물'로 전락하고 말았다. 오죽하면 페미니즘이란 말만 나와도, 담당기자가 들릴 만한 소리로 "우리 공장에 페니스즘을 페미니즘으로 잘못 발음하는 사람이 있는 것 같애." 하고 빈정대기까지 했을까.

몸담고 있는 잡지에 그런 내용이 실려 있다는 사실만으로도 불쾌지수가 상승할 지경인데……. 그걸 나보고 맡으라고. 게다가 '한번 맡아 보겠어' 도 아니고 '한번 해 보지.' 라니. 부족한 잠 때문에 느슨하게 풀어졌던 신경들이 팽팽하게 긴장한다.

"언제부터 해가 여성명사로 바뀌었습니까?"

편집장의 이마 위로 주름 몇 개가 나타났다 금세 사라진다. 가끔 그 주름이 '욕설' 의 또 다른 표현은 아닐까 생각될 때가 있는데, 지금이 그런 경우지 싶다. 모르긴 해도 해와 여성명사와의 상관관계를 찾기 위해서 머릿속이 복잡하게 돌아갈 게 뻔하다.

"뚱딴지같이 그게 무슨 소리야?"

"별거 아닙니다. 난 또 해한테도 여성 성기가 달렸나 하구요."

그제야 아차 하는 눈치다. 정작 달린 것은 해의 성기가 아니라, 내 말꼬리에 묻어 있는 미늘이었음을 눈치챈 모양이다.

"아침부터 끈적한 얘기해 가지고, 누구 바지 째지는 꼴 한번 볼래."

가방끈과 임기응변이 늘 정비례 관계에 있는 것은 아닌 것 같다. 내 말꼬리의 날카로움을 음담패설로 받아 넘긴 것까지는 좋았지만, 여기자들 - 이라고 해 봤자 경리를 포함해서 세 명이지만 - 의 얼굴빛이 달라지기 시작했다. 창가에 앉은 송 기자 목소리가 탁한 소프라노로 갈라진다.

"지금 두 분 대화 내용이 범죄 행위에 근접되고 있다는 것쯤은 아시겠죠. 이쯤에서 끝냈으면 좋겠네욧."

"알았어, 알았다니까. 어디 세상 무서워서 살겠나. 삼천만 원이 없어서 1절만 하고 말지. 그건 그렇다치고 강 기자, 자네 말고는 맡을 사람도 없어. 그리고 그게 아무나 하는 거야. 이번 기회에 잘해 보라구. 혹시 알아. 지난번 김명수처럼 또 〈연예 특종〉에서 스카웃 제의가 올지? 그럼 기획물은 됐고, 이번 특집은 뭘로 하지……."

기획물은 이미 결정이 난 것으로 젖혀 두는 모양인지, 편집장은 다음 이야기의 물꼬를 텄다. 하지만 내 귀에는 아무 얘기도 들어오지 않았다. 나의 전임이 될지도 모를, 그 김 기자처럼 흥미만으로 기사를 쓸 수도 있다. 그러나 일그러질 대로 일그러진 내 삶을 지탱해 준 '자존심', 형태도 색깔도 알 수 없는 내 작은 종교를 이런 식으로 허무하게 무너뜨리고 싶지는 않았다.

소위 '굶는 과'라는 국문과를 졸업하고, 동기생들 모두가 굶지 않는 일자리를 찾기에 혈안이 되어 있을 때, 나 혼자만이라도 전공을 살릴 수 있는 그런 직업을 찾으려 했다. 밖에서 바라본 '기자'란 직업은 얼마나 그럴싸해 보였던가. 하고 싶은 일과 보람, 게다가 전공을 살릴 수 있는 직업이 어디 그렇게 흔하랴. 그래서 선택한 게 바로 잡지사 기자였는데…….

기획물의 첫 번째 주인공으로 '수로부인(水路夫人)'이 선정되었을 때, 다소 의외였다. 『삼국유사』에 그 이름이 몇 번 나오기는 해도, 어디까지나 설화 속의 인물이지 역사적 사실로 보기는 어려웠기 때문이다. 그러나 대학 시절 고전 문학에 심취했던 터라, 고대가요 '해가(海歌)' 와 향가 '헌화가(獻花歌)' 를 낳게 한 장본인인 '수로부인' 을 어떻게 해석할까 남다른 관심을 가졌다. 여자 얘기만 아니었다면 탐을 낼 만한 기사거리였다. 억지로 맡기면 못 이기는 체 맡아 볼까 하는 생각도 없지 않았지만, 결국 사학과 출신이란 이유로 입사동기인 김 기자에게 맡겨졌다. 그가 어떻게 설화 속의 여인을 현대적으로 재구성하여 오늘의 여성문제에 연결시킬까 궁금해 하다 첫 교정지를 봤을 때, 그만 입을 딱 벌리고 말았다.

이야기의 중심이 시가(詩歌)의 주인공으로서가 아니라, 삼국시대 최고의 스캔들 메이커로 둔갑되어 있었다. 더욱 경악을 금치 못한 것은, 용왕에게 잡혔다가 돌아온 수로부인이 남편인 문정공에게 '그 음식은 달고 부드러우며 향기롭고 깨끗하여 인간의 요리와는 전혀 다르더라.' 고 말하는 설화내용과, '부인의 옷에는 일찍이 인간 세상에서 맡아 볼 수 없었던 이상한 향내가 스며 있었다.' 는 해설 - 요즘 용어로는 일종의 편집자적 논평에 해당함 - 부분을 근거로, 완전히 소설을 썼던 것이다. 즉 수로부인을 납치한 것은 용왕이 아니라 근처를 지나던 외국상선이었으며, 단 음식이란 중동이나 인도의 음식을 뜻하는 듯하며 이상한 향내란 곧 향수를 지칭하는 것으로 해석하였다. 아울러 '처용' 이 아라비아 선원이었을 것으로 추정된다는 모 교수의 학설도 인용되어 있었다.

더 기가 막힌 것은 수로부인이 외국인에 의해 집단강간당한 최초의 여인일 개연성이 높다는 추측과 함께, 말미에는 미군들의 성추행 문제를 몇 줄 곁들여 놓았다. 게다가 삽화는 수로부인으로 추정되는 삼국시대의 여인이 털북숭이의 외국인들에게 겁탈당하는 장면으로 큼지막하게 도배질되어 있었다. 오죽했으면 기획물이 시작되자마자 '도서잡지 윤리위원회' 의 경고를 받았을까마는…….

다음 회도 그 화려한 전통을 이어갔음은 물론이다. 이를테면, 설화 '도미 처' 의 경우, 개로왕을 속여서 위기를 벗어난 그녀의 기지에 초점이 맞춰진 게 아니라, 개로왕과 도미 처의 하녀가 나눈 정사에 초점이 맞춰져 있었다. '춘향' 의 경우는 원전에 충실했다는 걸 내세워 '체위 시범 모델' 쯤으로 둔갑시키는가 하면, '황진이' 또한 조선시대 최고의 여류 시인으로서가 아니라, 화담을 유혹하는 요부로서의 이미지에 더 비중을 두었다. 참으로 웃지 못할 사실은, 화담을 유혹하는 장면 묘사를 위해 '먼 곳의 여인의 옷 벗는 소리' 라는 김광균 시인의 현대시까지 인용하면서도, 정작 시인 황진이가 지닌 놀라운 시적 감성과 세련된 기교는 털끝만치도 내비치지 않았다는 점이다.

상업지의 특성상 판매부수도 생각해야 하고 읽을거리의 제공이라는 측면도 무시할 수 없었을 것이다. 그러나 안타까운 사실은 충분한 근거도 없이 역사를 왜곡하면서까지 기사를 썼다는 점과, 설화나 소설 속의 인물인 '수로부인' 과 '도미 처' 그리고 '춘향' 을 '역사 속의 여인' 으로 둔갑시킨 것이었다. 하여간 기획물에 관한 내 감정은 불만보다는 오히려 분노에 가까웠다. 그런 내 개인적 분노와 상관없이 기획물이 월간지 《남녀》의 부수를 늘리는 데 상당한 기여를 했고, 가장 인기 있는 지면이라는 점이 내 상식으로는 도무지 납득이 가질 않았다.

"왜, 떫어. 뭐가 그렇게 못 마땅해?"

가시를 세운 편집장의 목소리가 유난히 귀에 거슬린다.

"……."

"하긴, 부타 뻗한테 여자 얘길 맡겼으니 감이 안 잡힐 만도 하겠지."

부타 뻗이란 '부처님 가운데 토막'의 준말로 나를 지칭하는 잡지사내의 은어다. 술좌석에서 몇 번인가 들어 보긴 했어도 사무실 안에서 듣기는 처음이다. 인쇄소에 OK 교정지를 넘기고 난 뒤에 가졌던 몇 차례의 질펀한 술자리에서 옆에 앉은 웨이트레스의 치마 속을 탐험하지 못했다는 이유 하나로 생긴 별명이었다. 고약했지만, 참기로 했다. 사실이 아닌 걸 항변하다 보면 오히려 더 불필요한 오해를 불러일으키곤 한다는 나름의 경험 때문이었다. 그런 내 반응과는 달리 사무실의 눈길은 온통 내 쪽에 고정되어 있었다. 묘한 것은 아까만 해도 '성 범죄' 운운하던 송 기자조차 딴청을 피우고 있었다. 다들 고소함을 맛본 뒤의 미소 한 입을 베어 물고 있다는 게 정확한 표현이겠다. 나도 모르게 소리를 지르고 말았다.

"까짓거, 하면 될 거 아닙니까."

말은 그렇게 했지만, 사실 뒷감당을 어떻게 해야 할지 막막했다. 하긴 편집장도 꽤 큰 비중을 차지하는 기획물을 내게 맡긴다는 게 탐탁지 않았을 것이다. 일을 맡길 만한 경력 기자라고 해 봐야 편집장을 포함해서 세 명에 불과하지만. 결과적으로는 오늘도 보기 좋게 한방 먹은 꼴이다. 이상과 현실 사이에서 늘 갈등만 했지 사표를 던질 만한 위인은 못 된다는 걸 편집장은 미리 간파하고 일부러 약을 올렸을 것이다.

홧김에 말을 내뱉긴 했지만, 한 번도 아닌 매달 그 고역을 어떻게 감당해 낼지 엄두가 나질 않았다. '여자' 란 얘기만 들어도 골치가 지끈거리는데…….

"현대 언어에서 가장 두드러지는 점이 있다면 그건 바로 상징이라는 체계야. 대부분의 상징은 표층구조로 표출되는 것이 아니라 심층구조 속에 잠복되어 있지. 오늘은 상징에 관해서, 그 중에서도 구멍의 상징성에 관해서 생각해 보기루 하지.

세상에는 말이야, 구멍을 셋이나 가진 동물이 있어. 그게 뭐냐믄 말이야, 바로 여자란 동물이다 이 말씀이야. 내가 이렇게 말하면 반여성적이다 뭐다 하고 귀신 씨나락 까먹는 소릴 하는 족속들이 있겠지만서도, 기왕 말이 나온 거니까 맛보기만 얘길 하지.

첫 번째 구멍은 탐욕의 구멍이야. 대부분의 여자들은 남자보다 탐욕적이며, 남자의 탐욕 뒤엔 더 큰 탐욕의 구멍을 가진 여자란 동물들이 도사리고 있지. 사내란 동물들의 대부분은 그 구멍을 채우기 위해 평생을 전전긍긍하다가, 영원히 채울 수 없는 것임을 깨닫는 순간 이 세상을 하직하게 되어 있지. 이건 만고 불변의 진리야.

두 번째 구멍은 감정의 구멍이야. 남자들에게도 물론 있지만 여자의 그것과는 깊이와 넓이에 있어 비교가 안 돼. 그것이 긍정적인 쪽으로 작용하면 문화적인 일에 관심을 두게 되지만, 역작용이 일어나면 사태의 본말을 전도시켜 모든 일의 순서를 뒤바뀌게 만들지. 듣자니까 요즘 컴퓨토피아 시대로 접어들었다느니 하고 말들이 많더라만, 제 아무리 성능 좋은 컴퓨터가 개발된다고 하더라도 여자가 가진 그 복잡미묘한 감정의 구멍을 분석해 낼 수 있는 컴퓨터의 개발은 요원할 거야.

마지막 구멍은 바로 몸에 지닌 구멍이야. 앞에 든 구멍들이 추상적인 구멍이라면 뒤의 것은 구상적이며, 실체적인 측면이 강하지만, 실제로는 그 구멍에 빠진 후에 생겨나는 모든 일은 추상으로밖에 해석이 되질 않아. 불가사의한 구멍이거든. 세 가지 구멍 중 가장 무서운 구멍이기도 하고……. 참, 『삼국유사』에 보면 이런 내용이 있어. '선덕왕기지삼사(善德王幾知三事)'란 전설 편에 '남근(男根)이 여근(女根) 속에 들어가면 반드시 죽는 법이다.' 라고 여왕이 말했다는 거야. 여자가 지닌 세 번째 구멍의 무서움을 갈파한 가장 적절한 표현이지."

뜬금없이, 정말 뜬금없다는 말밖에 다른 표현이 떠오르지 않을 정도의 적절한 순간에, 그 얘기를 떠올렸다. 살아 있다는 게 신기할 정도로 아픔으로만 점철된 대학 4학년 2학기의 의미론 시간이었지 아마. '삶이란 구멍에서 나와 구멍 속을 헤매다 다시 구멍 속으로 들어가는 것' 이라고 끝을 맺던, 괴짜 교수의 강의가 여태 기억의 우물 속에 머물러 있었단 말인가. 어쩌면 그때 내 의식의 우물은 세상의 여자들에 대한 온갖 증오와 혐오를 담을 하나의 그릇으로만 존재했는지 모르지. 자신도 모르게 빼물은 담배연기처럼 기억의 우물이 흐릿해지면서, 조그만 소용돌이가 일어났다. 때마침, 오후 두 시의 햇살 한 줄기가 틈이 벌어진 블라인드 사이를 비집고 레이저광선처럼 쏟아져 들어왔다.

저 빛처럼, 암울하기만 한 내 일상에 한 줄기 빛으로 다가왔던 여인이 있었다. 구멍의 상징성이 적용되지 않던 최초의 여인이자 마지막 여인이었던, 구멍이 가진 상징성만큼이나 아름다움에 관한 모든 상징이었던 여인, 채영. 헤아릴 수 없이 지우고 또 지웠음에도, 채영이란 이름은, 오랜만에 만난 모국어처럼 익숙하게 음성기관과 융합한다. 나도 모르는 또 하나의 나로 인한 이율배반에 치를 떨며, 배반의 크기만큼 분노를 보낸다. 그러나 정작 되돌아오는 것은 활화산처럼 되살아나는 채영의 기억뿐.

채영을 만난 건 대학 2학년 때의 미팅에서였다. 술과 당구로 시간을 채워 가던 5월 어느 토요일, 문학 서클의 멤버인 '진수' 녀석이 '엑소더스 미팅' 이란 듣도 못 한 프로그램을 불쑥 내밀었다. 계획인즉, 밤 11시에 부산진역에서 만나 무조건 동해남부선 완행열차를 타고, 답답하고 삭막한 도시를 탈출하자는 거였다.

'이 시대의 마지막 로맨티스트들로만 엄선했다.' 고 주접을 떨던 녀석의 장광설보다는, 이즈음 어딘가 훌쩍 떠나고 싶다는 생각이 들었던 터라 쉽게 동의를 하고 말았다. 덜컹거리는 완행 열차 안에서 밤새도록 소주를 마시며, 개 같은 세상을 말끔히 비워 내는 것도 딴은 의미 있는 일이라고 생각했다. 사람이 싫거나 어색한 분위기가 마음에 들지 않으면, 차창 밖으로 명멸해 가는 불빛을 바라보는 것도, 그것도 아니면 덜컹거리는 유리창에 기대어 잠을 청하는 것도 괜찮겠다는 생각이었다.

오월임에도 밤 11시의 부산진역은 꽤 싸늘했다. '타의에 의한 탈출이 아니라 순전히 자의임을 확인한다는' 뜻에서 각자가 표를 사서 무작정 차에 올랐다. 통상적으로 짝을 지우는 따위의 의례적인 절차가 없음이 무엇보다 다행이었다. 간단히 통성명 정도만 하고 준비해 온 소주를 비우는 것으로 시작된 미팅은, 기타소리와 이야기 속에 점점 무르익어 갔다. 화기애애한 분위기에 젖지 못한 나는 문득, 멀리서 밀려오는 외로움의 파도를 느꼈다. 창 밖에 눈길을 주고, 몸은 열차의 흔들거림에 맡긴 채 가슴은 가슴대로 출렁였다.

"저기, 잠깐만요. 강철민 씨라고 하셨죠."

어디선가 난초 냄새가 난다고 생각했다. 긴 생머리가 눈길을 끌긴 했으나 애초부터 여자란 관심의 저편에 있어야 할 존재였다. 그런데 웬일인지 가슴부터 두근거렸다.

"그런데요……."

"우 · 리 · 연 · 애 · 해 · 요."

기차 안의 승객이 모두 들릴 만한 소리였다. 잠을 깬 할머니들이 다시 눈을 감을 즈음, 놀란 일행들도 다시 정신을 차렸는지 이내 그녀의 용기에 박수를 보냈다.

정작 어안이 벙벙한 것은 바로 나 자신이었다. '연애' 라는 사치스런 감정에 대해서 한 번도 진지하게 생각해 본 적이 없는 나로서는, 돌연한 사태를 어떻게 받아들여야 할지 잠시 혼란에 빠졌다. 멀뚱하게 서 있는 여자의 눈이 참 맑았다.

이튿날 새벽 일행과 함께 동해안의 어느 바닷가로 우르르 몰려갔을 때, 살며시 기대던 여자의 머리카락에서 또다시 푸른 난초 냄새가 났다. 그리고 그 냄새는 야생의 섬으로부터 퍼 올린 바다 냄새를 닮아 있었다.

나중에 안 사실이지만, 날 처음 본 것은 며칠 전에 있었던 축제 때의 시낭송회에서라고 했다. 그때 일이라면 쓴웃음으로밖에는 설명할 길이 없다. 자작시 '개' 를 들고 나가 낭송을 하는 것까지는 좋았으나, 이런저런 분위기에 취해,

"……개 같은 세상에 / 사람의 언어란 / 언어란 얼마나 부질없는 것이냐 / 봐라 개가 웃는다 / 그럴 바엔 차라리 개처럼 짖어 보기라도 하자 / 짖어라 짖어라 / 개 같은 세상 / 네가 짖지 않는다면 나라도 짖어 주마 / 세상아……."

라고 외치면서 소극장의 무대와 객석 통로를 미친 듯이 기어 다녔었다. 처음엔 웃음을 터뜨리던 관객들이 어느새 개소리를 흉내내며 환호하기 시작했고, 분위기가 절정에 달했을 때 옷까지 벗어던지는 해프닝을 벌였던 것이다. 그때 일을 생각하면 지금도 부끄럽다. 치졸하고 유치하기만 했던 미명의 시간들이.

완행열차에서의 미팅 이후 소위 '연애'라는 걸 시작했지만—어디까지나 채영의 표현이었음을 밝혀 둔다—간이 덜 배인 김치처럼 싱겁기만 했다. 도서관에 자리를 잡아 주고, 자판기의 커피를 마시며, 간혹 고전음악 다방에 가서 음악을 듣는 정도의, 연애라고 하기에는 너무 밋밋한 만남에 불과했다. 마지막 수업을 마치고 강의실을 나설 때면 언제나 화사한 웃음을 띤 그녀가 기다리고 있었고, 나는 그저 그녀가 이끄는 대로 따라가기만 하는 그런 연애, 그림자밟기 식의 만남이 이어졌다. 그러다가 기말시험을 치른 후 영장이 나왔고, 어떤 식으로든 만남을 정리해야 할 순간이 다가왔다. 그러나 내게 있어서는 그녀와의 만남이 내 삶에 있어서 구두점의 의미이거나, 특별한 매듭의 대상은 아니었다. 언젠가는 풀리는 것이 매듭의 속성임에도 그것이 영원한 상태로 존속되기를 바라는 사람들의 심정을 이해할 수도 없었다. 사실 그럴 만한 그 무엇도 없었다. 단지, 만남이 그녀의 선택에 의해서 이루어졌으므로, 헤어짐을 선택하든, 편지로 밋밋한 관계를 계속하든, 모든 것은 그녀의 것이라는 정도였다.

그런 나와는 상관없이 주변은 나를 가만두지 않았다. 모든 격려와 염려는 술로 환원되어 입영을 빙자한 술판이 근 일주일이나 이어졌다. 입영을 꼭 하루 남긴 날 밤이었다. 철 지난 매미처럼 아무 소리도 없이 얌전히 붙어 있기만 하던 채영이 "오늘 저녁은 자리를 비워 줬음 해요. 철민씨 딱지를 떼 드려야 하거든요."라고 폭탄선언을 해 버렸던 것이다. 연애를 하겠다고 밝히던 그때처럼, 무모할 정도의 당당함에 모두 순순히 물러나고 둘만 남겨졌다.

동해바다가 보고 싶다 했다. 시외버스에 몸을 싣고 두어 시간을 달려 진하 해수욕장에 도착한 때는 어둠이 바다 위로 내려앉는 저녁 무렵이었다. 언제나처럼 바다는 자신이 가진 외로움 크기만 한 파도를 뭍으로 보내고 있었다. 내가 밀어내야 할 외로움의 크기는 얼마나 될지, 그 알 수 없는 부피에 대해 본능적인 두려움이 일었다.

파도 소리에 몸이 흠씬 젖어 버린 나는 그녀가 옆에 있다는 사실조차 잊고 있었다.

"철민씨, 나 사랑해요?"

단지 불편하지 않은 한 여자가 옆에 있다는 사실과, 그 덕분에 아직 여자 친구 하나 없느냐는 비아냥거림을 받지 않아도 되는 그런 관계라고만 생각했더랬는데 그녀는 느닷없이 사랑을 확인하려 했다. '딱지'를 떼겠다고 공표했을 때 이미 예감했어야 했다. 그냥, 또 무슨 호기를 부리거니 싶었다.

"사랑은 무슨……. 네 입으로 분명 연애하자고 그러지 않았어?"

"그게 그거잖아요."

"다르지. 연애한다고 해서 모두 사랑하는 건 아냐. 좋아하는 것과 사랑하는 것은 다르지. 인용하긴 싫지만, 양놈들 말에 이런 말이 있어. '고양이는 쥐를 좋아하지만 사랑하지는 않는다.' 또 이런 말도 있어. '우리 와이프는 나보다 더 고양이를 사랑한다.' 고 했을 때, 사람인 나보다 동물인 고양이를 더 사랑한다는 건지, 아니면 내가 고양이를 사랑하는 정도보다 더 고양이를 사랑한다는 건지 혼동이 된다고 하더군."

"그래서 결론은 뭐예요?"

"뭐긴, 사랑한다는 거나 좋아한다는 거나 모두 유치한 말장난에 지나지 않는다는 거지. 정말 좋아하고, 또 사랑한다면 말이 필요 없어. 눈빛과 가슴으로 전하는 거지."

"말의 필요성을 느끼지 못하는 사람이 하필이면 국문학을 전공했죠?"

"언어의 불필요함을 정의하는 것도 결국 언어를 통해서 이루어지지. 아마 언어의 마지막 단계는 보디랭귀지일 거야."

"철민씬 언제나 공허한 말장난뿐이에요."

"산다는 게 원래 공허한 거 아니던가. 저 밤바다처럼 말이야."

"철민씨의 몸도 말처럼 논리적인가요?"

몸의 논리성이라. 묘한 말이다. 만일 몸에도 논리라는 게 있다면 난 지극히 비논리적인 사람인 셈이다. 얼굴도 모르는 어머니에서부터 옷깃만 스친 모든 여자들에 이르기까지 여자란 언제나 증오의 대상이지, 연모의 대상은 아니었다. 그럼에도 아침이면 늘 세상을 향해 도발하는 내 남성의 이질적인 행동을 나는 이해할 수 없다. 그것이 수컷이 갖는 속성이라고, 종족보존을 위한 조물주의 배려라고 천만 번 고쳐 생각해도 납득이 가질 않는다. 지금도 그렇다. 사랑하지도 않는 여자와 어둠이 주검처럼 무섭게 내려앉은 밤바다를 거니는 것이나, 그녀가 먼저였는지 내가 먼저였는지 오래된 연인들처럼 여관을 향해 가는 내 발걸음을 이해할 수 없다. 단지 잠만 자는 장소라면 왜 내 손은 숙박계를 적는 순간에 멈칫했는지, 또 하나의 나는 나에게 설명하지 않는다.

"먼저 샤워할게요."라고 채영은 말한다. 나 역시 소금기 많은 바닷바람의 끈적거림을 얼른 떨어내고 싶었던 터라 그녀의 말이 갖는 당연함에 대해서 조금도 의심하지 않는다. 하지만 의식의 반대편에 선 내 남성은 청바지의 지퍼를 압박하며 나를 당황하게 한다. 샤워 물줄기 소리는 태풍처럼 신경을 유린하며, 자의식에 눌려 용도 폐기된 말초신경들을 선동한다. 내 의식에 잘 훈련된, 그래서 바늘로 찔러도 꿈쩍 않을 것 같은 말초신경들이, 단지 중력에 의해서 아래로 떨어지는 물방울과 그것이 빚어내는 물리적인 음향 신호에 완전히 굴복하여 나를 배반한다. 배반이 아니라 반란이다. 내 혈관과 실핏줄을 터뜨리고 금방이라도 밖으로 밀려나올 것 같은 엄청난 반란이다.

폭풍 같은 반란이 조금씩 가라앉자 잠깐 외출했던 의식이 부끄러운 듯 고개를 빼꼼 내민다. 부끄러워하는 모든 것과의 조우는 부담스럽다. 모른 척하고 눈길을 돌려 소파에 걸쳐진 그녀의 옷가지를 본다. 그녀가 벗어 놓은 허물을 본다. 그녀가 빠져나간 고치를 본다. 아름답다. 고치가 아름다운 것은, 비상하려는 나비를 위해 자신을 버렸다는 이유일 것이다. 그녀가 벗어 던진 고치는 무엇으로의 비상을 위함인가. '섹스'라는 건 비상을 위한 준비 과정인가.

상상의 사전에조차 들어 있지 않은 '섹스'라는 것에 대해 생각한다. 운동 같은 것이라고, 격렬한 스포츠라고 짐짓 정의를 내려 본다. 섹스를 치르고 나서 그녀를 사랑하게 되는 건 아닐까 걱정이 들기도 한다. 더 이상 물소리는 들리지 않는다. 잠시 침묵이 흐른다. 이런 침묵에 익숙하지 않은 내 심장이 방정스럽게 뛰고 있다. 별일이다. 타월을 걸친 그녀가 영화처럼 갑자기 나타난다. 그녀보다 비누냄새가 먼저 달려와 나를 껴안는다. 한 번도 느끼지 못한 냄새의 강렬함이 숨통을 죈다. 그런 나를 그녀는 가만히 바라본다. 그녀의 눈은 자석이다. 엄청난 자력을 가진 자석이다. 내 몸은 극도로 축소되어 그녀의 눈 속으로 빨려들어간다. 장롱 속에 넣어 둔 나프탈렌처럼 나는 증발한다. 그제야 그녀는 타월을 걷어 낸다. 형광등 불빛 아래 드러난 온전한 여자를 보자 내 남성은 폭발하고……그리고 축소된다. 놀랍게도 더 이상의 팽창은 일어나지 않는다.

머릿속은 얼음처럼 맑아오고, 심장의 박동도 평온을 유지한다. 다시 그녀를 바라본다. 원시의 순수와 성스러움을 동시에 가진 그녀의 알몸을 본다. 눈길만이 그녀를 오르고 느끼고 만진다. 문득 배가 고픈 입술은 그녀의 가슴을 오르내리며 기억조차 할 수 없는 어머니의 젖가슴을 찾는다. 나도 모르게 눈물이 난다. 그녀가 부드러운 손가락을 세워 만든 빗으로 내 머리카락을 빗어 넘긴다. 자꾸 눈물이 난다. 내 안에 그렇게 많은 눈물이 숨어 있었든가 의심스러울 정도로 끊임없이 흘러내린다. 울면서도 잠은 오고, 그런 나를 그녀는 힘주어 안는다. 그리고 잠만 잤다. 정말, 잠만 잤다.

다음날 아침 창문을 두드리는 햇살 같은, 그런 목소리로 그녀가 물었다.

"철민씨 꼭 애기 같더라?"

"애기라니?"

"훗훗, 그걸 꼭 말로 해야 돼."

"……."

"엄마가 되게 보고 싶은가 봐."

어머니! 단 한순간의 기억조차 남기지 않은 존재의 블랙홀, 그 이름을 나즈막히 불러 본다. 뒤이어 밥 한 그릇만 달랑 올려진 제사상이 생각난다. 그날이면, 아버지는 어김없이 술을 마셨고, 어머니인 줄 알았던 그 여자는 밥 한 그릇을 올려놓은 뒤 잠시 쪼그리고 앉았다가, 여동생을 업고 마실을 나가곤 했다. 챙겨 먹을 과일도 없는 제사를 위해, 한밤중에 일어나야 한다는 것은 무척 짜증나는 일이었다. 다른 땐 늘 아버지와 같이 제사를 지냈으면서도, 그 보잘 것 없는 제사상 앞에서는 나 혼자만 절을 해야 한다는 것도 내 짜증을 더해 주었다. 그러던 어느 해인가 우연한 기회에 동네 아주머니들의 얘기를 엿듣다가 어머니라고 믿었던 그 여자가 내 생모가 아니라는 사실을 어렴풋이 알았다. 나의 어머니는 바로 그 초라한 제사상의 주인공이었던 것이다. 그날 이후 어머니로 알았던 그 여자는 '그 여자' 가 되었다. 내 삶이 일그러지기 시작한 것도 그때부터였다.

2. 생각 속의 논개

"여태 이러고 있었어?"

햇살 한 줄기로 시작된 기억 속의 여행은, 블라인드가 걷어 올려지기 무섭게 따라 들어온 저녁 햇살 한 다발로 인해 깨어진다. 세상 모든 사물이 빛에 의해서만 제 형태를 찾듯, 비로소 나도 잡지사 기자인 강철민으로 되돌아온다. 비누냄새를 풍기며 들어온 편집장이, 샤워하다 갑자기 물이 떨어졌을 때의 황당한 표정으로 나를 내려다보고 있었다. 나가는 줄도 몰랐는데 사우나라도 다녀온 모양이다.

"공자님하고 인터뷰라도 한 거야?……그래, 기획물 건은 생각 좀 해 봤어?"

"아직……."

"대체 뭐 하는 거야. 자네들 눈에는 내가 편집장이랍시고 그저 지시만 하는 것처럼 보이겠지만 사우나에 들어 앉아 있어도 머릿속은 온통 일 생각이다 이거야. 편집장 자리는 어디 고스톱 쳐서 딴 줄 알아."

"누가 뭐라고 했습니까?"

"하여간, 요새 젊은 사람들 일하는 걸 보면……. 이번에는 누굴 했으면 좋겠어?"

"글쎄요. 혹시 누구 생각해 둔 인물이라도 있습니까?"

"사실, 자네더러 김 기자처럼 쓰라는 건 좀 무리가 있을 것 같

아. 그래서 말인데 이번에는 '논개'를 다뤄 보면 어떨까?"

평소답지 않게 온건한 말투이기는 하지만, 내심 '논개'로 결정했음에 틀림없다.

"논개요?"

"왜 있잖아. 임진왜란 때 왜장 안고 물에 빠져 죽은 기생 말이야."

논개가 기획물의 취지에 부합되는 역사적 인물인 것은 사실이지만, 그녀의 의로운 죽음과는 별개로 또 기생이라는 점이 마음에 걸린다.

"그걸 몰라서 그러는 게 아니라, 하필이면 논갭니까?"

"10월달에 개천예술제를 하는데 거기서 논개 추모행사를 한다더군. 다음 호니까 시기도 적절하고……아무래도 논개 얘기가 실리면 진주 쪽에 책이라도 몇 권 나가지 않겠어."

하여튼 그런 방면으로 머리를 굴리는 데는 타고난 사람이다.

"그럼, 진주에 책 좀 팔겠다고 논개를 다루잔 얘깁니까?"

"사실, 몇 달 전에 가까스로 진주에 총판 한 군데를 뚫었는데, 먼지만 쌓이고 있다고 야단이야. 하소연을 하더군, 내용이 너무 부산 일변도라 그런지 당최 나가질 않는다고. 진주와 관련된 기사라도 실리면 도움이 좀 되겠다는 얘기를 들었거든."

"그럼 아예 잡지 모토를 '열린 시대의 지성을 심는 교양지'가 아니라, 아예 '자가용 시대의 영남 풍물지'로 바꾸시죠."

"강 기자. 자넨 매사에 무슨 불만이 그렇게 많아. 들리는 소문으로는 처음부터 기획물 자체를 못마땅해 했다던데. 뭐, 전에 다룬 인물들은 대개가 역사 속의 여인이 아니라 설화나 고전 속의 여인들이기 때문에 제목부터 무리가 있다고 했다면서. 그래, 모처럼 제대로 된 '역사 속의 여인' 을 선정했는데 또 뭐가 불만이야."

술좌석에서 한 얘기를 누가 옮긴 모양이다. 말로 먹고 사는 동네는, 말로 흥하고 말로 망한다.

"내가 듣기로는, 논개가 최 뭔가 하는 사람의 애첩이었다더군. 논개가 왜장을 껴안고 죽은 그 부분도 중요하지만, 임진왜란 중에 기생과 장수의 로맨스, 그것도 그럴싸하지 않겠어."

편집장의 의도는 분명하다. 진주라는 지명과 논개라는 캐릭터를 상업적으로 이용하자는 것이다. 그리고 가능하면 로맨스 부분을 적당하게 각색해서 눈요깃거리가 될 수 있는 삽화가 나올 수 있게 하라는 얘기다. 죽어도 못 하겠다면 사표를 쓰는 수밖에 없지만, 사표란 게 쓰고 싶다고 마음대로 휘갈길 수 있는 것은 아니지 않은가. 막상 잡지사 일이란 게 문화장사꾼 그 이상도 이하도 아니지만, 잡지사에 들어오기 전에만 해도 국문과 출신에게 잡지사 기자란 얼마나 괜찮은 직업으로 비쳤던가. 쓰긴 써야지. 그러나 편집장 의도대로는 절대 쓸 수 없다고 자신에게 다짐을 해 둔다.

기획물을 맡는다는 사실에 대해 구체적인 생각을 갖고 있지 않았지만, '논개' 라는 인물이 설정되자 하긴 해야 하는구나 생각이 든다. 비로소 논개라는 이름을 내 기억의 창고에서 찾아보았다. 편집장이 알고 있는 지식이나 별반 다를 바 없다. 최 모라는 장군의 애첩이었다는 얘기조차 내게는 초문인지라, 어디서부터 시작해야 할지 막막했다. 일을 시작할 때마다 느끼는 거지만, 본능적으로 밀려드는 두려움이 이번에도 예외 없이 찾아든다. '논개' 라면 중학교 땐가, 호랑이 같은 국어 선생님이 무서워 달달 외웠던 수주 변영로의 시밖에 더 이상 생각나지 않는다.

거룩한 분노는 / 종교보다도 깊고 / 불붙는 정열은 사랑보다도 강하다 / 아! 강낭콩보다도 더 푸른 그 물결 위에 / 양귀비꽃보다 더 붉은 그 마음 흘러라 // 아리땁던 그 아미 / 높게 흔들리우며 / 그 석류 속 같은 입술 / 죽음을 입맞추었네! / 아! 강낭콩보다 더 붉은 그 마음 위에……강낭콩보다…….

그것마저도 세월이란 도둑이 낼름 물어 가는 통에 다음 연은 생각나지 않는다. 무엇부터 시작해야 하지. 전임 김 기자라도 있으면 최소한 일의 순서 정도는 도움을 받을 수 있을 텐데……. 여태껏 내가 취재한 기사들은 대부분 살아 있는 인물들을 대상으로 쓴 르뽀기사거나 연극, 영화, 신간 소개 등이 주류였다.

"강 선배, 기획 취재건 지출 품의서 아직 안 올렸죠?"

자칭 샤론스톤이라는 사진담당 허 기자다. 꼭 파이프 담배 냄새 같기도 한, 향수냄새가 그녀의 말보다 몇 걸음 앞서 온다. 인간을 제외한 대부분의 동물은 발정기에 수컷을 유혹하는 체취를 풍기는 데 반해, 인간은 퇴화해 버린 그 냄새를 대신하는 향수를 개발했다는 논리에 나는 찬성한다. 진화론적 개념으로 '퇴화'란, 필요 없어진 기능들이 자연도태되는 것에 지나지 않지만, 인간의 체취는 용도 폐기에서 기인한 것이라고는 볼 수 없다. 발정기와 상관없이 이루어지는 무한정한 섹스가 그 체계를 혼란시키다 보니 그 기능이 '에라 모르겠다.' 나자빠진 건 아닌지. 하여간 그녀의 향수는 그녀의 발걸음보다 항상 몇 걸음은 앞서 다닌다. '별 그렇지도 않은데' 라면서도 은근히 즐기는 동료들에 비하면 내 후각은 예민한 편이다. 전생이 있었다면 '개' 였거나 —축제 때 이후 굳어진 별명이기는 하지만, 나는 늘 개였다고 생각한다— 아니면 지구상에서 가장 예민한 코를 지녔다는 프랑스 사람이었을지도 모른다.

"그런데, 왜?"

"편집장님이 말씀 안 하셨어요?"

"뭘?"

"난 또 얘기한 줄 알았네. 이번 취재 나갈 때 기사하래요. 품의서 올릴 때 포함시켜 주세요."

세상 모든 것은 그 사물의 속성과는 별개로, 사물을 보는 관점과 인식의 여부에 따라 판이한 평가를 받게 마련이다. 허 기자도 그런 셈이다. 사진학과를 나왔다는 그녀는, 사진기자라는 생각보다 사진 모델이라는 착각에 매양 빠지도록 만든다. 남자의 평균 신장에 육박하는 큰 키에 굴곡 없이 뻗어 내린 두 다리는, 호사가들로 하여금 그녀의 가계를 종종 술안주로 등장시키는 원인이 되었다. 아무리 보아도 동양인의 체격은 아닌 까닭이었다.

지난번 김 기자를 모두 부러워했던 것은, 다른 이유가 있어서라기보다는 가끔 취재에 동참했던 허 기자란 존재 때문이었는지도 모른다. 뭇 남자들에게 있어 허 기자는 과분한 영광이요 가까이 있는 것만으로도 숨가쁜 대상인지는 모르지만, 내게는 이번 취재에 새로운 고민거리가 추가된 셈이다. 상대가 꼭 허 기자라서기보다는, 단지 사람이 귀찮고 그 중에서도 여자란 사람들이 귀찮고도 묘할 따름이다. 생각지도 않은 혹이 하나 붙은 것에 지나지 않는다. 어쨌든 혹이란 달고 다니기에는 부담스럽고, 떼어 버리는 데는 다소간의 고통이 따른다. 물론 허 기자를 중도에 떼어 버리는 것은 고통이랄 것까지는 없지만 불편함이 따르는 일임에 분명하다. 취재를 핑계로 조용히 여행이나 즐기리라던 은밀한 내 계획은 수포로 돌아간 셈이다.

쓸 만한 자료가 있나 싶어 이것저것 뒤져 보지만, 있을 리 만무하다. 늘 하던 것처럼 컴퓨터를 켜고, 인터넷으로 들어가 본다. 국립중앙도서관과 서울대도서관을 비롯해서 자료가 있을 만한 곳을 차례로 방문하지만, 자료다운 자료는 없다. 진주 소재 대학에는 있을 지도 모른다는 기대감을 가졌으나 "서비스 준비 중입니다."라는 메시지만 나온다. 할 수 없이 다운받아 놓았던 자료들을 출력해 냈지만 투자한 시간에 비해서는 초라한 수확이다. 개중 새롭게 얻은 수확이라고는 최 모 장군의 이름이 최경회라는 것과 논개의 성이 주(朱)씨였다는 것, 그리고 논개의 출생지는 전북 장수(長水)이며 죽은 곳은 잘 알려진 대로 진주 의암(義巖)이지만, 묻힌 곳은 경남 함양(咸陽)이라는 것이었다.

태어난 곳과 묻힌 곳은 다를 수 있지만, 죽은 곳과 묻힌 곳이 다른 경우는 드문 법이다. 생향에 선영이 있는 경우를 제외하고는 죽은 곳에 묻는 것이 내가 알고 있는 일반적인 통례다. 그런데 논개는 생향도 아닌데다 죽은 곳과는 거리상으로도 만만치 않은 함양이란 곳에 묻혔다는 사실이 쉽게 납득이 되질 않았다. 아무리 가벼운 읽을거리만을 제공하는 잡지라 할지라도, 최소한의 역사적 사실은 밝혀야 한다고 생각했다. 당초 예정대로라면 이틀 동안 진주를 둘러보는 것으로 그만이었을 취재 일정을, 5일로 늘려 함양과 장수를 포함시켜야 했다.

다음날, 품의서를 받아 든 편집장이 '함양'과 '장수'에 관련된 소요 경비를 죽죽 그었다. 데스크는 칼질하는 맛에 산다지만, 편집장의 칼질은 대부분 '좀 더 재미있게'를 위해서거나, 아니면 지출과 관련된 것이다.

"취재 일정을 보니, 아예 논개의 전기라도 쓸 작정인가 보지?"

그의 말끝에 붙어 있는 어미는 지난번이나 지금이나 역시 마음에 들지 않는다. 시원한 복어국에 의도적으로 뿌린 고춧가루 같다.

"그 정도 취재로 어떻게 전기를 씁니까. 명색이 역사 속의 인물인데 태어난 곳과 묻힌 곳은 당연히 가 봐야죠. 차라리 제가 혼자서 사진도 찍어올 테니 기간만은 그대로 두시죠."

"허 기자는 그 일 말고 다른 일이 또 있어. 자네 심심할까 봐 붙여 준 줄 알았어? 그리고 세상에 당연한 것이 어디 있어. 그때그때 자기 형편에 맞추는 거지. 그리고 잊어버리지 마. 역사를 그대로 전달하는 데 목적이 있는 게 아니라 재미있는 읽을거리가 주란 말이야."

3. 보이지 않는 길은 두렵다

'읽을거리' 란 말은 대부분 편하게 하는 소리지만, 내게는 늘 무겁게 들린다. 임진왜란 중 가장 돋보였던 여인인 논개를, 단순히 상업적 수단으로 이용해야 하는 내 처지를 자존심은 용납하지 않는다. '가벼운 읽기' 가 보편화된 세상에, '무거운 읽기' 는 간혹 색다른 감흥을 줄 수 있다고 부추긴다. 말초적인 자극은 혼자만의 즐거움이지 결코 자랑할 수 없는 성질의 것이며, 현학적이고 학구적인 글은 읽은 자체가 보람으로 환원된다는 평소의 소신에 불을 붙인다. 편집장의 의도 이상으로 내가 접근해야 할 논개의 성질 또한 확고하다.

인터넷에서 찾은 자료 이외에 몇 개의 자료를 바탕으로 취재의 기본 골격을 대강 세웠다. 첫째, 자극적인 읽을거리는 피하고, 새로운 사실을 알리는 데 주력하자. 둘째, 의암에서의 죽음

못지않게 그녀를 죽음에 이르게 한 생장사적인 부분에 관심을 갖자. 셋째, 논개의 죽음 이후 그녀를 추모하는 과정에서 형상화된 논개의 이미지와 그것이 오늘에 주는 사적 의미를 새겨 보자. 이렇게 기본적인 가닥을 잡고 나니, 꼭 무슨 논문 같다.

아침부터 안개가 점령군처럼 도시를 뒤덮고 있다. 자가용으로 두 시간이면 충분하다지만, 이 상태로는 서너 시간은 족히 걸릴 것 같다. 아무래도 일정에 차질이 생길 것 같아 차라리 하루 연기할까 하고 생각하다가, 완전무장을 한 허 기자의 차림새에 말을 꺼내지도 못한다.

"이런 날씨에 운전 괜찮아?"

"좋잖아요. 안개 낀 고속도로에서의 데이트, 무슨 영화제목 같네."

"데이트, 웬 데이트?"

"관둡시다. 선배 수도승인 거 모르면 간첩이라죠."

힘차게 시동을 건 그녀가 왈칵 출발한다. 고속도로에 접어든 건 시내에서 한 시간을 허비한 후였다. 고속도로로 진입하니 안개는 더 자욱해서 100미터 정도의 시야밖에 보이질 않는다.

"괜히 출발한 거 아냐."

"왜죠?"

그녀가 힐끗 옆을 쳐다보며 담배를 꺼내 문다.

"날씨가 이래서야 사진이 나오겠어. 혼자 올 걸 그랬나 봐."

"천만에 말씀 만만의 콩떡, 어지간한 배경 사진은 흐린 날이 더 잘 나오는 거 모르시죠."

"금시초문인데……. 전문가 얘기니까 맞겠지 뭐."

"선배는, 만사가 모두 그렇게 심드렁해요. 소문엔……선배가 특정 기능에 이상이 있대나 어쨌대나 호호호."

"맘대로 생각하라지 뭐. 대답할 필요를 느끼지 않아."

"또, 실패했네. 선배 눈에는 제가 여자로 보이긴 해요?"

"그럼 남자였어? 여자 중에서도 아주 섹시한 여자란 것 정도는 알고 있으니까, 괜히 알고 있는 사실을 내 입을 통해서 다시 확인받으려 하지 말고 운전이나 잘 해."

"선배도 남자였군요. 난 또 중성이거나 양성인 줄 알았죠. 그렇담 추워지기 전에 늑대목도리나 하나 장만해 봐?"

"잘해 봐. 난 어차피 여우목도리 따윈 관심 없으니까?"

"정말 그럴까요? 호호호"

그녀의 웃음엔 딱히 꼬집어 말하기 뭣한, 묘한 냄새가 난다.

허 기자는 다시 담배에 불을 붙이고, 나는 물끄러미 창 밖에 눈길을 준다. 직선으로 뻗어 나간 고속도로의 끝이 안개에 묻혀서 보이질 않는다. 비상을 꿈꾸는 사람에게 있어서는 마치 하늘로 연결된 것 같은 낭만적인 장면으로 보일지 모르지만, 끝이 보이지 않는 모든 것은 두렵다. 불과 몇백 미터의 시야만 확인하고 걸어가야 하는 삶이란 피곤한 것이다. 지속적인 모든 것은 피곤을 불러오고, 피곤은 좌절을 낳고 좌절은 습관을 낳는 법, 나는 어느새 습관에 길들여져 버렸다. 아이러니하게도 사물의 모든 형태를 무장해제시켜 버린 안개나 내 삶의 불확정성은, 어느 정도 공통분모를 지니고 있는 셈이다.

"선배, 옆 자리에 있는 미인을 심심하게 만드는 것도 직무유기죄라는 거 몰라요?"

관심보다 오히려 무관심이 훨씬 편하다고 생각하는 나와는 다른 모양이다. 한 시간도 채 못 된 침묵을 허 기자는 참지 못한다.

"유행에 앞서가는 것도 좋지만, 유행병까지 좋아한다면 곤란하지 않겠어."

"하여간 무슨 말을 못 해. 선배 펀치에 얼마나 당했는지 편집장이 뭐랬는지 알아요?"

"관심 없어."

"또 김빼기. 들어나 봐요. 뭐랬냐면요 '니들은 간신히 물에 뜰 정도지만, 저 친구는 완전히 구명조끼급이야.' 그러는 거예요."

"재미없는 얘기를 재미있게 하는 사람들은 아마도 하루하루가 즐거운 사람들이겠지."

"세상 고민 혼자 다 진 것처럼 너무 그러지 말아요. 선배 너무 고민하지 말고 근심이나 풉시다."

"근심이라니?"

"답지 않게 맹하시긴, 요강 안 찼느냐구요. 남강 휴게소에서 잠시 쉬었다 가요."

휴게소에 닿자, 아무렇지도 않게 차 안의 화장지 몇 장을 쓱쓱 뽑더니 '나중에 후회 말고 선배도 요강이나 비워 두시죠.' 라는 말을 남기고 보무당당하게 화장실 쪽으로 간다. 남들이 숨기

려고 애쓰는 것을, 대수롭지 않게 생각하는 사람들은 당당해 보인다. 그녀의 당당함이 부럽다. 그러고 보니 채영도 그랬다.

군에 있는 동안, 채영은 면회는커녕 단 한 통의 편지조차 보내지 않았다. 불과 두 달 남짓한 기간에 보여 준 그녀의 열정적인 태도로 봐선 석연치 않았으나, 어차피 그러기를 바란 것이라고 자위했다. 그래서 잊기로 했다. 미치도록 보고 싶을 때가 아주 없는 것은 아니었지만, 잊는 편이 여자로 인한 고통보다는 낫다고 다짐에 다짐을 했다.

제대 후 복학한 지 얼마 되지 않아 우연히 채영의 소식을 듣게 됐다. 내가 입대한 후 몇 달 뒤에 '한사연' 에 가입했다는 거였다. 입대 전 '한사연' 이란 한국사상연구회의 줄임말이란 것 정도만 알았지, 그 서클이 ML계인지 주사파인지, 약병파인지 관심 밖이었다. 숨쉬기 운동도 괴로운 판에 다들 힘이 남아도는구나 정도로 치부했었다. 해서 그녀의 소식을 듣고서도, '천성적으로 사랑하지 않고 견딜 수 없는 여자라 좀 더 큰 사랑을 찾으려 했군.' 하는 정도로 생각했다. 그런데 뒤에 들리는 소문에는 재학 중에도 한 번인가 구속을 당했고, 졸업을 하고서도 사상에 있는 신발공장에 위장취업해서 노동운동을 한다는 거였다. 유복한 가정에서 아무런 걱정 없이 성장한 그녀가 왜 그렇게 험한 길을 선택했는지 궁금하기도 했지만, 찾아보겠다는 생각이 들 정도는 아니었다.

다만, 그녀가 그 길을 택한 데는 내게도 일말의 책임이 있을

지 모른다는 막연한 죄책감과 함께, 이 세상 어느 곳에 살든 건강하게 살아 있기만 하면 그만이라는 소박한 바람이 전부였다. 그리고는 다시 잊었다. 계절이 지나고, 학년이 바뀌어 마지막 학기가 시작된 9월의 어느 날이었다. 그날따라 하늘은 유난히 푸르렀고, 그 푸르름이 가져다 준 원인 모를 서글픔에 심란해 있을 때였다. 학과 사무실에서 아르바이트 하는 학생이 한참 찾았다며 쪽지를 주고 갔다.

"한 번은 꼭 만나야겠지요. 인문대 오른편 벤치에 있을게요. 14:55 —채영"

몇 마디에 불과한 글 몇 줄에 좌우될 만큼 감정의 여지가 남아 있었던가! 좀체 감정에 충실하지 못한 나였지만, 그 순간만큼은 전신에 번져 오는 희열을 느꼈다. 그냥 단순한 반가움에 지나지 않는다고 애써 태연을 가장했지만, 발보다 마음이 먼저 달려갔다. 그늘진 벤치에 앉아 있던 그녀가 엷은 미소와 함께 가볍게 손을 들어 보였다.

"오랜만이야."

"그래요. 정말 오랜만이에요."

우리는 서로의 손을 잡고 한동안 바라보고만 있었다. 이런 순간의 감정 처리에 익숙하지 않은 탓도 있지만, 무슨 말을 꺼내야할지 망설여졌다. 먼저 말을 꺼낸 건 그녀였다.

"하고 싶은 말이 너무 많아요. 바쁜 일 없으면, 바다 구경이라도 해요."

극히 상투적인 질문조차 않던 그녀가, 다시 말을 꺼낸 건 밤 11시쯤이었다. 저녁을 먹으면서 맥주 몇 병을 비웠고, 모텔에 방을 잡고 난 뒤에야 그동안의 일들을 털어 놓았다. 그녀는 마치 마법에서 풀려난 앵무새 같았다. 운동권에 합류할 수밖에 없었던 상황에서부터 시위 주동—구속—위장 취업에 이르기까지 일련의 일들은, 소문에 들었던 것과 별 다를 바 없었다. 다만 그녀가 한 남자를 만났다는 것은 처음 듣는 얘기였지만, 더 이상의 자세한 설명을 기대하지는 않았다.

이전처럼 그녀가 먼저 샤워를 했다. 그러나 내 감성은 더 이상 나를 배반하지 않았다. 샤워를 끝낸 그녀가 불을 끄고 침대에서 나를 불렀을 때도, 응답을 한 쪽은 내 말초신경이 아니라 이성이었다. 옷을 입은 채 그녀를 안고 있는 것만으로도 그동안의 세월이 보상되는 듯싶었다. 처음엔 아기처럼 내 가슴을 파고들던 그녀가 나중엔 어머니처럼 나를 품었다. 오랜만의 깊은 잠에서 깨어났을 때 나를 기다린 건 그녀의 맑은 얼굴이 아니라, 한 통의 편지였다.

철민씨 보세요.

한때 내가 선택한 이 길이 가장 아름답고 빛나는 길이었다는 생각을 했었어요. 지금도 그렇다고 믿고 싶어요. 그리고 되돌아오기엔 너무 먼 길을 와 버렸어요.

나, 결혼해요. 어떤 남자랑요. 그 사람은 날 꼭 필요로 해요. 날

필요로 하는 모든 것을 등지고 살아갈 만한 용기가 내겐 없어요. 그뿐이에요.

결혼 축하해 주실 거죠. 철민씨도 좋은 여자 만나세요. 그리고 내내 건강하세요.

— 한때 당신을 사랑했던 여자가

난해한 시 같은 그녀의 편지를 보며, '내포로서의 시어는 한 낱말 속에 가능한 한 많은 의미를 담고 있는 언어인데, 이것은 엠프슨이 시적 가치로 내세운 모호성의 한 측면' 이라는 비평론 수업 내용을 떠올렸다. 보기엔 일상적인 산문에 불과하지만, 몇 마디에 담긴 내포성이 뭘 의미하는지, 한동안 생각의 바다에 빠져 허우적거렸다.

4. 미궁에 빠진 논개

"여기 있는 줄도 모르고 한참 찾았잖아요."

"……."

남강 휴게소 뒤편에 벤치가 있는 걸 몰랐는지 허 기자가 호들갑을 떨었다.

"일정이 빡빡하다고 겁줄 땐 언제고, 세월 좋으시군요."

"미안, 담배 한 대만 피운다는 게 그만……. 출발하자구."

"담배 때문만은 아닌 것 같은데요. 강물만 보면 떠오르는 애인 생각이라도 하셨나?"

"……."

"선배한테 농담한 내가 잘못이지." 허 기자는 다시 시동을 걸었다.

남강 휴게소에서 진주 시내로 들어오는 데는 30분 남짓밖에 걸리지 않았지만, 시간은 벌써 오후 1시를 지나고 있었다. 간단히 점심을 때우며 다시 일정을 조정했다. 사진 때문에 촉석루부터 다녀온 후 본격적으로 자료를 찾기로 했다.

9월의 촉석루는 한가로웠다. 역사적인 관광지라기보다는 잘 조성된 공원의 느낌이 강했다. 손질이 잘된 잔디밭과 그 사이로 난 산책로를 따라 여유롭게 산책하는 노인들의 모습이 그랬다. 몇백 년 전의 일이긴 하지만, 어디에도 전쟁의 상흔은 보이지 않았다. 허 기자만 카메라를 꺼내 렌즈를 부착하느라 바쁜 모습이었다. 그동안 촉석루에 올라 주변의 경관을 둘러보았다. 병법에 대해 아는 것은 없지만, 촉석루의 인상은 어디까지나 남강의 경치를 굽어보기 좋은 곳일 뿐, 요새로 보기에는 의문스러운 점이 많았다. 보기에 따라서는 등 뒤에 물을 둔 것이 배수의 진을 친 모습이라 할 수도 있겠지만, 천연의 요새로 보기에는 미흡해 보였다. 어쨌거나 남강을 굽어보는 그 경치 하나만은 뛰어났다. 누대에서 내려와 논개 사당을 찾았다.

〈의기사(義妓祀)〉로 알려진 논개 사당의 정문 현판에는 '지수문(指水門)' 이라고 쓰여 있었다. '지수' 란 '물을 가리킨다' 혹은 '물을 손가락질한다' 는 뜻인데, 그렇게 이름 붙인 연유가 궁금했다.

고운 이마를 타고 넘는 선명한 가르마, 애잔한 눈길, 붉은 듯 흰 뺨과 꽃분홍 입술을 한 논개의 영정이 두 자루의 촛불을 굽어보며 새치름하게 서 있었다. 한참 동안을 그렇게 보며 내가 그려 내야 할 당신의 진정한 모습이 무엇인지를 넌지시 물어 보았다. 그런 나와는 달리 허 기자는 눈에 보이는 그대로를 담아 내야 하는 사진기자의 습성대로, 두 대의 카메라와 플래시를 이리저리 옮겨 가며 연신 셔터를 눌러 댔다. 그때였다.

"쩌그, 사진사 냥반들 쪼곰만 비켜 주셨으면 쓰것네요잉."

관광을 온 촌로들이었다. 양해를 구하고 몇 장의 사진을 더 찍고 있는데, 노인 중의 한 분이 "춘향이를 쏙 빼렸구마."라는 소리와 "암만, 절세미인이여."라고 맞장구치는 소리가 들려왔다. 그러고 보니 춘향의 영정과 상당히 닮아 있다. 춘향은 분명 소설의 인물인데, 논개의 영정이 춘향을 닮아 있다면 이야기가 달라진다.

"선배가 보기에도 닮아 보이죠?"

"글쎄, 그러고 보니 닮은 구석이 있는 것 같군, 허 기잔 인물 사진을 많이 찍으니깐 더 잘 알거 아냐.

"전에 김 선배랑 취재 갔을 때 춘향 영정을 찍은 적이 있거든요. 그런데 그 얼굴이 계속 눈에 익었다 싶더니 여기서도 그러네요."

논개 사당을 나오면서 또 하나의 숙제를 얻은 셈이다. 사당 바깥의 오른쪽 담장 앞에 사당에 대한 안내판과 진주에 거주하는 원로시인의 글을 비문에 새긴 '의랑 논개의 비'가 있었다. 사진을 찍는 허 기자에게 방해가 되지 않도록 비켜서서 안내판을 읽었다.

의기사당(義妓祠堂)

이곳은 제2차 진주성 싸움 뒤 왜장을 껴안고 남강에 투신한 논개의 영정과 위패를 모신 사당이다.

논개는 전라북도 장수군 계내면 출신으로 성은 주(朱)씨이다. 임진왜란이 일어났을 때 경상우도 병마절도사 최경회(崔慶會)를 따라 진주성으로 왔었다.

중과부적으로 진주성이 함락되자 왜적들은 촉석루에서 자축연을 벌였는데, 논개는 이 자리에서 왜장을 누 아래 의암바위로 유혹하여 그를 껴안고 강물로 투신한 것이다.

전쟁의 소용돌이 속에서 적에게 더럽힘을 당하는 것을 피하여 자결한 여인들은 많았지만, 논개는 제 한 목숨을 던져 온 성민의 원수를 갚았으니 그 의로운 기개를 어찌 장하다 아니하리오!

의기 논개의 사당은 순조 24년(1824) 관찰사 이지연이 건립했는데, 6 · 25 때 불탄 것을 1960년 진주고적 보존회에서 재건하고 김은호 화백이 그린 초상화를 봉안했다.

일반적으로 알려진 사실들을 가장 객관적으로 늘어놓았음에도 허술하다는 느낌이 들었다. 사당에 모실 정도의 인물이라면 그의 부모 이름 정도는 남아 있을 법한데 그렇지도 않은데다, 사당이 지어진 시기만 해도 논개가 죽고 200년이 지나서였다는 점이다. 게다가 60년대에 그려진 영정이라면 그게 꼭 논개의 진짜 얼굴에 근거했다고는 볼 수 없다. 다행히 생장사의 가장 기본이 되는 출생지가 정확하게 나와 있으니, 그 부분에는 큰 어려움이 없을 것 같았다. 가계를 정확히 알기 위해선 주씨 문중의 족보라도 살펴봐야겠다는 생각이 들었다.

그리고 안내판에 써 놓은 대로 왜장이 유혹당했던 그 길을 따라가 보기로 했다. 모르긴 해도 왜장은 승리의 기쁨에 흠뻑 젖었으리라. 게다가 금상첨화로 조선의 미인이 자기만을 보자고 했으니, 그런 유혹을 거절하기란 쉽지 않았을 것이다.

의암으로 가자면 촉석루 남쪽 비탈을 내려가야 한다. 사진에 보던 것과는 달리 남강은 하늘을 닮아 회색빛이 감돌았으며, 3.65m×3.3m 규모라는 바위는, 생각보다 작았다. 촉석루 기슭과 의암 사이의 거리는 2m 남짓 되어 보여, 술 취한 사람이 건너기에는 폭이 너무 넓었다. 이런 내 우려를 염려한 듯 의암을 설명한 안내판에는,

"……오랜 시일을 두고 눈에 띄지 않을 정도로 조금씩 움직여서 때로는 육지의 암벽 쪽으로 다가서고, 때로는 강 속으로 들어가서 암벽에서 건너뛰기가 힘들 정도로 떨어지는 까닭에 그 뿌리는 어디에 닿았는지 알 길 없다. 옛날부터 진주시민들 사이에는 이 바위가 암벽에 와 닿으면 전쟁이 난다는 설이 전

한다…….”

그렇게 쓰여 있었다. 설명대로라면 육지의 암벽과 의암 사이가 벌어진 걸 봐서 지금은 평화시다. 내가 기자만 아니었어도 그럴싸한 얘기라 여겼겠지만, 바위가 움직인다는 것도 그렇고, 술 취한 사람이나 아녀자가 건너기에는 도무지 넓어 보이는 폭도 그렇고, 아무래도 믿기질 않았다. 하긴, 전설처럼 전해져 오는 의암에 얽힌 얘기를 과학적이고 합리적인 사고로 분석한다는 것 자체가 무리인지도 모르지만. 어떻게 생각하건 여러 가지 의구심 때문에 내내 개운치 않았다.

직접 보면 확인될 줄 알았던 역사적 사실들이, 시간이 갈수록 점점 궁금증만 자아내는 까닭은 무엇인가. 내게 화두처럼 던져진 ‘논개’는 잔잔한 남강을 소리 없이 울리고, 내 가슴까지 소용돌이쳐 왔다.

촉석루를 나와서 진주시청으로 발길을 옮겼다. 문화재 관리를 담당하는 부서면 어느 정도의 자료는 보관하고 있으리란 기대 때문이었다.

시청이 둘로 나누어진 줄도 모르고 무작정 찾다가, 가까스로 문화재 관리과가 있는 1청사로 들어갔다. 간단하게 용건을 설명하자 시청공무원들은 ‘그 일 같으면 잘못 찾았다’는 것이었다. 진주하면 누구나 떠올리는 게 ‘논개’와 의암인데, 어떻게 자료 하나 없느냐고 했지만, 자료는 대학에 있는 것이지 시청에 있는 게 아니라는 식이다. 문화재를 관리하는 부서라면 논개에 관한 최소한의 자료라도 비치하고 있어야 하는 것 아니냐고 다그치자, 마지못해 '의암별제(義巖別祭)' 팸플릿 2부를 내놓았다. 직원 한 사람이 미안했던지, 진주성 앞에 문화원이 있으니, 그쪽에 가면 도움을 받을 수 있을 거라고 일러 주었다. 너무나 허술한 문화재 관련 행정에 화가 치밀었다.

시청 직원의 말만 믿고 문화원에 기대를 건 게 애당초 잘못이었다. 책상은 몇 개 보였지만, 직원이라고 해야 남자, 여자 각각 한 사람이 전부였다. 여기서도 자료다운 자료를 얻기란 틀린 일이라는 낭패감이, 목소리를 높이게 만들었다.

"도대체 문화원과 진주시에서 하는 게 뭡니까?"

"논개가 진주 문화의 전부는 아닙니다. 일부일 뿐이지."

"좋습니다. 아무리 일부라도 그렇지 외부에서 진주하면 누구나 논개를 떠올리는데, 논개에 관한 자료 하나 없다는 게 말이나 됩니까?"

"말이 되고 안 되고가 어딨소. 사정이 그런 걸 우리보고 어쩌란 말이요. 아, 우린들 그러고 싶어서 그러는 줄 아시오. 빠듯한 예산에 그런 것에 신경 쓸 틈이 어디 있어요."

"어디든 문제는 예산인데, 그럼 하나만 물읍시다. 진주성으로 찾아오는 관광객은 단순히 촉석루의 경치를 구경하기 위해섭니까, 아니면 논개라는 인물과 연루된 곳이기 때문입니까?"

"그야……."

한참 설전을 벌이고 있는데 "그 손님, 안으로 모시게" 하는 점잖은 목소리가 흘러나왔다. 또 하나의 방이 있었다는 사실을 미처 몰랐었다. 소란을 피워 죄송하다고 인사를 한 후, 용건을 꺼냈다. 문화원장이라고 자신을 소개한 노신사는, 논개의 생장사와 족보며, 최경회와의 관계는 물론 논개의 영정에 관한 부분까지, 내가 가진 의문의 대부분을 알고 있는 눈치였다. 그러나 아무리 캐물어도 원론적인 수준을 벗어나지 않았다. 결정적인 이야기가 나올라치면, 확실한 것은 아니다거나 아직 고증을 거치지 않았다며 애매하게 말꼬리를 내렸다. 시 재정 출연기관에 몸담고 있는 준공무원의 입장이라는 걸 이해 못 한 바 아니지만, 그의 소신 없음이 못내 안타까웠다.

그게 마음에 걸렸는지 작별 인사를 나눌 때, K대학과 N대학에 재직 중인 두 명의 교수 이름과, 임란 후에 쓰여진 몇 권의 책을 소개해 주면서 덧붙였다. "기자 양반, 내가 차마 말하기 어려웠던 부분들에 대해 그 책들이 잘 말해 줄게요. 그리고 내가 한 말은 문화원장으로서가 아닌 개인의 사견에 불과한 것이니만큼, 잡지에 실리지 않았으면 좋겠소. 역사란 건 더러 그 자체의 신빙성보다는 그렇게 확신하는 믿음 때문에 더 가치 있어 보이는 법이니 말이오."

문화원을 나와 진주성 앞의 주차장으로 향할 때였다.

"선배, 아예 감추어진 역사의 진실이라도 파헤치겠다고 작정했어요. 적당히 해요. 그러다간 한 달 내내 논개만 잡고 있어도 끝을 못 보겠는데요."

"설마, 그렇게까지야 가겠어."

'설마' 라는 말은 그냥 쓰기에는 얼마나 편리한 말인가. 그러나 그 말이 가지고 있는 색깔은 회색이다. 낙관을 가장한 불안감의 표출에 지나지 않는다. 어쩌면 손가락 모두 가락지를 낀 논개의 손아귀에 걸려 꼼짝 못 하는 건 왜장이 아니라 나인지도 모른다.

"허 기자 보기엔 어때. 논개가 있긴 있었겠어?"

"선배님, 논개가 없었다면 뭣 땜에 우리가 여기까지 와서 고생을 사서 해요."

"그래도 누구나 다 아는 상식만으로 기사를 쓸 수는 없잖아."

"어휴, 모르겠어요. 하지만 분명한 건 선배가 좀 이상해졌다는 거예요."

"내가 뭘?"

"꼭 알고 싶담 말하죠. 선배, 혹시 논개랑 원수졌어요?"

"말도 안 되는 소리. 대체 그게 무슨 말이야?""

"아까, 시청 공무원들과 문화원 직원들의 무성의함과 졸속 문화행정 때문에 화가 났죠?"

"그건 사실이잖아."

"사실일 수도 있겠죠. 근데 문제는, 선배의 질문 태도가 그 사람들을 더 비협조적으로 만든 건 아닌지 모르겠어요."

"내 질문 태도가 어땠는데?"

"마치 형사가 취조하는 것 같더라구요. 논개라는 범인을 당장 내놓아라. 그렇지 않으면, 나중에 재미없다는 식이던데요. 기사에 대한 욕심 때문인지, 그렇지 않음 논개에 대한 사실이 왜곡되었다고 전제하고 그 실상을 파헤치기라도 할 작정인지, 옆에서 보기엔 헷갈리더라구요. 혹 조상 중에 기생하다 죽은 귀신이라도 있는 것 아네요?”

취재를 하는 동안 허 기자는 사진을 찍는 것 외에 녹음기를 준비하는 등의 사소한 뒤치다꺼리를 했다. 큰 도움이 되리라고 생각한 건 아니었지만, 내가 신경 쓰지 않도록 조용히 내 취재를 도왔다. 그런 허 기자가 사실은 나를 꼼꼼히 관찰하고 있었던 것이다.

손에 흙이 묻었을 때의 처리 방법이란 두 가지밖에 없다. 깨끗이 손을 씻든지, 아니면 기왕 묻힌 김에 끝을 보든지. 전임 김 기자의 기사에 독설만 퍼붓지 않았어도, 짜깁기식의 적당한 기사와 사진, 그리고 삽화를 이용해 그럭저럭 지면은 메울 수 있다. 그러나 내가 지적했던 잘못을 스스로 답습하는 우를 범하고 싶진 않았다. 내가 믿을 수 없는 것을, 사실로 믿으라고 독자들에게 강요할 수는 없다. 그런데, 허 기자의 말대로 내가 집착하고 있는 것은 ‘논개’ 를 역사적인 인물로서가 아닌 허상을 벗겨내야 할 하나의 여자로 본 것은 아닐까. 그도 아니면, 역사로 기정사실화된 논개라는 존재가 어쩌면 ‘상징조작’ 이었을 지도 모른다는 애초의 생각 때문이었을까. 그래서 논개의 영정이 춘향과 닮았다는 점이나, 의암의 위치가 주는 의혹들이 나로 하여금 은근한 쾌재를 부르도록 한 걸까. 이도 저도 아니면, 논개가 기생이었다는 데 대한 무의식적인 편견이었을까.

그런 내 생각의 모서리를 야금야금 파먹는 건 ‘상징조작’ 이란 단어였다. 얼마 전에 보았던 기사내용이 생각난다.

"초등학교 바른생활 교과서에 실려 우리나라 청소년들에게 많은 감동을 주었던 「조국을 구한 소년」은 실제로 있었던 일이 아님이 밝혀졌다. 최근 그 사실을 조사한 네덜란드 교사에 따르면, 구멍난 둑을 팔뚝으로 막아 조국을 구한 용감한 네덜란드 소년의 이야기가, 완전히 창작된 이야기라는 것이다. 한마디로 애국심을 고취하기 위한 상징조작이었다는 것이다. 그런데 재미있는 것은, 아직도 네덜란드에는 그 소년의 동상이 있다고 한다."

1차 전투에서 군관민의 일치단결로 값진 승리를 거둔다. 연이은 왜군의 2차 공세를 맞아 새롭게 전열을 가다듬어 사력을 다해 싸우지만, 적의 숫자와 조총 앞에서는 중과부적이어서 마침내 참패하고 만다. 그것도 다름 아닌 변방의 속국 취급을 받으며 조공을 바치고, 부모와 스승의 예를 바쳐 가며 문화를 구걸해 간 왜구들에게 당했으니, 그 비참한 심경이야 어찌 필설로 다할 수 있었으리.

촉석루에선 왜구들의 승전 축하잔치가 열리고, 마지못해 끌려나간 진주기생들은 짐승 같은 왜장들의 요구에 흥도 없는 춤을 추어야 했다. 그때 왜장 하나가 술기운에 취해 진주기생을 데리고 기슭을 타고 내려가 보니, 핏빛으로 물든 강가에 제법 널찍한 바위 하나가 눈에 띄었다. 술에 취했다는 것은 잊고 건너자 하니, 기생은 바위가 멀어서 건널 수 없노라고 버틴다. 그렇다면 내가 안고 건너리라. 호기를 부린 왜장이 기생을 안고 훌쩍 건너다 실족하여 빠진다. 물에 빠지면 지푸라기라도 잡는 법, 기생은 어떻게든 살아 보려고 왜장을 놓치지 않으려 필사적으로 버틴다. 술에 취한 왜장은 제대로 헤엄 한 번 못 쳐 보고 함께 익사한다. 소문은 입에서 입으로 번져, 며칠이 지나면서 실족사는 왜장을 유인한 자살로 바뀐다……?

논개란 과연 실재 인물인가? 어쩌면, 네덜란드의 소년처럼 상징조작은 아니었을까?

"선배, 표정이 왜 그래요. 제 말에 쇼크 받은 건 아니겠죠?"

"맞아."

"왠지 진담으로 들리는데요. 평소 같으면, '관심 없어' 라든지, '맘대로 생각하라구' 정도로 끝냈을 텐데……."

"허 기자는 전공을 잘못 택한 것 같아. 그런 통찰력이라면, 차라리 사회부 기자가 더 어울리지 않았을까."

"칭찬으로 받아들일게요. 선배 일은 대충 봤으니, 이젠 제 일도 좀 봐요."

"그만하면 허 기자 일도 본 것 아냐?"

"그래도 진양호엔 한 번 가야죠."

"우리가 뭐 그렇게 한가한 처지는 아니잖아……."

"누군 맨날 노는 줄로만 아시나 봐. 진양호의 낙조라도 카메라에 담아 기사를 살려 볼까 했더니, 도무지 당국의 협조가 없네요."

"알았어. 알았다구. 가면 될 거 아냐."

"선배는 다른 건 다 좋은데, 제발 억지로 해 주는 것처럼 그런 식으로 말하지 말아요. 듣는 사람 기분도 좀 생각해서요."

허 기자가 힘껏 액셀러레이터를 밟았다. '여자는 감정의 컴퓨터' 며 '감정의 구멍에 빠진 남자는 평생 그 감정의 구멍을 메울 궁리만 하다가 생을 마감한다' 는 말에 다시 공감한다.

5. 존재의 구멍 찾기

양 길가로 늘어선 가로수를 찢으며 차는 속력을 내고 있다. 차의 속력과 허 기자의 기분은 대부분 정비례하지만, 지금은 반비례의 관계에 있다. 한 손을 창 밖에 내고 담배를 피우는 허 기자의 모습이 용납되지 않았는지 옆을 지나는 차들에서 따가운 눈길이 쏟아진다. 하지만 허 기자는 아랑곳하지 않는다. 나도 승객들의 눈길을 무시한다. 쏜살같이 지나가는 차창의 풍경도 무시한다. 세상 일이 그러하듯, 버리는 것만큼 생기는 법이다. 눈앞에 보이는 풍경을 지우자 마음속의 풍경이 때를 기다렸다는 듯 나타난다. 남강 휴게소에서 회상했던 바로 그 장면이다. 비디오 재생기의 일시정지 버튼을 작동시켰다가, 다시 플레이 버튼을 누른 것처럼 그렇게 되살아난다.

결혼식을 앞두고 나를 찾아왔던 한 여자를 생각한다. 사랑했던 남자와 마지막 밤을 보내고 다른 남자와 결혼식을 올려야 했던 여자를 생각한다. 재회할 당시만 해도, 사랑이라는 이름으로 나를 대한 최초의 여자에 불과했다. 끝까지 나는 그녀를 사랑한 적이 없다고 생각해 왔지만, 그날 밤만은 그 사랑 앞에서 가슴이 젖어 왔다. 그러나 내 이성은 그녀의 알몸을 보고도 얼음처럼 차가워져, 순결한 옛사랑으로서의 본분에 충실했다. 혹시라도 그녀를 잠깐만이라도 사랑했다면 그래야 한다고, 내 이성은 명령했다. 그리고 그녀는 떠났다. 그녀가 남긴 편지를 읽으며, 그 내용의 모호함과 다의성을 밝혀내느라 골몰했다. 마침내, '사랑했던 남자와 마지막 밤을 보내기로 작정한 그녀' 의 진심을 읽을 수 있었다. 그렇다면 그녀를 위한 나의 배려가 진정 그녀를 위한 것이었는지, 내 자존심을 지키기 위함이었는지……. 정작 모호한 것은 그녀의 편지가 아니라 나의 태도였다.

그때, 파도소리가 들려왔다. 우울한 블루로 젖어 있는 해운대 바다가 조용히 울고 있었다.

"……이 밤이 지나가면 나는 가네 원치 않는 사람에게로, 이 밤이 지나가면 나는 가네 그대 아닌 사람에게로, 이 밤이 지나가면 나는 가네 사랑치 않는 사람에게로……."

팔려 가는 신부를 남몰래 지켜보는 물레방앗간의 총각처럼, 괜히 처연한 마음으로 몇 번이고 반복해서 노래를 불렀다. 노래를……노래를 부르는 건 내가 아니다. 그 여자다.

내 의식의 수면 위로 한 번도 떠오르지 않던 그 여자, 아버지와 함께 사는 바로 그 여자다. 여동생을 등에 업고 빨래를 밟으면서 노래를 하던 그 여자다. 가끔 한숨과 함께 휘파람소리를 섞어 내던, 늘 얼굴에 먹구름 하나 얹고 살던 그 여자다. "철민이 갸도 제 에미 얼굴은 모르고 컸제." 라고 수군거리던 동네 아줌마들의 말을 듣기 전만 해도 하루에도 열 번 이상은 부르던 소리, 어머니! 그러나 그때 이후로 나는 '어머니' 라는 말을 잊었다. 그럼에도 불구하고, 타인들에게는 늘 그 여자가 내 '어머니' 였고, 나는 그 여자의 아들이었다. 그리고 친구들 사이에서 나는, '양갈보' 혹은 '똥갈보' 의 아들이었다.

"안 내려요?"

이번 취재길에서 시도 때도 없이 떠오르는 상념의 대부분은 그녀의 말로 인해 깨진다. 아니, 깨뜨려 준다. 깨진다는 건, 깨고 싶지 않은 상념의 상태를 이르는 말이고, 깨어나고 싶은 기억들일 경우에는 깨뜨려 준다고 해야 정확한 법이다.

석양이 조금씩 내려앉고 있는 진양호는 검붉은 황금빛으로 번뜩였다. 사람들의 삶에도 저처럼 화려하기만 한 무늬가 있을까? 눈부시게 아름다운 장면은 가슴을 시큰하게 한다. 내 가슴의 어디에 끊임없이 솟아 나오는 레몬 샘이라도 숨어 있는 걸까.

석양 속에 뒤섞여 이리저리 셔터를 누르는 허 기자의 모습은 아름답다. 못다 한 정열을 아낌없이 쏟아 내는 저녁 무렵의 태양과 그녀는 썩 잘 어울린다. 둘이 닮아 보이는 것은 퇴폐성이란 속성을 공유한 때문인지도 모르겠다. 석양빛이 점점 엷어져 어둠이 두루마리처럼 수면에 깔릴 때에야 허 기자는 작업을 끝냈다.

"어디 가까운 데서 저녁이나 먹죠."

"그러지 뭐."

나는 대답한다.

"자꾸 그런 식으로 말할래요. 저녁을 먹어 주는 것처럼 하지 말고, 배가 고프다고 함 어디 덧나요."

그녀는 다시 되받는다. 단순한 직장 동료이거나 취재 파트너에 불과한데도, 자신이 가진 감정의 구멍을, 자기가 원하는 방향으로 메워 달라고 요구하는 그녀를 이해할 수 없다. 피곤한 법이다. 여자들이란.

저녁을 먹었지만, 허 기자는 일어설 생각을 않는다. 반주로 먹은 소주가 깨지 않아 운전이 곤란하단다. 조금만 있다 가자 한다. 할 수 없이 진양호가 내려다뵈는 카페를 찾아, 커피를 주문한다. 밤엔 커피가 안 된다는 말에 반사적으로 일어서려는 나와 달리, 허 기자는 국산 위스키 한 병을 시킨다. 아예 여기서 살기로 작정을 했군. 좋잖아요. 밤의 호수, 음악 그리고 술, 에이 한 가지가 빠졌네. 갈비뼈를 나눠 가진 내 반쪽은 어디로 간 거야. 혼자 내려갈까. 맘대로 하시라구요. 어차피 술은 시켜 놓은 거구, 내 몸은 술을 좋아하지만, 내 차는 술을 싫어하거든요. 아무 생각 없이 자리에 다시 앉는다. 왜, 선배가 내 반쪽이라도 돼 주실래요. 농담 하지 말고 술이나 줘.

위스키가 내 목구멍을 타고 들어간다. 술이 좋은 것은 술잔이 비는 것만큼, 내 의식을 비워 낼 수 있다는 점에서다. '죽도록 사랑한다'는 상송과, 무겁게 내려앉은 검은 호수, 위스키보다 독한 허 기자의 눈빛까지 몽땅 술잔에 따라 비운다. 난 독주 체질이걸랑요, 허 기자는 다시 한 병을 주문한다. 두 병의 위스키를 거진 비웠을 때 시계는 밤 열 시를 가리키고 있다. 조금 전부터 자세가 좀 이상하다 싶더니, 허 기자의 몸이 풀어지기 시작한다.

"썬배에, 이젠 모……못……."

허 기자가 손을 내젓는다. 더 이상 못 마시겠다는 말이다. 나 역시 목구멍까지 술이 찰랑거린다. 그럼 그만 일어나지. 어차피 운전은 힘들 테고……. 대리운전이나 시킬까. 손을 가로저으며 자리에서 일어서던 허 기자가 푹 고꾸라진다. 큰 키를 가진 여자가 쓰러지는 모습은 가관이다. 다큐멘터리 프로그램에서 본 밀림의 벌목 장면 같다. 긴장을 풀고 누워 있는 모습이, 생각보다는 보기 좋다. 긴장을 풀어 버린 모습이 아름다운 이유는, 자신을 감싼 허위의 껍질을 벗어던진 때문이리라. 바닥에 흐트러진 머리칼과, 미니스커트에서 엇갈려 나온 두 다리가 기묘한 조화를 이룬다. 그녀가 쓰러져 있다는 사실을 잠시 잊고 그 모습을 내려다본다.

"좀 일으……켜 줘요오."

손을 내밀어 부축해 보려 하지만, 다리가 풀어진 그녀는 일어서지 못한다. 할 수 없이 그녀의 등 뒤에서 겨드랑이 사이로 팔을 낀다. 탄력 있는 가슴이 뭉클, 만져진다. 알코올에 녹아 내렸던 내 신경이 움찔한다. 덩달아 아랫도리가 뻐근하게 저려온다. 의식이고 뭐고 생각할 겨를도 없이 몸 전신에서 또 한 번의 반란이 시작된다.

가까스로 허 기자의 팔을 스카프처럼 두르고 어깨동무까지는 성공했지만, 허 기자의 몸은 몇 걸음 못 가서 구멍 뚫린 주전자처럼 흘러내린다. 지나가던 연인들이 눈길들을 보낸다. 이래저래 남의 시선 속에 사는 여자다. 별 뾰족한 수도 없고 해서, 간신히 허 기자를 등에 업는다.

탄력 있는 가슴이 등 뒤로 출렁 내려앉는다. 나 역시 취할 만큼 취했다는 사실보다 더 곤란한 것은, 그녀의 엉덩이를 받치고 있는 손의 위치다. 그녀의 미니스커트는 유난히 짧아서 내 손은 더욱 안절부절못한다. 더 안절부절못하는 건 내 의식이다. 말초신경들이 벌떼같이 일어서서 춤을 추기 시작한다. 술에 취한 건지 그녀의 체취에 취한 건지 분간할 순 없지만, 내 발걸음도 어지간히 꼬이기 시작한다. 몇 번인가 쓰러졌다가 다시 일어나곤 한다.

"선배에……나 있잖아. 보기보다 무겁죠? 딸꾹."

"뭘, 보기에도 무거워 보였어. 끄윽."

"피이……그래도 나 이쁘죠. 그죠."

"그렇다고 해 두지."

"또야. 근데에 있잖아……딸꾹……계속 업고 갈꺼야아."

"그럼 어떻게 해 줄까."

"내려가야 어차피 낯선 곳이긴 마찬가지……딸꾹……저어기……."

그녀의 손길이 가리킨 곳에는 '호수장' 이란 네온사인이 을씨년스럽게 불을 밝히고 섰다. 자꾸 엇갈리는 발길과 희미한 의식은 걸음을 주저하게 만들지만, 내 남성은 벌써 그녀가 가리킨 방향을 향하고 있다.

간신히 여관방에 들어서자마자 이불 위로 쓰러진다. 목구멍 주변에 찰랑거리던 술이 뇌 속에까지 범람한다. 모든 신경은 일시에 정지된다. 눈앞에 아지랑이가 보인다. 이전에 술을 먹고 필름이 끊어질 때와 비슷한 증세다. 촛불처럼 가물거리던 의식마저 끊어진다.

몸을 뒤척이던 사내의 옷 위로 여자의 손길이 닿는다. 사내가 몽유병 환자처럼 일어선다. 온몸의 관절이란 관절은 죄다 침대 위에 풀어 놓은 여자를 본다. 호흡할 때마다 오르내리는 가슴의 굴곡선, 스판 티셔츠 위로 봉긋하게 솟은 도발적인 그 곡선을 본다. 걷어 올려진 미니스커트 자락 밑으로 드러난 허벅지에 눈길을 꽂는다. 머릿속에서 맹렬하게 의식화 작업이 진행된다. 너는 사내다. 너는 살아 숨쉬는 한 마리의 수컷이다. 뜨거운 피를 가진 발정난 수컷이다. 속이지 마라. 속이지 마라. 본능에 충실하라. 술을 먹은 건 네가 아니라 서푼어치도 안 되는 네 의식이다. 역사를 만든 것은 허위에 가득 찬 이성이 아니라 불붙는 감정이다. 타올라라. 그리고 태워버려라. 네가 가진 원죄는 너를 태움으로서만이 구원 받을 수 있다. 어서, 빨리……. 뭘 주저하고 있느냐. 네가 원하기 전에 그녀가 먼저 원하지 않았느냐. 양파같이 수많은 껍질로 둘러싸인 암컷 한 마리가 껍질을 스스로 녹여 버린 걸 보고도 모르겠느냐.

사내는 수컷이 되기로 작정한 듯, 목젖을 움직이며 야수의 얼굴로 변해 간다. 초점을 잃은 눈이 다시 여자를 훑어 내린다. 그리고는 여자를 둘러싼 껍질을 떼어 낸다. 마지막 껍질을 앞에 두고 사내는 잠시 멈칫한다. 속껍질의 아름다움, 레이스 무늬의 현란함과 절묘한 구성미를, 사내가 아니 사내의 잠재의식이 훔쳐본다. 그것도 잠시, 성급한 손놀림으로 마지막 껍질을 걷어 낸다. 사내는 이불처럼 여자를 덮는다. 그러자 두 팔로 사내를 감싼다. 낙지처럼 사내를 죈다. 화음을 맞춘 악기처럼 그들은 서로의 몸을 연주한다. 모든 악기 소리가 그러하듯, 그들의 몸은 섬세한 떨림에서 격렬한 울림으로 증폭된다. 엄청난 진동을 가진 현의 떨림이 한참 동안 진행되다가 '뚝' 줄이 끊어진다. 주검처럼 무거운 육신으로, 그들은 돌아온다.

목이 마르다. 간신히 머리맡의 자리끼를 찾는다. 온몸의 힘이란 힘은 어디론가 모조리 달아나 버린 것만 같다. 머릿속은 수세미처럼 뒤엉켜 있다. 주변을 더듬어 담배를 피워 문다. 매캐한 연기가 목구멍에 걸린다. 삼키지도 못하고 뱉어 버린다. 그제야 정신이 들어 방 안을 살핀다. 아무렇게나 뒤집혀진 옷가지가 허물처럼 발치에 흐트러져 있고, 실오라기 하나 걸치지 않은 여자가 깊은 잠에 빠져 있다. 순간, 나도 모르게 자리에서 벌떡 일어선다. 밝음 속에 드러난 내 알몸이 더 부끄럽다.

꿈이었다고 생각했다. 그런데 광란의 몸부림들은 찢어진 사진 조각처럼 되살아난다. 머리를 쥐어뜯다가 화장실로 가서 샤워를 한다. 찬물로 샤워를 하는데도 정신은 맑아 오지 않는다. 주섬주섬 옷을 입고 도망치듯 나온다.

솜사탕 같은 안개가 진양호를 포근히 감싸고 있지만, 호수의 서정을 느낄 겨를도 없이, 내가 아직 진양호를 벗어나지 못했다는 사실에 다시 당혹해한다. 술 취한 허 기자를 업고 그녀가 가리킨 여관을 간 것까지는 기억이 나지만, 그 이후론 기억나지 않는다. 언뜻언뜻 떠오르는 기억의 편린들조차, 눈을 뜨면 희미해지는 간밤의 꿈처럼 좀체 모습을 드러내지 않는다. 뒤집힌 채 엉겨 붙어 있던 그녀와 나의 옷가지들은 밤새 꿈을 꾸었던가.

있을 수 없는 일이다. 지하철에서 여자들과 몸이 닿기만 해도 움찔거리던 내가 아닌가. 채영과의 마지막 밤만 해도 그렇지 않은가. 육신은 단지 정신에 종속되어 있을 따름이다. 따름이다…….

진양호를 내려와 해장국을 먹었지만, 속을 풀어 주기는커녕 머릿속만 더 엉클어 놓는다. 시네마천국의 첫 장면, 주인공의 어머니가 뜨개질해 놓았던 실이 풀어지면서 어린 시절의 토토로 돌아가는 장면을 떠올린다. 어린 시절로 돌아가고픈 때문은 아니다. 이따금, 지우고 싶은 현재를 만날 때마다 뜨개질 된 내 삶들을, 내가 걸어온 발자국들을, 영화처럼 그렇게 풀어 버리고 싶다. 아니, 모조리 풀어서 내 존재의 블랙홀로 되돌아가고 싶다.

네 개피째 담배를 피우지만, 뭘 어떻게 해야 할지 갈피를 잡을 수 없다. 값을 치르려고 호주머니 속을 뒤지다가 메모 한 장이 딸려 나온다.

K大 鄭亨錫 先生--口碑文學 專攻 (出生과 關聯한 資料를 收集해 온 분임)

N大 盧三植 先生--古典 詩歌 專攻 (最近 論介의 族譜를 追跡해서 論文을 發表함)

K大 鄕土文化硏究所--全國의 論介資料를 集大成한 論文集을 發刊함

〈參考文獻〉

於于野談, 湖南節義錄, 宣祖實錄 卷?, 韓國口碑文學大系 等等.

눈총을 받으며 식당을 나와 택시를 잡는다. “K대로 갑시다”는 한마디만 던지고 눈을 감는다. 그러나 어리석은 짓이다. 눈을 감으면 보이지 않을 줄 알았던 현실은, 의식의 모니터에 액정화면처럼 나타난다. ‘상대적 심상이란 윤리(도덕)나 진리를 비롯한 삶의 모든 의미를 전달하기 위한 수단이거나, 객관적 대상을 재현한 모방론적 심상’ 이라는 시론 교재의 구절을 떠올린다. 내 의식에 켜진 모니터는 간밤의 행위에 대한 재현에 지나지 않은가. 수만 마리의 개미들이 내 몸에 발린 꿀을 핥아 내듯, 자극적인 너무나 자극적이던 그 쾌감의 정체가 사실로 다가오기 시작한다.

잘 지워지는 지우개가 있다면, 당장이라도 내 삶을 지우고 싶을 때가 있다. 극도로 혼란스럽고 자기모순에 빠질 때면 더욱 그렇다.

"다 왔는데예, 안으로 들어갈 낍니꺼?"

택시는 한적한 교외에 멈춘다. K대학이다. 벌판에 공룡처럼 버티고 선 캠퍼스의 모습은 황량하다. 캠퍼스 안으로 차를 타고 갈까 망설이다 그냥 내린다. 이런 기분으로 낯선 사람을 만난다는 게 쉽지는 않을 것 같아서다. 조감도에서 인문대학의 위치를 확인하고, 도서관 옆의 자판기에서 커피를 뽑아 든다. 커피 한 잔으로 머릿속이 맑아지리란 기대는 않는다. 다만, 뒤엉킨 신경 꾸러미에 착색이라도 해야 할 것 같은, 그런 기분, 뭐라고 표현하기는 참 곤란하다.

블랙커피임에도 쓴맛은 없다. 설익은 감을 멋모르고 덥석 깨물었을 때의 텁텁함만 전해 온다. 지향점 없이 눈을 풀고 벤치에 앉아, 한참 동안을 그렇게 있었다. 그리고 내 생에 새롭게 얹힌 무게를 생각한다. 어디선가 을씨년스런 바람 한 자락이 스카프처럼 목을 휘감는다. 등골을 타고 내리는 싸늘한 전율을 느낀다. 바람에 휘감긴 목을 뺄 수는 없다. 그저 바람이 제 풀에 물러나거나, 그렇지 않으면 그 흔적을 안고 살아갈 수밖에 다른 도리가 없다. 운명이란, 그런 것이다. 심야의 도둑같이 소리도 없이, 그렇게 다가오는 것이다. 누구도 알 수 없는 곳으로부터.

연구실을 찾기는 어렵지 않았다. 질문할 요지를 대충 정리하고는 문을 두드렸다. 들어오라는 말을 듣고 문을 연 순간, 엉겁결에 눈길을 돌린다.

"선배, 지금껏 뭐 했어요?"

맙소사! 허 기자다. 조교인 듯한 아가씨와 이야기를 하고 있다가 날 보자 반색을 한다. 허 기자가 여기 있으리라고는 꿈에도 생각 못 했다.

"여길, 어떻게……."

"어제 문화원장인가 하는 분이 메모할 때 슬쩍 봤죠. 그 정도 한문도 못 읽을 줄 알구요."

꿈이라도 꾼 걸까? 허 기자가 날 대하는 얼굴로 봐서는 특별한 일이라곤 손톱만큼도 없었다는 표정이다. 하나도, 달라진 게 없다. 단지 둥글게 패었던 스판 티셔츠가 목이 긴 폴라로 바뀐 것을 제외하고는. 정말 아무런 일도 없었는지, 아니면 아무런 일이 없기를 바란 건지, 교활한 또 하나의 내가 안도의 한숨을 쉰다.

"근데……교수님은?"

"지금 강의 중이시래요."

"그, 그래……."

민망한 것은 마음인데, 정작 안절부절못하는 건 내 손이다. 잠시 동안 헤매던 내 손이 담배를 쥐었을 때, 그 민망함은 이내 연기로 바뀐다. 말하기 곤란할 때 담배 한 개피는 얼마나 적당한 핑계인지. 그런 내 태도를 의식했는지, 허 기자는 사진이 괜찮을 만한 장소에 대해서 조교와 이러저런 이야기를 나눈다. 어딘지 모르게 평소 때의 허 기자와는 다른 모습이다. 관광 사진용 앵글을 철저하게 무시하며, 늘 자신만의 앵글을 강조해 오던 그녀가, 처음 만난 사람에게 사진이 괜찮을 장소를 묻는다는 것부터가 그렇다. 갑자기, 소파의 쿠션에서 전해지는 질감이 낯설어진다.

30분쯤 그렇게 있었을까. 참으로 어쭙잖은 시간으로부터 나를 해방시켜 준 것은 강의를 마친 정 교수였다. 인사와 명함을 교환하는 것으로 의례적인 절차가 끝나자 이내 본론으로 들어갔다. 단도직입적으로 '논개'를 실존 인물로 생각하는지를 물었다.

"전공이 구비문학이니만큼, 내가 논개를 보는 관점도 역사적 관점이 아니라 구비문학적 관점에 지나지 않습니다. 딱 부러지게 얘기할 만한 성질의 것은 못 되는 것 같군요. 논개설화의 문학사적 의의나 민담과의 구조적 유사성 정도라면 몰라도……."

'그렇다' '아니다'는 식의 간명한 결론을 기대한 것은 아니지만, 그 역시 학자의 논리로 질문의 의도를 피해 갔다. 안전운행의 요령을 지닌 기성세대의 입을 통해 논란의 여지가 있을 만한 '결론'을 기대한다는 것 자체가 무리일지도 모른다. 지식은 회의(懷疑)의 또 다른 이름이며, 세상의 창끝을 피해 가는 갑옷의 역할을 한다는 걸 다시 깨닫는다.

"그러나 문헌에 실리기 전까지는 구비전승(口碑傳承)되다가 논개가 죽은 것으로 알려진 해로부터 28년이 지난 뒤에야 채록된 셈 아닙니까. 그렇다면, 그 이전의 과정은 구비문학의 범주에서 다루어야 하는 게 아닌가요?"

정 교수의 입가에 잠깐 의미 모를 웃음이 감돈다.

"지금 우리 강 기자의 질문은 『어우야담(於于野談)』에 이르기까지 '논개'가 어떤 식으로 구비전승되어 왔는가를 두고 말씀하시는 것 같은데……. 솔직히 말씀드려 저 역시 그 부분을 해명하려고 갖은 노력을 해 봤습니다만 뜻을 이루지 못했습니다. 사실상 불가능한 일이죠."

"그렇다면, 『어우야담』에 실린 기록은 믿을 만하다고 보시는지요?"

"단적으로 말하기는 힘들죠. 학문세계에서 믿는다는 것은 어디까지나 신빙성 있는 자료나 이론적 근거가 충분할 때 가능한 얘기지요. 그리고 자료가 있는 경우에도 한 가지 자료의 내용이 다른 자료의 내용과 정확하게 일치하지 않는 경우도 또 문제가 됩니다. 그렇지만, 그 내용이 일치하지 않는다고 해서 신빙성이 덜한 자료를 일방적으로 위작이라 매도할 수도 없는 실정입니다. 소위, 구비문학이 갖는 적층문학(積層文學)적인 특성이라고나 할까요."

"그때의 특성이란 어떤 것을 가리키는 것입니까?"

"쉽게 말해서 이런 거지요. 어떤 얘기에 새로운 이야기가 보태져서 전혀 스토리가 엉뚱한 것으로 바뀔 경우, 단순히 사실을 왜곡시켰다고만 볼 것이 아니란 얘기죠. 이런 경우 두 가지 관점에서 접근이 가능한데, 하나는 이야기를 덧붙인 사람의 소망이 첨가된 것으로 보는 관점과 다른 하나는 입심 좋은 사람이 이야기를 흥미진진하게 끌어가기 위해 덧붙인 구조상의 거짓말일 수도 있다는 얘기지요. 후자의 경우에는 문학의 범주 내에서 해결 가능하지만, 전자의 경우에는 민중의 바람이 첨가된 것으로 볼 수도 있지요. 이렇게 되면 사회구조적 관점으로까지 범위를 넓혀서 생각해야 하기 때문에 문제는 상당히 복잡해지지 않겠습니까?"

아예 구비문학 강의라도 할 작정이다. 취재를 하면서 느끼는 거지만, 소위 전문가라고 하는 사람의 대부분은 기사의 질보다는 사진의 크기에 신경을 쓴다. 소신이 필요할 때 확실하게 자신의 의견을 피력하는 사람은 극소수이며, 거의 대부분은 코에 걸면 코걸이, 귀에 걸면 귀걸이 식으로 두루뭉술하게 넘어가곤 하는 것이다. 이럴 땐 정곡을 찌르는 방법밖에 다른 도리가 없다.

"혹시, 잡지에 실리기는 곤란한 내용이라는 것 때문에 말씀을 다 못 하시는 건 아닌지 모르겠습니다."

"틀린 얘기는 아니지만, 내 입장이 좀 그래서……."

정 교수는 난처한 표정을 지었다.

"원하신다면 보도는 않겠습니다. 그러나 어느 정도는 알아야 기사의 방향이라도 잡지 않겠습니까."

"……좋습니다. 어차피 활자화된 자료니까 보시는 건 상관없습니다만, 취사선택은 강 기자님이 알아서 하세요. 그리고 이 자료는 어디까지나 채록을 한 것이지 제 개인의 의견과 다를 수도 있다는 사실은 분명히 해 두고 싶습니다."

정 교수는 가보라도 꺼내듯 케비닛에서 노란 표지의 자료집을 건넸다. 「논개 설화 채록 자료」라는 제목이 붙어 있었다.

"시간이 있으면 좀 더 자세히 얘기를 나누고 싶지만, 오후에 또 강의가 있어서 이만……."

엉거주춤 자리에 일어서며 양해를 구했다. 이래저래 마음만 답답한 하루였다. 성과도 없이 자료집 하나만 달랑 얻어 가는 것도 그렇고, 허 기자의 차를 다시 타야 한다는 사실도 그랬다.

"선배, 실망이 크시겠어요."

캠퍼스 정문을 빠져나오며 허 기자가 먼저 말을 꺼냈다. 생각 때문인지, 평소 그녀의 말투와 다르다는 느낌이 든다.

"뭐가?"

"뭐긴 뭐예요. 다들 결정적인 부분에 가서는 궁둥이를 빼니깐 그렇죠."

"다 그렇지 뭐. 영양가 없는 일이라면 누구나 그런 거 아냐."

"근데, 선배. 어젯밤엔 왜 도망치셨어요?"

천장에 걸려 있던 심장이 아래로 쿵 소리를 내며 떨어지는 것 같았다.

"도, 도망이라니?"

도망이다. 그건 명백한 도망이다. 그럼에도 불구하고 방어본능적인 말이 무슨 관용어처럼 튀어나온다.

"아무리 술이 취해 인사불성이었다지만, 여잘 혼자 두고 가는 법이 어딨어요?"

교수 연구실에서 만났을 때의 태도며, 지금 하는 말로 봐서는 별다른 일이 일어났던 것 같지 않다. 정말 그녀와 아무 일도 없었던 걸까. 프로이트 식으로 말하면, 잠재된 욕망이 꿈으로 투사된 것에 지나지 않는 것일까.

"그건 미안해. 정말이야."

"그것뿐이에요. 다음엔 이렇게 말할 거죠. 거짓말이 아니야. 그러고 보니 이건 노래 가산데."

지금 말하는 걸 봐서는, 다 알고 있으면서 마치 나를 시험하는 것도 같다.

'마지막 구멍은 바로 몸에 지닌 구멍이야. 앞에 든 구멍들이 추상적인 구멍이라면 뒤의 것은 구상적이며, 실체적인 측면이 강하지만, 실제로는 그 구멍에 빠진 후에 생겨나는 모든 일은 추상으로밖에 해석이 되질 않아. 불가사의한 구멍이거든. 세 가지 구멍 중 가장 무서운 구멍이기도 하고…….'

괴짜 교수님의 말씀대로 정말 내가 그 불가사의한 구멍에 빠지기라도 했단 말인가.

언제 날아들지 모르는 말의 창을 피하기 위해 눈을 감는 것으로 방패를 대신한다.

"선배, 또 자요. 차만 타면 자는 것도 습관성 질환이라구요."

말을 하면서도 대답을 기대한 것 같지는 않다. 짐짓 눈을 감고 있는 걸, 허 기자가 모를 리 없다. 그러다가 어느 순간 진짜로 잠이 온다.

"빵빵----"

요란한 소리에 옅은 잠의 뿌리가 뽑힌다.

"짭새들은 뭐 하는 거야. 요즘에도 쌍클랙션 울리는 1번들이 있네."

힐끗 뒤를 보니 영업용 택시가 꽁무니에 바짝 붙어 있다.

"저 친구, 뭣 땜에 그러는 거야."

"부산 넘버 하나가 자기 동네에 와서 빌빌거리니 눈에 거슬린다 이거겠죠 뭐."

"허 기자도 택시 운전사가 보기엔 빌빌거리는 수준으로 보이는 모양이지."

"낯선 동네에 와서 표지판 보고 다니려니 별 수 있나요. 선배가 조수석을 흔들의자 취급만 않았어도 저런 1번한테 이런 꼴은 안 당하는 건데……."

"미안, 차만 타면 웬 잠이 그렇게 오는지 모르겠어. 근데, 아까부터 1번, 1번 하던데 대체 그게 무슨 소리야?"

"모르셨어요? 고상한 입에서 십 원짜릴 내뱉긴 좀 뭣하잖아요. 그렇다고 가만있자니 욕 나오는 상황이 너무 많고……. 그래서 번호 붙인 거죠. 이를테면, 쌍시옷으로 시작되는 욕은 1번, 기역으로 시작되는 욕은 2번……하는 식으로요."

"이를테면 기호화시킨 거다 이거지. 거 아주 기발한 생각인데. 다음에 언제 한번 기호와 상징의 시대란 제목으로 문화 특집을 꾸며 볼까."

"그러고 보면 선배 상징 되게 좋아한다. 영양가 없는 상징만 찾지 말고 선배 말마따나 논개라는 상징은 어떻게 할 거에요. 이제 취재는 대충 끝난 거죠?"

"끝난 게 아니라 지금부터 시작인 셈이야. 전문가들을 만나서 공짜로 얻겠다는 생각은 버려야겠어. 뭔가 알고 있는 듯한 눈친데, 의도적으로 피하는 것 같애. 진주에서는 마땅히 찾을 것도 없고……. 함양과 장수를 직접 한 번 보고 와야겠어. 허 기잔 그냥 내려가는 게 어때. 나 혼자라도 충분하니까."

그녀를 배려하는 듯 말했지만, 내심 명령에 가깝다. 불편한 마음보다 피곤한 육체가 종종 나은 때도 있는 법이다. 하지만, 허 기자는 그런 배려가 가당치 않다는 투다.

"사랑하는 선배님 홀로 후진 동네에 보낼 순 없죠. 당연히 따라 붙어야죠."

'사랑' 이라는 말과 '당연함' 이 결합해서 새로운 무게를 만들어 낸다. 중력의 법칙에서 '말' 을 제외한 건 뉴턴의 착오다. 더러 어떤 말들은 중력의 몇 배 크기로 작용하기도 한다. 특정한 담화 상황하에서 쇳덩어리보다 무거운 말들은 너무나 많다. 지금처럼.

"꼭 같이 가야 할 것까지는 없는데……."

"저라고 뭐 그냥 따라 간대요. 선배 기사에 맞추려면 사진도 더 필요하다구요."

그녀의 말 뒤에는 섭섭함이 생략되어 있다. 잠시 침묵하는 사이, 차 안의 공기는 급속도로 냉각되고 있다.

"참, 선배. 아까 정 교수님이 준 자료집 쓸 만해요?"

허 기자가 얼른 화제를 바꾼다. 자신의 불편함 때문인지, 아니면 나를 위한 배려인지, 하여간 도망갈 구멍은 반갑다.

어차피 내일 해 떨어지기 전에 부산에만 도착하면 되겠지 하는 생각에서, 우선 진주의 명소란 곳을 찾아서 사진이나 마저 찍기로 했다. 편집장의 잔소리를 덜 듣기 위해서라도 그래야 할 것 같았다. 허 기자가 사진을 찍는 동안 논개 설화 자료집을 살

펐다. 세 명의 연구원이 함양, 화순, 장수, 진주 등지에서 논개와 관련된 것 중 입으로 전해지는 내용들을 간추린 자료들로, 조사일은 가장 최근이었고 제보자들은 하나같이 환갑을 훨씬 지난 나이였다. 전혀 다른 내용이 섞여 있는 경우가 있긴 하지만, 지역별로 유사성을 가지고는 있었다. 내용들은 대략 몇 가지의 특성을 갖고 있었다.

가장 유사성을 많이 보이는 부분은 출생과정과 소녀시절의 생장사였다. 논개의 부친은 서당훈장으로, 부부가 아들을 잃고 기도한 끝에 얻은 딸이 논개이며 어렸을 때부터 인물이 출중하고 총명했다. 부친이 돌아가신 후 숙부에 의해 팔리는 몸이 되었고, 당시 그 지방의 원이었던 최경회의 구원을 받게 된다. 최경회의 본부인이 병사하면서 후실이 되어줄 것을 부탁받아 후실이 된 논개는, 임진란이 발발하자 최경회를 따라서 진주성 전투에 참가한다. 전투에서 최경회는 전사하게 되고, 최 장군의 원수를 갚기 위해 진주관기로 변색한 논개가 의암으로 왜장을 유인하여 원수를 갚았다는 내용이었다.

채록된 내용은 다소의 차이는 있으나 소위 고전설화에서 흔히 볼 수 있는 '영웅의 일대기 구조' 와 크게 다를 바 없는 셈이다. 다시 말해서, 고귀한 혈통을 지닌 인물이었으나 비정상적 잉태로 출산한 재자가인(才子佳人)이며, 성장 중 고난을 받게 되어 구원자를 만나 극적으로 회생하고, 이후 순탄한 길을 걷게 된다. 인생의 절정기에 이르러 다시 한 번 고난을 받게 되나 자신의 기지로 이를 이겨 내고, 행복하게 여생을 맺는다는 영웅설화의 일반적인 구조와 별반 다를 바 없다. 다만, 사랑하는 사람의 원수를 갚았다는 점에서는 성공적일지는 모르나, 논개 개인으로 보아서는 비극적인 결말로도 볼 수 있다는 점이 다르다면 다른 점이었다.

한 가지 재미있는 것은, 논개란 이름이 생기게 된 연유에 관한 부분이다. 논개가 태어난 때가 갑술년, 갑술월, 갑술일, 갑술시인데, 술(戌)자가 개를 뜻하므로 '놓은 개' 라는 이름을 붙였고 그것이 경상도 방언으로 '논개' 가 되었다는 설명이었다. 이치상으로 보면 그럴듯하지만, 선입감 탓인지, 논개란 이름은 아무래도 기생의 이름으로 더 어울리는 것 같다.

특히 구술자들의 대부분이 세간에서 논개가 기생으로 묘사되고 있다는 점에 대해서 대단히 민감한 반응을 보이고 있으며, 후실이 된 과정도 가능하면 미화시키려는 흔적이 엿보인다. 오전에 만난 정 교수의 말대로 적층문학의 특성을 충분히 감안한다손 치더라도, 무언가 석연찮은 구석이 있다. 논개가 실제인물이었다는 전제하에서, 입으로 전해져 오는 내용 그대로 논개가 정말 양가집 규수 출신이라면 두말할 필요는 없다. 그러나 만에 하나라도 논개가 정말 기생이었다면, 구천에 있는 논개의 넋인들 과연 편안할 수 있겠는가, 하는 의구심이 자꾸만 들었다.

시청에서 받아 온 '의암별제' 라는 팸플릿을 펴 보니, 논개를 기리는 '의암별제' 가 시작된 것은 고종 5년인 1868년이었다. 논개가 죽은 지 275년이 지난 뒤에야 추모제가 시작된 셈이다. 게다가 추모행사를 적극적으로 참여했던 사람들이 진주관기였다는 사실은 또 어떻게 받아들여야 할 것인가. 충효를 최고의 이데올로기로 삼던 당시 사회의 생리상, 논개가 진주관기가 아닌 최경회의 후실이었다면 사후에 곧바로 그 출생지에 커다란 홍살문을 세우고도 남음이 있었으리라. 고향사람들은 그런 인물이 자기 고장에 났다는 것만으로 자랑스러워했을 터였다.

"뭐, 건질 만한 내용이라도 있나 보죠. 꽤 심각해 뵈는데요."

"아직은……."

"제 일은 다 끝났어요. 함양으로 가신댔죠. 지금 출발하면 되죠."

"정말 같이 갈 거야?"

"그 얘긴 아까 끝났잖아요. 선밴 저하고 가는 게 그렇게 부담스러우세요?"

"부담스럽다기보다……."

부담스럽다. 정작 부담스러운 건 허 기자라기보다는 그녀와 보내야 할 시간이다. 지금이 다섯 시. 함양에 도착하면 저녁 무렵이 된다. 간혹, 여기자와의 동행 취재가 없었던 건 아니지만, 이번 경우는 좀 다르다. 게다가 허 기자는…….

언젠가 '밤은 세상 모든 것을 감추며, 빛에 의해서 분별되었던 모든 것을 본래의 위치로 되돌려 놓는다. 단지 하나의 색으로만 존재하는 것이다.' 라고 일기에 썼던 적이 있었다. 그래서 편했다. 밤이라는 시간이. 그러나 지금 다가오고 있는 밤은 이전의 밤이 아니다.

평소보다 허 기자는 조신하다. 다소 과장된 말투로 걸어오던 농담도 않는다. 오히려, 그녀의 얼굴에서 볼 수 없던 구름 하나를 본 것 같다. 그래, 구름이다. 언제든지 사라질 수도 있고, 해를 가릴 수도 있으며, 자신을 버리고 지상으로 하강할 수도 있는, 그런 구름이다. 그 구름이 큰 비바람으로 변해 나마저 흔들어 놓을까 봐, 그것이 두렵다.

차는 3번 국도로 접어들었다. 9월의 태양 속으로 세상은 고요히 침몰하고 있었다. 국도라서 그런지 허 기자도 그렇게 속도를 내지 않는다. 이혼수속을 밟기 위해 법원에 가는 부부처럼 우리는 아무런 말도 하지 않았다. 어색한 시간을 메우기 위해 취재수첩을 꺼낸다. 함양과 장수에서의 일정을 대략 시간대별로 메모하기 시작했다.

국도에 접어든 지, 한 30여 분쯤 지났을까. 산청이 얼마 남지 않았음을 가리키는 표지판을 확인하는 순간, 오른쪽 허리에서 진동이 시작된다. 보이지 않는 개줄을 당기고 있는 사람은 필시 편집장일 것이다. 보나마나 어제의 취재 결과를 아직 보고하지 않았음을 탓하는 문자로 도배되어 있을 것이다. 느낌표가 세 개나 들어 있는 〈긴급〉으로 시작된 문자의 끝에는 편집장 전용번호가 꼬리처럼 달려 있다. 일간지처럼 화급을 다투는 기사도 없는데, 걸핏하면 〈긴급〉을 빙자하는 건 아무래도 천성 때문이리라. 산청에 도착한 뒤에 전화할까 하다가, 혹시나 하는 생각에 전화기를 들었다.

"편집장님, 접니다. 강 기잡니다."

"으응, 강 기자. 취재는 잘 돼 가?"

"그럭저럭요. 근데 무슨 일이세요?"

"강 기자, 휴대폰은 폼으로 들고 다니냐. 맨날 꺼 놓고 다닐 바엔 왜 들고 다녀?"

"그 때문에 〈긴급〉이라고 문자를 날리셨어요?"

"참, 내 정신 좀 봐라. 자네 여동생한테 전화가 왔는데, 급한 일이 있다고 시골로 빨리 내려오라는데……."

"여동생이요? 무슨 일이랍디까?"

"자세한 건 잘 모르겠고, 하여간 되게 급한 목소리더라. 빨리 가 봐. 사장님한테는 잘 말해 놓을 테니 여기 일은 걱정 말고. 대신 허 기자 편에 취재결과나 좀 알려 주든지. 잘 다녀와"

몇 달 전, 서른을 한참 넘긴 오빠가 혼자 있는 게 안쓰러웠던지 자기 학교의 동료 선생을 소개해 주겠다는 전화가 여동생과의 마지막 통화였다. 여동생을 생각하면 늘 마음이 아팠다. 몇 번이고 그 여자가 생모가 아니란 걸 밝히고 싶었으나, 젖먹이였던 여동생을 업고 키우던 그 여자의 등이 왠지 서글퍼 보여 차마 이야기를 하지 못했었다. 다른 애들과 달리 늘 차분하고, 착하기만 했던 여동생이었다. 자꾸 세상 옆길로만 가는 오빠를 향해 눈빛으로만 말을 하던, 누나 같은 누이였다. 네 신상과 관계된 일이 아니거든 절대로 전화하지 말라는 매정한 오빠 때문에, 전화도 한 번 제대로 못 하던, 그런 누이였다.

퇴근 시간까지는 아직 10분 정도의 시간이 있어, 여동생의 근무처인 초등학교로 전화를 걸었다. 강 선생님은 고향집에 일이 있어 오늘 안 나오셨거든요. 결근씩이나. 쉽게 결근을 할 애가 아닌데……. 잠시 망설이다 내키지 않은 전화번호를 기억해 낸다. 지역번호부터 반감이 생기지만, 어쩔 수 없다. 그 여자가 받지 않기를 바라면서 번호를 누른다. 뚜우--뚜우--뚜우. 신호는 가지만 받지를 않는다. 내가 가진 심리적인 거리를 눈치채고 전화마저 거부하는 걸까. 갑자기 불길한 생각이 든다. 지난번 통화에서 느낀 불길함이 실체로 다가오는 느낌이다. 대학 때 사귀던 남자와 결혼 얘기까지 오고 갔는데, 그쪽 집안에서 왠지 꺼리는 듯한 느낌을 받았다고 했다. 얘길 듣는 순간, 혹시 그 여자 때문이 아닐까 하는 생각이 얼핏 들었었다.

"무슨 전화가 그렇게 길어요. 편집장님이 잔소리 꽤나 한 모양이죠."

"그건 아니고, 내가 급히 고향엘 다녀와야 할 것 같은데……. 허 기자는 어떡할래. 기왕 여기까지 왔는데 혼자라도 논개 무덤이나 생가 사진이라도 찍어 오는 게 어떻겠어."

"그럼, 선밴 내려가고, 저 혼자만 다녀오라구요? 싫어요. 그건."

할 수 없이 허 기자에게 여동생에게서 전화가 왔었다는 사실만 간단하게 설명했다. 그러나 혼자서는 못 가겠다고 끝까지 우기며, 부산 가는 길이니 고성까지는 태워 주겠다 했다.

선배가 거제도 촌사람인 줄은 정말 몰랐다면서 허 기자는 U턴을 했다. 가던 길을 되돌아오자, 고향으로 돌아간다는 게 실감이 났다. 고향집이 그리운 적은 없지만, 고향의 앞바다만큼은 그리웠다. 산과 산 사이로 보이는, 손수건만 한 바다는 늘 꿈과

환상의 대상이었다. 황금빛으로 물든 저녁바다며, 구겨진 은박지처럼 달빛에 반짝이던 바다. 그 아름답던 광경들의 끝에는 아침바다처럼 짙푸른 서글픔이, 바다 크기로 종종 묻어나곤 했었다.

이런저런 생각에 빠져 있을 즈음, 갑자기 눈앞에 바다가 나타났다. 초저녁의 보름달이 수만 갈래로 갈라지고 있었다. 허 기자, 지금 어디쯤 왔지? 충무 근처쯤 왔을 거예요. 벌써 충무야? 고성에서 내려 주기로 했잖아. 오다 보니 그렇게 됐어요. 그럼 저 앞에 보이는 휴게소에 내려 줘. 유턴 될 거야. 허 기자는 그만 돌아가야지.

휴게소에 차를 세우고 다시 전화를 걸었다. 통화는 되지 않는다. 혹시 전화번호가 바뀐 건 아닌가 싶어 114에 확인해 보니 전화번호는 그대로다. 이상하다. 아무래도 이상하다.

선배, 타요. 허 기자까지 고생할 건 뭐 있어. 내일 출근도 해야 할 텐데. 까짓, 세월이 좀 먹나요. 기왕 여기까지 왔으니, 내친 김에 거제도 구경이나 하죠 뭐.

다시 허 기자의 차에 오른다. 내내 통화가 안 된다는 사실 때문에 허 기자의 친절을 마다할 여유조차 없다.

저녁 아홉 시가 거의 다 되어 갈 시간에야 고향집 근처에 도착했다. 집을 코앞에 두고 웬 전화냐는 허 기자를 뒤로 하고, 다시 폰을 꺼내 든다. 뚜우--뚜우--. 여보세요. 저음의 쉰 목소리가 수화기를 타고 건너온다.

"……."

"여보세요. 아, 전화를 들었으면 얘기를 해야 할 것 아니요."

"……미경이 좀 바꿔 주세요."

"철민이냐?"

"……."

"철민이 맞지. ……망할 놈의 자식. 하늘에서 떨어진 놈처럼 통 연락도 없더니, 웬 바람이 불었냐? 그래, 고작 한다는 소리가 미경이 바꿔 달라고. 애비야 죽었는지 살았는지 관심도 없다 이거냐?"

"……."

"지 동생만도 못한 놈."

"……지금 어디 있습니까?"

"니놈을 아직도 자식이라고 생각하는 내가 그르지. 기독병원에 있으니까 만나든지 말든지 니 맘대로 해라."

딸깍, 전화가 끊어졌다. 매몰차게 내려놓는 수화기처럼, 그 여자의 실체를 안 이후 우리 관계는 언제나 그랬다. 다만, 어렸을 때 내가 선택하던 어휘와 세상의 쓴맛을 알면서 선택하는 단어가 달라졌을 뿐이었다. 그런데 기독병원이라고? 대체 무슨 일일까? 자꾸 불길한 생각이 든다.

선배, 표정이 왜 그래요. 동생이 병원에 입원했나 봐. 입원을요? 어디가 아프대요? 나도 몰라 그건. 병원이 어디래요. 고현에 있는 기독병원이라는군. 허 기자는 그만 올라가.

이전에는 택시가 잘 잡히던 곳인데 시간이 어중간한 탓인지 택시는 눈에 뜨이지 않았다. 그동안에 시내버스가 두 대나 지나갔지만, 시내버스를 탈 정도로 한가한 마음은 아니었다. 선배, 타세요. 차비는 안 받을게요. 허 기자는 아직 가지 않고 있었다.

파리한 수은등이 졸고 있는 병원 정문 앞에 도착한 허 기자가 나를 내려놓으며 재빨리 말했다. 오다 보니까 요 앞에 '현대장'이란 모텔이 있더라구요. 잠깐 눈 좀 붙였다가 새벽에 출발할 테니, 부산에 갈 거면 연락하세요. 대답을 듣는 대신 배기가스만 뿜었다.

수은등보다 더 진한 졸음을 눈에 달고 있는 병원 수위에게 미경이 이름을 댔으나, 그런 환자는 없다고 했다. 틀림없이 이 병원이 맞다고 다시 찾아 줄 수 없겠느냐고 했더니, 직접 찾아보라면서 입원환자 명단을 내밀었다. 백여 개가 채 되지 않는 환자의 이름을 확인하는 것은 어렵지 않은 일이었다. 하지만 미경의 이름은 보이질 않는다. 불안감과 안도감이 교차하는 가운데 두세 번을 더 훑어보다가 낯익은 이름 하나를 발견했다.

조명자! 그 여자다. 어머니의 자리를 대신했던 여자의 이름을 중환자실의 명단에서 발견한 것이다. 분명 증오의 대상임에도, 이름을 본 순간 멈칫했다. 왜 그랬을까. 그 여자와 내가 아무 관계도 없는 타인이라면, 차라리 동정이나 연민 정도는 느낄 수 있지 않았을까. 그러나 고민할 필요는 없다. 미경이가 아프지 않은 걸 확인한 것으로 족하다.

그런데 내가 가진 반감의 크기를 누구보다 잘 알고 있을 미경이가 뭣 때문에 전화를 했을까. 죽음을 앞에 둔 그 여자와의 극적인 화해라도 기대한 걸까. 지나칠 정도의 순진함에 화가 났다. 중환자실 복도로 가서 당직 간호사에게 미경이를 불러 주도록 부탁했다.

오빠! 날 발견한 미경이가 내 가슴에 얼굴을 묻고 울먹거렸다. 그 여자 땜에 전화까지 한 거야? 오빠, 제발 그 여자, 그 여자 소리 좀 그만해요. 너 그 여자가 어떤 여잔 줄 알긴 알아. 알아요. 오빠가 알고 있는 것보다 훨씬요. 그렇지만, 지금까지 우릴 길러 준 분이에요. 천만에, 난 혼자서 컸고, 혼자서 모든 걸 결정하며 그렇게 살았다. 그 여자가 나하고 무슨 상관이 있어. 오빠하고 말씨름 할 시간 없어요. 오빠한테 전화할 때만 해도 오늘 밤을 넘기지 못할지도 모른다고 그랬단 말예요. 다행히 위험한 고비는 넘겼대요. 조금 전에 정신도 돌아왔고요. 다행은 무슨 다행. 오빠, 제발. 여기까지 왔으니 꼭 한 번만 만나 보세요. 오빨 보지 않으면, 엄만 눈을 감을 수가 없대요. 그 여자가 죽든 살든 나와 상관없는 일이다. 네가 아무 일 없는 걸 확인했으니 됐다. 앞으로 그 여자의 일로는 다시는 전화하지 말아라. 가 봐야겠다. 오빠, 잠깐만. 이대로 그냥 가시면, 다시는 오빨 보지 않겠어요. 거짓말 아녜요. 하나밖에 없는 동생이 이렇게 부탁하는데도 그걸 뿌리칠 오빠라면, 차라리 없다고 생각하는 편이 낫겠어요. 흑흑…….

미경이가 밖으로 뛰쳐나갔지만, 뒤를 따라가지 않았다. 무슨 영문인지 전신에 힘이 주욱 빠졌다. 현관 옆 대기실에서 담배를 물고 한참이나 그렇게 앉아 있었다. 수치심과 분노로 얼룩진 어린 시절의 기억들이 연기처럼 피어오르기 시작했다. 그 여자가 내게 준 것이라고는 세상 사람의 멸시밖에 없었다. 그런데, 그 여자가 무슨 일로 날 보자고 한 것일까……. 그래, 내가 피할 건 없어. 뻔뻔스런 그 여자 얼굴에 침이라도 뱉어 주리라.

병실 문을 열자 그 여자가 가늘게 실눈을 뜬다. 가증스러운 얼굴이다.

"누구……거기 철민이 맞지?"

"……."

"와 줘서 정말 고맙다. 네 얼굴을 보지 못하고 눈을 감을 수는 없었다. 이제야 눈을 감을 수 있겠구나."

가쁜 숨을 몰아쉬며, 띄엄띄엄 그 여자가 말을 쏟아 내기 시작했다.

죽을 날이 얼마 남지 않은 죄 많은 년이 무슨 소린들 못 하겠느냐. 오늘은 다 할란다. 언젠가 이야기하려고 맘은 먹었다만, 오늘까지 왔구나. 네가 아는 것처럼 나는 몸 파는 여자였다. 그러나 처음부터 몸을 팔았던 건 아니다. 성한 사람들은 모두 피난을 가고 병든 남편과 나만 남았다. 그러다가 흥남철수 때, 가까스로 배를 얻어 타서 이곳 거제도까지 오게 됐다. 먹고 살기도 힘든 형편에 약값까지 대고 보니……그짓밖에 할 게 없더구나. 결국 변변한 치료 한 번 못 받은 채 남편이 죽고, 설상가상으로 깜둥이 애까지 배게 되었다. 차마 그 애를 기를 자신이 없어서 어느 집 대문 앞에 몰래 두고 나오다가 동네 사람들한테 들켜서 몰매를 맞았다. 그때 여기를 떠야 했는데…….

그런 꼴을 당하고도, 질긴 것이 목숨이라 군사 혁명 날 때까지 이집 저집에서 주모 노릇을 했다. 혁명이 있고 서너 달쯤 됐나. 어느 날, 장정들 몇이 달려들어 '화냥질' 한다고 치도곤을 내고는 길바닥에 버리고 갔다. 그때가 동짓달이었는데, 장에 온 네 아버지만 아니었더라도 꼼짝없이 저세상으로 갔을 것이다. 물 한 잔 줄래. 목이 마르구나. 물 한 잔을 거의 비우고는 다시 이야기를 시작했다.

내가 너희 집에 왔을 당시에, 네 엄마는 이미 병에 걸려서 거동도 못 했을 정도였다. 듣기로는 널 낳을 때 몸조리를 잘 못 해 병을 얻었다는데, 그 때문에 네 아버지는 '에미 잡아먹을 놈' 이라고 미워했다는구나. 집도 절도 없는 내가 식모처럼 몇 년 동안이나 밥을 해 주고 널 돌봐 주자 그때부터 동네사람들이 수군거리기 시작했다. 네 생모가 죽은 것은 그 병약한 몸에 다시 네 여동생을 낳느라 그랬는데도, 동네 사람들은 나 때문이라고 말하더구나.

제사상만 해도 네 아버지가 차리지 못하게 했다. 그래도 차마 그럴 수가 없어 메를 한 그릇 떠 놓았더니, 당신 자신이 미안했던지 그때마다 술을 잡수셨다. 다 늙고 난 뒤에사 네 아버지가 그러시더구나. 네 생모 제사상까지 차리게 하는 건 차마 못 할 짓이더라고

동네 사람들이 입만 열면, 독한 피란민년이니 양갈보니 똥갈보니 하는 통에 네가 얼굴 한 번 제대로 못 들고 다닌 것 잘 안다. 몇 번이나 죽으려고 했지만, 병치레가 잦던 네 동생 때문에 차마 그러지도 못 하고……. 죄 많은 년 목숨 하나 건지자고 네

살길도, 네 여동생 혼삿길도 막은 건 아닌지 모르겠다. 용서해라. 이 죄 많은 년을…….

그 여자의 말을 끝까지 다 들을 수 없었다. 지금까지 굳건하게 쌓아 놓았던 성 한 구석이 와르르 소리를 내며 무너지고 있었다. 불이 밝혀진 편의점을 찾아 소주 몇 병과 안주를 샀다. 피란민과 포로들을 실어 날랐다는 고현 앞바다를 바라보며, 소주병을 비웠다. 술이나 한 잔 받게. 지지리도 못난 현대사여, 그리고 한과 슬픔만 가진 사람들이여. 그러나 새벽바다는 입만 굳게 다물고 있었다. 내가 권하는 술 한 잔 받지 않았다. 아픔은 아픔일 뿐이고, 술은 술일 뿐이라는 듯.

선배, 부산 갈려거든 지금 일어나야 해요. ……. 혼자 올라갈까요. 눈을 뜨자 정숙한 부인처럼 차려 입은 허 기자가 다소곳이 앉아 있다. 내가 무슨 말을 하려는 순간, 그녀가 자신의 입술로 말문을 막았다. 그리고는 말했다. 나 있잖아요. 선배 좋아해요. 잡지사에서 선배 처음 본 순간부터.

아침 안개를 찢으며, 고현을 출발했다. 또 안개다. 안개는 사물의 모습을 일시적으로 감출 수는 있지만, 영원히 감출 수는 없다. 사물과 현상은 그대로인데, 안개라는 물리적 현상에 동조해서 마음에다 안개를 만드는 것은 아닐까. 내가 믿고, 의지하던 것들도 사실은 내 마음에 자리잡은 안개 때문에 본모습이 왜곡되어 있었던 것은 아닐까.

고향을 버릴 수 없을 것 같은 막연함과 풀어야 할 매듭을 남긴 채 부산으로 출발했다. 지금 시간이 여섯 시, 아침이니까 늦어도 여덟 시 반 안에는 도착할 수 있다. 허 기자는 얌전히 차만 몰았고, 아침의 일에 대해서는 아무 말도 하지 않았다. 단지, 어제 낮에만 해도 이마에 달고 있던 먹구름 한 조각을 어디론가 날려 보냈다는 점만 달랐다. 가끔씩 콧노래도 흥얼거렸다. 자장가 같은 그녀의 노랫소리를 들으며 잠에 빠졌다.

"엄마라고 생각하는 여자가 죽기 일보직전입디다."

시골에 무슨 일이 있냐며 묻는 편집장에게 그렇게 말했더니, 엄마면 엄마지 엄마라고 생각하는 여자라니, 그런 후레자식이 어딨냐며, 특유의 농담을 던진다. 어이, 재미는 좀 봤어. 재미라뇨? 처녀 총각을 세트로 보냈는데 무슨 썸씽이 없었냐 말이야. 썸씽은 무슨……. 하긴, 부타 뱉한테 묻는 내가 바보지. 천하에 잡놈 김 기자도 완전히 두 손 들었는데. 두 손을 들다뇨? 허 기자 말야. 겉으로 보기에는 마돈난데, 밤만 되면 완전히 수녀라는 거야. 좋아하는 사람이 있다고 손만 닿아도 질겁을 한다는 거야. 그건 그렇고, 취재한 것 빨리 마무리 지어. 집에 큰일이라도 생기면 어쩔 거야. 잠을 설친 탓인지, 계속 졸음이 온다.

"어이, 강 기자 넌 남자가 왜 그리 체력이 약하냐. 같이 출장 갔다 온 허 기자는 생생한데. 참, 허 기자는 어제 저녁에 도착했댔지. 그러지 말고 사우나라도 한 번 하고 일찍 집에 가. 괜히 능률도 안 오르는 일 붙잡고 있지 말고."

어깨를 툭 친다. 편집장의 태도가 바뀐 건지, 내가 이제야 그걸 발견한 건지 그의 태도며 말투 모두가 생경하다. 취재 내용을 대충 정리한 후, 곧장 집으로 돌아와서는 초저녁부터 잠에 빠졌다.

아침에 창을 열었을 때, 사과향같이 신선한 아침이 깨어나고 있었다. 아침에도 향기가 있다는 걸 왜 몰랐을까. 출근해서 회사에 눈도장만 찍고는 시립도서관으로 갔다. 자료 대출을 위해 신분증을 꺼내자, 사서인 듯한 여직원이 신분증과 내 얼굴을 번갈아 가며 살폈다.

"뭐, 잘못된 거라도 있습니까?"

"아뇨. 그게 아니구요, 저어 혹시, P대학을 나오지 않으셨어요?"

"그렇습니다만, 누구신지?"

"저 기억 안 나세요? 채영이 친군데……."

"예? 채영이 친구라구요? 문채영 말씀입니까?"

"네. 안경 때문인가. 그땐 제가 렌즈를 꼈었거든요."

그녀는 안경을 벗으면서 중얼거리듯 말했다. 그러고 보니까 어디서 본 것도 같다. 그러나 기억이 분명하지 않다. 그제야 자신을 밝혔다. 채영과 고등학교 동창으로 채영을 처음 만났던 '엑소더스 미팅' 때 그 자리에 있었다는 거였다. 그녀는 반가움을 표시했고, 나는 겉으로만 반가운 척했다. 나로서는 반갑다기보다 당혹스럽다고 해야 옳다. 누구든 비밀스러운 방을 하나쯤은 갖고 사는 법이다. 그런데 그 방의 존재를 희미하게나마 알고 있는 사람을 만난다는 건 결코 유쾌한 일일 수는 없는 것이다. 만나서 반가웠다는 말과 함께 자료 찾는 것이 급하다는 말을 덧붙였더니, 얼굴에 나타난 반가움을 지우고 요구했던 자료를 건네주었다.

책상에 쌓아 놓은 자료들을 보면서 잠시 실소했다. 장수에서 태어나 진주에서 죽고, 함양에 묻혔다는 논개를, 곰팡이 냄새 나는 책에서 찾는다는 것은 웃기는 일이다. 『어우야담(於于野談)』, 『호남절의록(湖南節義錄)』, 『선조실록(宣祖實錄)』 등을 중심으로 논개와 관련된 부분을 하나하나 찾아 나가기 시작했다. 그렇다고 해서 이전에 알려지지 않았던 것을 새롭게 발굴해 내겠다는 욕심까지 품었던 건 아니다. 그 정도의 학문적 소양은 없었으므로, K대, N대 등에서 발표한 논문들을 바탕으로 다시 한 번 자료를 확인해 보자는 생각이었다.

그런데 자료를 찾다 보니, 점점 혼란만 생긴다. 이를테면, 『어우야담』에서는 논개를 진주 관기라 하는데, 『호남절의록』에는 최경회의 소실이라고 씌어 있는 것이다. 이 두 기록은 무려 179년이나 차이를 두고 기록되었다. 시기상으로 보면, 유몽인이 쓴 『어우야담』은 논개가 죽은 지 28년 후인 1621년에 기록되었으므로, 초기의 기록을 믿어야 함이 당연하지 않을까. 그렇다면, 촉석루의 논개 사당 앞 안내문에 '……임진왜란이 일어났을 때 경상우도 병마절도사 최경회(崔慶會)를 따라 진주성으로 왔었다.' 는 것은 무엇을 근거로 작성되었는가. 또 최경회를 따라왔다는 것만 나와 있을 뿐, 그가 소실이라거나 첩이라거나 혹은 장수(長水)기생이라는 부분에 대해서는 언급이 없다. 그리고 진주 관기에 대한 기록이 없는 것으로 봐서, 논개가 죽은 지 200년이나 지나서 기록한 『호남절의록』을 기준으로 삼았음이 분명한

데 무슨 근거라도 있는 것일까.

혼동이 되는 것은 비단 그것뿐이 아니다. 정 교수에게서 받아온 구술자료나 『호남절의록』에서는 한결같이 논개는 최경회의 후실이며, 최경회가 장수현감으로 있을 때 논개와 만난 것으로 되어 있다. 그런데, 최경회가 쓴 '일휴당일기(日休堂日記)'를 참고해서 그의 연보(年譜)를 살펴보면, 그가 장수에 부임한 것은 선조 10년이다. 선조 10년이면 1577년으로 당시 최경회의 나이는 마흔다섯이다. 그럴 경우 또 다른 문제가 생긴다. 일반적으로 알려진 논개의 출생년이 갑술년이 맞다면, 갑술년은 선조 7년에 해당하므로 최경회가 장수현감으로 부임할 당시 논개의 나이는 만 2살에 지나지 않는다. 업동이면 몰라도 동기(童妓)는 커녕 첩이나 소실은 도저히 될 수 없는 나이다.

다시 최경회의 연보(年譜)를 살펴본다. 의병장으로 장수에 온 때가 선조 25년 8월, 상복을 입은 채로 의병장을 맡았다고 되어 있다. 선조 25년이면, 그의 나이 예순에 논개의 나이 18세다. 논개가 최경회의 첩이든 후실이든 아니면 최경회를 짝사랑하는 여인이라고 가정할 경우, 최소한 이때 정도에 만나는 게 타당하다. 설령, 시기상으로 그렇다손 치더라도, 명분을 중시하던 사대부가 모친의 3년상이 끝나기도 전에 후실이나 첩을 맞았다는 건 이해할 수 없다. 더구나 나라의 운명이 백척간두에 처한 전쟁터에서, 로맨스가 일어날 수 있는 상황은 역시 아닌 것이다.

위의 사료들을 바탕으로 본다면, 논개와 최경회의 관계는 역사적 관점에서 접근할 것이 아니라 구비문학적 관점으로 접근해야 함이 더 타당할 것이다. 최 장군과 논개가 정말로 관계가 있었다면, 최 장군의 소실로서의 논개가 아니라, 평소 최 장군의 인품을 흠모하고 있던 기생 논개가, 2차 진주성 싸움에 최 장군의 전사 소식을 듣고 거사를 한 것으로 단순하게 생각해야 하진 않을까. 그리고 그런 이야기가 구전되는 가운데, 최 장군의 후실이었던 논개가 남편의 복수를 위해 관기로 가장한 것처럼 미화되었다고 볼 수도 있을 것이다.

"저기, 식사 안 하세요."

채영의 친구라는 도서관 사서였다.

"아뇨. 별 생각이 없어서……."

"바쁘시지 않으면, 지하 구내식당에 가서 같이 드시죠."

내키지는 않았으나 호의를 거절하기도 뭣했다. 식사 도중에 지나가는 말로 채영은 잘 있느냐고 물었는데, 잘 있을 거예요라는 그 대답이 꼭 '그렇지 못하다'는 소리처럼 들렸다. 식사가 끝난 후 자판기의 커피를 뽑아 권하면서 남편은 뭐 하는 사람이냐고 물었다. 잠시 대답을 않고 뜸을 들이던 그녀가, 몹시 힘들게 말문을 열었다.

"채영이 애기론 결혼 전에 철민씰 한 번 봤다고 하던데, 그때 무슨 애기 없었어요."

"특별한 애기는 없었습니다."

"내가 이 애기 해도 되는지 모르겠는데, 채영이 남편, 지금 교도소에 있어요."

"뭐라구요?"

"그렇게 놀라실 것까지는 없구요, 운동권 선배의 옥바라지를 위해서 결혼한 것으로 알고 있거든요. 용기가 부럽기도 하고, 한편으론 안됐기도 하고……."

난해한 시 같기만 하던, 그날 밤의 채영과 그녀가 남긴 편지의 의미를 이제야 알 것 같았다. 어쩌면, 난해한 것은 그녀가 아니라 세상일지도 모르겠다. 그것만은 안 된다고 한사코 입을 열지 않으려는 그녀를 설득해서 채영의 주소를 알아냈다.

저녁이 되기를 기다려, 채영의 친구가 알려준 대로 대학병원 앞에서 아미동 고개로 가는 마을버스를 탔다. 이런 곳에도 사람이 사는가 할 정도로 작은 집들이 빽빽하게 들어찬 동네를, 마을버스는 뱀처럼 기어 올라갔다.

슈퍼를 한다길래 최소한 먹고 사는 것은 지장이 없겠구나 싶었는데, 말로만 듣던 코딱지만 한 구멍가게였다. 채영은 그곳에 있었다. 삼단 같은 생머리 대신 짧게 퍼머를 한 그녀의 등 뒤엔, 돌이 채 안 되어 보이는 갓난애가 업혀 있었다. 그 옆의 노파는 아마 시어머니인 듯싶었다. 전봇대 뒤에 숨어서 한참 동안 그녀를 지켜보았다. 차마, 그녀 앞에 나타날 수는 없었다. 뜨거운 것이 울컥 밀려 올라왔다.

뱀같이 구부러진 그 길을, 터덜거리며 걸어 내려왔다. 촘촘하게 불이 켜진 아미동 고개를 바라보며, 나는 지금 어디로 가고 있는가를 생각했다. 그리고 무엇을 하고 있는가를 생각했다.

내가 매달린 것은 논개의 거룩한 행위가 아니라, 지적 호기심을 가장한 천박한 폭로주의에 지나지 않는다. 거룩하고 숭고한 논개의 넋을 위로하지는 못할지언정, 지적 탐구라는 미명하에 역사의 알리바이를 증명하고, 거기에서 한 점 티끌을 찾아 본질을 왜곡시키려는 불순한 의도에 다름 아니다. 논개가 진주의 관기면 어떻고, 장수의 관기면 또 어떠랴. 만에 하나 실존인물이 아니면 또 어떠랴. 그런 인물을 만들어 낸 민중의 마음이 곧 논개다. 논개가 최경회의 첩이건 후실이건, 한낱 기생이건 그런 것들은 하등 중요하지 않다. 목숨을 바친 의로운 행위를 기리며, 본받으려는 마음을 오늘까지 이어온 것이 중요한 것이다. 그것이야말로 오늘 우리에게 주어진, 다음 세대에게 전해 주어야 할 논개의 상징이다.

연연히 이어져 온 우리의 삶을 묵묵히 지켜봤을 부산항을 바라보며, 비로소 '역사'라는 낱말을 생각해 냈다. 아버지 말씀대로 하늘에서 떨어진 자식은 없는 것이다. 오늘이 있기까지, 제 한 목숨을 바쳐 나라를 구한 논개가 있었고, 더 큰 사랑을 위해서 혼자만의 사랑을 버린 채영이 있었다. 아니 또 있다. 자기가 낳은 자식도 아니면서 갖은 수모를 당하면서 우리를 기른 그 여자, 아니 어 · 머 · 니…….

갑자기 눈앞이 흐려 온다. 지나온 세월이 온통 못으로 박히었을 어머니를 생각한다. 단 한 번이라도 어머니라 불릴 수 있었다면 그동안 박힌 가슴 속의 못들이 삭아 내렸을 것이다. 내 존재의 블랙홀은 낳아 주신 어머니뿐만이 아니다. 혼자 세상을 살아갈 수 있도록 키운 바로 그 어머니다. 그냥 돌아가시게 한다면, 평생을 두고 씻지 못할 한이 되고 말 것이다.

끊임없이 흐르는 역사의 물줄기를 지켜온 것은 무엇이었을까. 아마도 그건, 남성적인 강함이 아니라, 끈질긴 인종(忍從)과 순종, 그리고 지절(志節) 정신을 가진 여성적인 힘이리라. 세계 역사상 가장 많은 침략을 받고도 하나의 민족과 하나의 언어를 잃지 않은 것은, 억세고 강한 힘이 아니라 휘어질지언정 결코 부러지지 않은 여성적인 힘이다.

지금 시간은 저녁 여덟 시. 잘하면 통영 가는 막차를 탈 수 있는 시간이다. 시외버스 터미널로 가기 위해 택시를 잡으려다 말고 폰을 꺼내 들었다. 다행히 허 기자의 번호가 저장되어 있었다.

"허 기자 나야. 어머님이 편찮으셔서 다시 거제에 내려가는 길이야. 할 말이 많은데 차시간이 급해서 말야. 내려가면 다시 전화할게. ……그리고 며칠 간이지만 잘 지내. 보고 싶을 거야."

존경하는 선배 허균은 소설 쓰는 이유를 '세상에 불만이 많아서'라고 했다지만, 그것이 어디 조선시대에 국한된 얘기겠는가. 세상을 불만스럽게 만든 장본인은 곧 사람이며, 그러한 불만의 대부분은 '사랑'과 관련되어 있다고 나는 믿는다. 그것이 결핍이든, 과잉이든, 또는 무모함이든…….

연전에 발간한 첫 창작집이 작가로서의 정체성과 바다에 대한 부채감 혹은 의무감의 소산이었다면, 이번 창작집의 화두는 '사랑'이다. 진부하고 낡은 주제이긴 하지만, 인류가 삶을 유지하는 한 영원히 탐구하고 재생산해야 할 주제임은 분명하다. 단적으로 말해 삶이란, 죽음을 회피하기 위한 몸부림일지도 모른다. 그런 삶에 의미를 부여하는, 가장 치열한 형태의 삶이 곧 사랑이 아닐까.

내가 만든 사랑 이야기, 이름하여 '달콤쌉싸름한 초콜릿'의 맛이 독자여러분의 입맛에 맞을지는 잘 모르겠다. 그러나 순도가 높은 초콜릿일수록 쌉싸름한 맛이 감돈다는 것과, 쓴맛을 경험하고 난 뒤에 느끼는 단맛이 더 강하다는 사실도 함께 기억해 주었으면 좋겠다.

지금의 나를 있게 한 모든 은사님들께 특별한 감사를 드린다. 작가라는 어쭙잖은 간판 뒤에 숨은 불성실한 월급쟁이를 이해해 준 직장 동료들에게도 고마움과 미안함을 전한다. 불량작가를 남편으로 거두고 사는 바쁜 아내와 제대로 공부 한 번 챙겨주지 못한 애비를 불평 않는 아들도 고맙다. 무엇보다 짧은 기간임에도 무시무시한 솜씨를 발휘해서 이쁜 책으로 만들어 준 산지니 강수걸 사장님과 편집부에도 고맙다는 말을 꼭 전하고 싶다.

입에 넣는 순간 사르르 녹는 초콜릿은, 초콜릿이 아니다. 그대 마음의 입으로 베어 문 한 조각, 쌉싸름한 맛에 움찔하다가도 점점 달콤하게 저며 오는 색색의 맛을 느낄 줄 알아야 한다. 그 맛을 따라가다 보면, 번지수를 찾지 못해 방황하던 잃어버린 그대의 사랑이 거기에 있을 것이다.

2007년 11월 옥태권

달콤쌉싸름한 초콜릿, 이야기

첫판 1쇄 펴낸날 2007년 12월 4일

지은이 옥태권
펴낸이 강수걸
펴낸곳 산지니
등록 2005년 2월 7일 제14-49호
주소 부산광역시 연제구 거제1동 1493-2 효정빌딩 601호
전화 051-504-7070 | **팩스** 051-507-7543
sanzini@sanzinibook.com
www.sanzinibook.com
편집 김은경·권경옥 | **제작** 권문경
인쇄 대정인쇄

ISBN 978-89-92235-27-3 03810

값 10,000원

* 이 책은 부산광역시 2007년 '문예진흥기금' 을 받았습니다.

이 도서의 국립중앙도서관 출판시도서목록(CIP)은
e-CIP 홈페이지(http://www.nl.go.kr/cip.php)에서
이용하실 수 있습니다.(CIP 제어번호 : CIP 2007003683)